ro
ro
ro

«Zum Lachen, zum Weinen und rettungslos romantisch. Lesen!»

Anne Hertz über «Kirschsommer»

Anneke Mohn

APFELROSENZEIT

Roman

Rowohlt Taschenbuch Verlag

Originalausgabe
Veröffentlicht im Rowohlt Taschenbuch Verlag, Reinbek
bei Hamburg, Januar 2015

Umschlaggestaltung AMMA Kommunikationsdesign, Stuttgart
Umschlagabbildung caroleGomez,enviromantic/iStockphoto.com
Satz Nyte OTF (InDesign) bei
Pinkuin Satz und Datentechnik, Berlin
Druck und Bindung CPI books GmbH, Leck, Germany
ISBN 978 3 499 26894 6

Egal, wer dir das Herz gebrochen hat und wie lange es braucht, um zu heilen – du schaffst es niemals ohne deine Freundinnen.

Carrie Bradshaw, *Sex and the City*

SEPTEMBER

Sanne

W*as* verlangt sie von uns?», fragte Mona am anderen Ende der Leitung.

«Sie *verlangt* überhaupt nichts. Sie bittet uns, Isas Haus leer zu räumen, damit es verkauft werden kann.» Sanne nahm den Hörer in die linke Hand, um sich mit der rechten noch etwas Tee nachzugießen.

«Also, ich finde, da erwartet sie ganz schön viel», sagte Mona mit ihrer tiefen, immer etwas heiseren Stimme.

«Ja, das wird sicher viel Arbeit, aber Brigitte sagt, sie bringt das nicht fertig, und das verstehe ich auch.»

«Aber ... für uns ist das doch auch nicht leicht!»

«Mona ... sie ist Isas Mutter. Wir waren nur Isas Mitbewohnerinnen, und das ist auch schon fünfzehn Jahre her. Für sie wäre das sehr viel härter als für uns.» Und das wusste Mona auch ganz genau, dachte Sanne, die ihre Freundin gut genug kannte, um zu ahnen, warum sie sich so ablehnend verhielt. Mona war weder arbeitsscheu, noch mangelte es ihr an Hilfsbereitschaft, ihr Problem lag woanders. «Ich sag dir, warum du so biestig reagierst. Aus dem gleichen Grund, aus dem du damals Isas Beerdigung geschwänzt hättest, wenn wir dich gelassen hätten.»

«Und der wäre?»

«Panik.» Sanne trank einen Schluck Tee. «Du hast Friedhöfe und Krankenhäuser doch schon immer gemieden wie die Pest. Ich schätze, du bekommst schon bei dem Gedanken an Isas verlassenes Haus Beklemmungen.»

«Aha.» Mona seufzte, widersprach jedoch nicht, was bei ihr praktisch einem Eingeständnis gleichkam. «Aber ...», sagte sie schließlich beinahe kleinlaut, «gibt es nicht für genau so was eigentlich Entrümpelungsunternehmen, oder wie die heißen?»

«Ja, so was gibt es. Nur geht es jetzt erst mal darum, Isas Sachen durchzusehen und zu entscheiden, was überhaupt mit ihnen geschieht. Was aufgehoben wird, was weg soll. Brigitte war nach Isas Beerdigung nur ein Mal im Haus und hat sich um das Nötigste gekümmert, Müll und Kühlschrank und so. Sie hat gesagt, ein paar Dinge, an denen ihr Herz hängt, hätte sie an sich genommen, aber ansonsten hat sie wohl einfach alles weiterlaufen lassen, weil es ihr nach Isas Tod so schlecht ging. Sie hat nicht mal Wasser und Strom abgemeldet. Das heißt, es muss eine ganze Menge getan werden, bevor so ein Entrümpelungsunternehmen anrücken könnte.»

Sanne setzte sich an den Küchentisch und brach sich noch ein Stück von der Kuhflecken-Schokolade ab, von der sie heute schon viel zu viel gegessen hatte. Wenn die Tafel erst mal alle war, konnte sie sie wenigstens nicht mehr ständig in Versuchung führen – besser also, sie aß sie jetzt ganz auf.

«Also, wenn ich mir vorstelle, dass da alles noch so ist, wie es war, als Isa noch da war ...», sagte Mona, «und dann kommen wir und durchwühlen ihre Sachen, grabbeln alles an und überlegen, wer was kriegt – das ist so respektlos. Und makaber. Mir läuft es eiskalt den Rücken runter, wenn ich nur daran denke!» Monas Feuerzeug klickte, dann setzte sie ausatmend hinzu: «Tut mir echt leid, aber ich kann das nicht.»

«Ich versteh dich ja. Aber versuch doch, die Sache nüchtern zu betrachten», sagte Sanne. «Es ist einfach eine Haushaltsauflösung. Das steht nun mal an, wenn Menschen gestorben sind. Für mich wird das auch schwierig, aber ich finde, wir sind es Isa schuldig.»

Der Autounfall, bei dem Isa gestorben war, lag inzwischen beinahe ein Jahr zurück, aber Brigitte hatte sich von dem Schlag noch nicht erholt, das war vorhin am Telefon spürbar gewesen. Wie sollte sie auch? Etwas Schlimmeres, als das eigene Kind zu verlieren, konnte einer Mutter nicht passieren. Zumal Brigitte auch sonst niemanden mehr hatte. Aber nun hatte sie sich schweren Herzens dazu durchgerungen, Isas Haus zum Verkauf anzubieten, und Sanne hatte auf die Frage, ob sie sich vorstellen könnte, zusammen mit den anderen WG-Freundinnen von früher die nötigen Vorbereitungen zu treffen, sofort ja gesagt – in der Annahme, dass Mona, Fritzi und Kirsten genauso entschlossen zustimmen würden wie sie.

In der Leitung war es still geworden. Sanne hörte Mona rauchen.

«Es kommt noch hinzu, dass Brigitte in Süddeutschland wohnt, während wir alle im Norden leben», schob Sanne nach. «Und sie ist fast siebzig. Wir vier dagegen ...»

Wir vier, dachte Sanne. Nicht mehr *Wir fünf*.

«Genau», sagte Mona auftrumpfend, als hätte Sanne ihr das Argument geliefert, nach dem sie die ganze Zeit gesucht hatte. «Wir sind vierzig und stehen voll im Berufsleben. Wir haben anderes zu tun!»

Sanne schwieg, denn sie stand weder voll im Berufsleben, noch hatte sie besonders viel anderes zu tun.

«Was ist mit Dirk? Das wäre doch eine Aufgabe für den Ehemann.»

Sanne rollte mit den Augen. Mona schien wirklich nicht so schnell aufzugeben. «Exmann», korrigierte sie. «Den möchte Brigitte nicht fragen, die beiden scheinen total zerstritten zu sein. Ist ja auch kein Wunder, nach dem, was passiert ist. Aber er hat mit dem Haus auch gar nichts mehr am Hut, es hat ja Isa gehört. Mona, komm schon. Gib dir einen Ruck. Wir müssen das machen, Isa war unsere Freundin.»

Mona seufzte. «Ich weiß. Du hast ja recht. Also gut. Ich bin dabei.»

«Na endlich.» Sanne lächelte zufrieden und goss sich Tee nach.

«Und Fritzi und Kirsten machen auch mit?»

«Bestimmt. Die werde ich als Nächste anrufen.»

«Fritzi kann ich übernehmen, ich wollte mich sowieso bei ihr melden.»

«Sehr schön. Also, Brigitte sagt, das Haus muss bis Ende Februar leer sein», sagte Sanne. «Dann wird es dem Makler übergeben, bei dem auch der Schlüssel hinterlegt ist. Ich würde vorschlagen, dass wir uns so bald wie möglich in Kiel treffen. Sollen wir schon mal einen Tag festlegen?»

«Einfach so? Das wird bestimmt schwierig, schließlich wohnt keine von uns in Kiel. Ich kann auf keinen Fall vor Oktober, weil ich die Jubiläumssendung vorbereiten muss, und Fritzi wird auch tausend Termine haben. Wahrscheinlich geht es sowieso nur an irgendeinem Wochenende.»

Ja, klar, alle anderen hatten tausend Termine, nur sie nicht, wie konnte Sanne das nur vergessen? Rieb Mona ihr das eigentlich absichtlich immer wieder unter die Nase?

«Lass uns das lieber über Doodle machen», sagte Mona.

«Über was?»

Mona lachte. «Du lebst wirklich hinterm Mond, oder? Ich schick dir einen Link, dem brauchst du dann nur zu folgen. Einen E-Mail-Account hast du ja immerhin.»

Sanne schob sich die letzten beiden Schokoladenstücke auf einmal in den Mund. Solche Sprüche musste sie sich von ihren Kindern auch ständig anhören. Kauend fragte sie in den Hörer: «Dann sag ich Kirsten also ...?»

«Guten Appetit. Dass ich mich wegen des Termins bei ihr melde.»

«Gut.» Sie schluckte die Schokolade hinunter und knüllte das Papier zusammen. Die war erledigt.

Sanne schob die schwere Glastür auf und betrat blinzelnd die Terrasse. Vor ihr lag der riesige Garten, dessen gepflegte Rasenfläche zum Birksee hin leicht abfiel. Die Sonne stand tief und überzog das Gras und die zahllosen Rhododendren, die den Garten säumten, mit einem goldenen Leuchten. Jetzt, Ende September, war der Sommer so gut wie vorbei. Sanne zog ihre Strickjacke fester um sich und ging über den Rasen zum See hinunter.

Nach dem Gespräch mit Mona hatte sie mit Kirsten telefoniert. Sie war zwar kurz angebunden gewesen, hatte aber ihre Hilfe zugesagt, woran Sanne keine Sekunde gezweifelt hatte, denn Kirsten war so ziemlich der pflichtbewussteste Mensch, den sie kannte. Und Fritzi wäre bestimmt auch dabei. Sanne freute sich, dass sie sich auf diese Weise endlich mal wieder alle zusammen treffen würden, auch wenn es ein trauriger Anlass war. Viele Jahre hatten sie zu fünft in ihrer Studenten-WG in Isas Haus an der Kieler Förde gewohnt. Eine schöne, aufregende und prägende Zeit, an die Sanne gern und oft zurückdachte, obwohl all das mittlerweile so weit weg schien, als gehörte es zu einem anderen Leben. Inzwischen traf sie sich eigentlich nur noch mit Mona regelmäßig, sooft es die Entfernung zwischen Hamburg und Birksee eben zuließ, die unter anderthalb Stunden kaum zu schaffen war. Mit Kirsten telefonierte sie ab und zu, aber gesehen hatte Sanne sie zuletzt auf Isas Beerdigung, genau wie Fritzi.

Sie setzte sich auf die Holzbank am Ufer und streckte die Beine aus. Der See lag ruhig in der Nachmittagssonne, Roberts altes Ruderboot wippte am Ende des langen Holzstegs träge vor sich hin. Ans Ufer grenzte ein gutes Dutzend Grundstücke, die praktisch alle fest in Rentnerhand waren. Nur in einem Garten auf der anderen Seite sah Sanne manchmal Kinder spielen.

Den Anruf von Isas Mutter vor einem Jahr würde sie nie vergessen. Robert, sie und die Kinder waren gerade hergezogen, in das Dörfchen Birksee, das zwischen Kiel und Lübeck mitten in der Holsteinischen Schweiz lag. Sanne war gerade dabei gewesen, oben im Schlafzimmer die Schränke einzuräumen, als ihr Handy klingelte und Brigitte ihr mitteilte, dass Isa ums Leben gekommen war.

Eine Woche zuvor hatten sie sich noch gesehen, in Kiel. Isa hatte plötzlich unangekündigt in der Tür zu Sannes Altbauwohnung gestanden und war mitten in die Umzugsvorbereitungen geplatzt. Zwischen Stapeln von Geschirr hatten sie einen Kaffee getrunken und sich unterhalten. Es war das letzte Mal gewesen. Ein paar Tage später verunglückte Isa nachts auf der Landstraße zwischen Kiel und Rendsburg, ihr kleiner Fiat flog bei Regen aus der Kurve und überschlug sich mehrere Male. Sanne war wie gelähmt gewesen, und Brigitte hatte so seltsam gefasst gewirkt – wahrscheinlich eine

Schockreaktion –, dass sie nicht mehr viel gesprochen hatten. Keine von ihnen hatte über das Naheliegende hinaus etwas zu sagen gewusst. Ewig hatte Sanne danach im Schlafzimmer gesessen, auf dem Boden, an einen der hohen Kleiderkartons gelehnt, und versucht, zu begreifen, was geschehen war. Bis Robert irgendwann nach Hause gekommen war und sie in die Arme genommen hatte.

Sanne fuhr zusammen, als plötzlich direkt vor ihr ein Frosch in hohem Bogen ins Wasser sprang. Sie fröstelte. Es war Zeit, Abendessen zu machen. Sofie würde Hunger haben, wenn sie kam. Sanne stand auf und ging Richtung Haus – ein weißer Kubus, den Roberts Großvater, ein Architekt, in den dreißiger Jahren nach den ästhetischen Prinzipien des Bauhauses hatte bauen lassen. Alles hier war funktional und von äußerster Schlichtheit. Keine Verzierungen, kein Schnickschnack, nur gerade Linien und rechte Winkel, wohin das Auge blickte. Eine große Terrasse aus Holzbohlen verlief einmal um das ganze Haus herum, sodass es vom Ufer aus wirkte, als wäre ein Tablett mit einem weißen Würfel mitten im Grünen abgestellt worden. So traumhaft das Grundstück war – das Haus war nicht ganz Sannes Geschmack. Sie mochte es ein bisschen verwinkelter und gemütlicher.

Auch an die Dimensionen ihres neuen Zuhauses hatte sie sich noch nicht gewöhnt. Die letzten fünfzehn Jahre hatten sie in Kiel gelebt, in einer rumpeligen Vier-Zimmer-Altbauwohnung, die ihr im Vergleich zu ihrem WG-Zimmer anfangs – jung verheiratet mit Baby – riesig erschienen war. Zuletzt, mit zwei pubertierenden Kindern, war es dann doch etwas eng geworden. Sanne ging am Haus vorbei und bog zum Küchengarten ab, den sie etwas abseits angelegt hatte, damit er den Ausblick vom Haus zum See nicht störte.

Wenn es nach Sanne gegangen wäre, hätten sie jetzt, da die Kinder langsam flügge wurden, genauso gut in ihrer Kieler Wohnung bleiben können. Aber diese Rechnung hatte sie ohne ihre Schwiegermutter gemacht, die ein Jahr nach dem Tod ihres Mannes beschlossen hatte, nach Berlin zu ziehen und ihrem einzigen Sohn das Haus schon vor ihrem Tod zu vererben. Robert, der wie sein Großvater Architekt und beruflich in den letzten Jahren voll durchgestartet war, hatte den Vorschlag begeistert angenommen. Und von da an hatten die Ereignisse eine Eigendynamik entwickelt. Kaum war zum ersten Mal von der vorgezogenen Vererbung die Rede gewesen, hatte Robert schon tausend Pläne im Kopf gehabt und sie bald auch zu Papier gebracht. Seine Eltern hatten die klare Designlinie des Hauses, in dem er aufgewachsen war, seiner Ansicht nach verschandelt – durch mit Ornamenten verzierte Einbauschränke und -regale, Biedermeiermöbel, Jugendstillampen, bunte Tapeten und Teppiche. Es wurden also Bodenbeläge herausgerissen, Tapeten abgekratzt, die Elektrik neu gemacht, und und und. Robert war ständig zur Baustelle gefahren, und dann waren auch schon die Umzugskartons angeliefert worden. Viel hatte Robert allerdings bisher nicht von seinem Anwesen gehabt, dazu war er zu häufig unterwegs. Dabei war er der Einzige, der den Umzug aufs Land unbedingt gewollt hatte. Dass die Kinder mit fünfzehn und sechzehn Jahren lieber in der Stadt geblieben wären, konnte Sanne gut verstehen. Ergebnis war gewesen, dass Alex, ihr Ältester, sich auf eigene Faust bei einem Internat in der Nähe von London beworben hatte. Seit drei Wochen war er jetzt schon dort, für ein ganzes langes Jahr. Sanne hatte von Anfang an gewusst, dass es hart für sie werden würde, aber dass sie ihn so schmerzlich vermissen würde, hätte sie nicht gedacht. Robert und Sofie gegenüber wagte sie gar nicht zu sagen, wie sehr sie sich nach Alex' lautem Jungenlachen sehnte, nach seinem verschlafenen Gesicht am Frühstückstisch, sogar danach, wie er Schlagzeug übte und mit seinen Freunden rumjohlte. Es war wie dieses Ziehen im Bauch, als sie ihn damals die ersten Male im Kindergarten zurückgelassen hatte. Nicht zu fassen, dass das schon dreizehn Jahre her sein sollte. Hoffentlich beschloss er nicht als Nächstes noch, gleich bis zum Abitur in England zu bleiben ...

Sanne betrachtete einen Rhododendron näher. Die Blätter sahen gar nicht gut aus. Viele waren blass, die Ränder dunkel und vertrocknet. Vielleicht Schädlinge, sie sollte mal einen Gärtner zu Rate ziehen. Sie öffnete die kleine Pforte, die in den Küchengarten führte. Der Zaun sollte das Gemüse vor Kaninchen und anderem Kleingetier schützen, die sich jedoch immer wieder als schlauer erwiesen. Sie sah sich um. Die Tomaten waren fast alle abgeerntet, die Blaubeeren ebenfalls, aber ein paar Himbeeren hingen noch an ihrem Strauch, und der Apfelbaum, der dem Beet Schatten spendete, bog sich unter reifen Äpfeln. Heute Abend würde sie Kräuterrisotto machen, das mochte Sofie so gern. Sanne ging in die Hocke und strich durch die dichten Büschel. Ein wunderbar satter, würziger Geruch stieg ihr in die Nase, und sie schloss für einen Moment die Augen.

Sie pflückte ein paar Stängel Petersilie, Salbei und Thymian, leerte einen kleinen Korb über dem Kompost aus, dessen Inhalt längst vertrocknet war, und legte die Kräuter hinein. Bis zu sieben verschiedene durften es für das Risotto ruhig sein, nur sollte keines die anderen allzu sehr dominieren. Sanne brach einen Rosmarinzweig ab und legte ihn ebenfalls in den Korb. Basilikum und Minze gehörten auch unbedingt dazu, aber die hatte sie in Töpfen auf der Terrasse stehen, weil sie sie im Sommer ständig gebraucht hatte.

Auf das Abendessen mit Sofie freute sie sich. Ihre Tochter mit ihrem Dickkopf hatte sich rundweg geweigert, *hier in der Pampa* zur Schule zu gehen, und so saß Sofie jetzt jeden Tag mehr als zwei Stunden im Bus und war weniger zu Hause denn je. Aber immerhin – sie war noch da.

Sanne ließ die Pforte des Küchengartens hinter sich ins Schloss fallen und ging zurück zum Haus. Als sie durch das Wohnzimmer in die Eingangshalle kam und über die großen Schachbrettfliesen ging, nahm sie einen Hauch von After-Shave wahr.

«Robert?», rief sie und warf im Vorbeigehen einen prüfenden Blick in den Spiegel über der Kommode. Wie sah sie denn aus? Sie blieb stehen und stellte den kleinen Korb ab. Die Schokolade hatte Spuren hinterlassen in ihrem Gesicht, das nach dem ersten Sommer im eigenen Garten so sommersprossig war wie lange nicht. Sie wischte sich mit den Fingern die Flecken vom Kinn und fuhr sich durch die braunen Locken, die ihr schon fast bis auf die Schultern reichten. Sie musste dringend zum Friseur.

«Im Schlafzimmer», rief Robert von oben.

Sanne ging die ersten Stufen der freischwingenden Treppe hinauf und fragte: «Willst du noch einen Kaffee, bevor du fährst?»

Robert erschien in T-Shirt und Anzughose auf dem oberen Treppenabsatz. «Ich fürchte, das schaff ich nicht mehr, ich bin schon so spät dran.» Er zerrte an seinem Gürtel. «Ach, Mist, hier stimmt was nicht ...»

Sanne ging die Treppe ganz hoch, um ihrem Mann zur Hand zu gehen. Sie stellte sich hinter ihn, zog pragmatisch den Gürtel aus der Hose und fädelte ihn neu ein. Robert maß einen Meter fünfundneunzig und war damit gut dreißig Zentimeter größer als sie, was Mona zu WG-Zeiten mit den Worten kommentiert hatte: «Süß seht ihr aus. Wie Pat und Patachon.» Aber er wirkte nicht mehr so schlaksig wie früher, war ein bisschen kräftiger geworden, was ihm ziemlich gut stand. Der Gürtel saß inzwischen wieder, wo er hingehörte.

«Danke», sagte Robert, schon auf dem Weg zurück ins Schlafzimmer. «Sofie noch gar nicht da?»

«Theater-AG.»

«Ah.» Robert nahm ein Paar Socken aus einer Schublade des Schranks, der die gesamte Wand zwischen den beiden Türen einnahm. «Ich hab vielleicht eine Lust auf dieses Essen heute Abend ...», sagte er genervt und setzte sich auf das schlichte weiße Kingsize-Bett, um sich die Socken anzuziehen. Sanne hob das getragene Hemd vom Boden auf.

Seit Robert vor anderthalb Jahren den Wettbewerb für die Gestaltung eines Areals in der Hamburger Hafencity gewonnen hatte, zu dem ein Hotel, ein Büro- und ein Wohnhaus gehörten, war er ständig unterwegs und regelmäßig bei irgendwelchen Baulöwen, Lokalpolitikern und Museumsdirektoren eingeladen. Nebst Gattin. Anfangs war Sanne ein paar Mal mitgegangen, aber inzwischen blieb sie fast immer zu Hause. Mit diesen Männern, die sich voreinander aufplusterten und keine Welt jenseits des Business zu kennen schienen, konnte sie nichts anfangen, und auch mit deren Ehefrauen wusste sie nichts zu reden. Robert verstand das nicht und hatte sie lange gedrängt, mitzukommen. *Als hätte ich keine Frau*, hatte er mal gesagt. Aber dass er jetzt endlich gut verdiente und seine Entwürfe Erfolg hatten, tat ihm sichtlich gut.

«Ach», sagte sie, «das sagst du so oft. Und dann kommst du doch ganz gutgelaunt zurück. Das wird schon.»

Robert sah Sanne mit hochgezogenen Augenbrauen an, als wollte er sagen *Das sagst ausgerechnet du*. «Es kommt immer auf die Leute an.» Er stand auf und ging zum Kleiderschrank. «Ich dachte, den Nadelstreifenanzug wolltest du in die Reinigung bringen?»

«Ach, das hab ich vergessen.» Sanne nahm den Anzug aus dem Schrank und legte ihn aufs Bett, damit sie daran dachte, ihn wegzubringen.

Robert nahm ein frisches weißes Hemd vom Bügel. «Aber dieser Gräfe ist wirklich unangenehm. Neureicher Hamburger. Oberschnösel. Nur leider sehr einflussreich.» Er seufzte.

«Übrigens hat mich vorhin Isas Mutter angerufen. Sie bittet mich und die anderen ehemaligen Mitbewohnerinnen, Isas Haus für den Verkauf vorzubereiten.»

«Ah ja?», sagte Robert.

Unten fiel die Haustür ins Schloss.

«Erzähl ich dir später in Ruhe», sagte Sanne und ging wieder nach unten, um ihre Tochter in Empfang zu nehmen. Sofie saß auf der Bank im Windfang, zog sich die Turnschuhe aus und ließ sie an Ort und Stelle liegen.

«Hallo, Söfchen.» Sanne legte ihr die Hand auf den Kopf und ließ den glänzenden dunkelblonden Pferdeschwanz langsam durch ihre Finger gleiten.

«Hallo», sagte Sofie etwas lahm und sah zu ihr auf. «Ich hab so einen Hunger, Mama, ich fall gleich um.»

«Bitte nicht», sagte Sanne. «Ich fange *sofort* an zu kochen.»

Robert kam mit flatternden Hemdsärmeln die Treppe heruntergeeilt. «Na, wie war die Probe?», fragte er seine Tochter, die wie immer Jeans und T-Shirt trug. Er blieb vor

Sanne stehen und hielt ihr das linke Handgelenk vors Gesicht. Sanne nahm ihm die Manschettenknöpfe aus der Hand und befestigte sie an seinen Hemdsärmeln.

«Seit wann interessiert *dich* das?», sagte Sofie und ging an ihm vorbei.

«Hey, nicht so patzig, ja?», erwiderte Robert.

Sanne seufzte. Robert konnte im Moment machen, was er wollte – Sofie war schlecht auf ihn zu sprechen. Ständig fand sie, dass er zu viele Vorschriften machte und ihr seine Entscheidungen aufzwang. Sofie machte aus ihrem Kaugummi eine Blase von der Größe einer Grapefruit, ließ sie platzen und verschwand in der Küche.

«Fertig», sagte Sanne.

Robert griff nach dem dunkelgrauen Jackett, das an der Klinke der Wohnzimmertür hing, und wandte sich zum Gehen.

«Du wolltest dich noch um Pellets für die Heizung kümmern», sagte Sanne. «Es ist ziemlich kühl geworden.» Seit sie zu ebener Erde wohnten, hatte sie ständig kalte Füße, und wenn es nach ihr ginge, konnten sie langsam anfangen zu heizen.

«Ja, das mach ich schon», sagte Robert leicht gereizt. «Ich muss jetzt los.» An der Haustür drehte er sich noch einmal um. «Grüß Alex von mir, falls er sich meldet. Kuss!»

Und weg war er.

Sanne ging in die geräumige Küche, die vor ihrem Umzug neu eingebaut worden war – topmodern und bis ins letzte Detail durchgestylt. Sie hätte Holzfronten zwar gemütlicher gefunden als Weiß und hätte auch diesen ganzen Edelstahl nicht unbedingt gebraucht, aber sie kochte für ihr Leben gern und hatte schon lange von einer Profiküche mit viel Arbeitsfläche und Stauraum geträumt. Und da auch Robert sich manchmal an den Herd stellte – dann gab es immer gleich Wildschweinbraten, selbst geangelten Karpfen oder ähnlich maskuline Spezialitäten –, hatten sie sich schließlich auf seine Einrichtungslinie geeinigt. Immerhin konnte sie ihn von einer Sache überzeugen: Der Kachelofen seiner Großeltern war geblieben. In der modernen Küche wirkte er wie ein Fremdkörper, aber Sanne fand das alte Stück wunderschön. Zum Glück waren seine Kacheln hellgrau, das ließ sich gerade so noch mit Roberts Vorliebe für Schwarz und Weiß vereinbaren.

«Ich muss schon mal was essen», sagte Sofie und nahm ein Brötchen aus dem Brotkasten, das vom Frühstück übrig geblieben war. «In der Schule gab's so 'ne eklige Pampe, die hab ich nicht runtergekriegt.»

Sanne ging zu dem hohen Kühlschrank, um Sofies Lieblingskäse herauszunehmen, und legte ihn ihr hin. «Es gefällt mir gar nicht, dass du den ganzen Tag lang Hunger hast. Wenn du in Plön zur Schule gehen würdest, könnte ich mittags für dich kochen. Und dann wärst du auch nicht immer so spät zu Hause. Überleg dir das doch noch mal.»

«Da gibt es nichts zu überlegen, Mama, echt nicht. Ich würde schon wegen der Theater-AG nie die Schule wechseln.» Sie machte den Mülleimer auf und spuckte ihr Kaugummi hinein. «Hattest du heute Besuch?»

«Wieso?» Sanne war mit den Dorfbewohnern noch nicht warm geworden, und ihre Freundinnen wohnten alle in richtigen Städten und damit zu weit entfernt, um mal kurz vorbeizukommen.

«Ich dachte nur, wegen dem Schokoladenpapier und der leeren Kekstüte da im Müll.»

Sanne ignorierte die Bemerkung seufzend, schüttete die Kräuter in ein Sieb und wusch sie unter dem laufenden Wasserhahn. Sie sortierte ein paar gelbe Stängel aus und stellte Sofie dann Brett und Wiegemesser auf den Tisch. «Hier, du kannst die Kräuter klein hacken.»

Sofie zog beides zu sich heran. «Morgen bin ich schon gegen drei zu Hause, da könnten wir zusammen ausreiten.»

«Hmm ...» Sanne schnitt ein großes Stück Butter ab und ließ es in die Pfanne gleiten.

«Wolltest du doch immer.»

«Ja, aber ... im Moment ist mir irgendwie nicht danach.» Sie nahm den Multihacker aus der Schublade und begann lautstark, Schalotten zu hacken. Vielleicht würde Sofie das Thema fallenlassen.

«Sag nicht, dass du jetzt doch wieder Angst hast», sagte Sofie etwas lauter, um den Lärm zu übertönen.

Sanne hielt inne. «Wieso? Wovor sollte ich denn Angst haben?»

«Äh – vor den Pferden? Wegen deinem Unfall als Kind?»

«Ach so. Nee, nee.» Im Moment gab es andere Gründe, nicht zu reiten. Gründe, von denen sie Sofie allerdings nichts erzählen würde. Sie hackte schnell weiter.

«Na dann nicht.» Sofie schob die gehackten Kräuter in der Mitte des Bretts zusammen. «Übrigens ... wir haben ja im Dezember Premiere, und vorher wollen wir noch zwei Probenwochenenden machen, im November sogar schon mit Kostümen. Paulina hat gesagt, ich kann an den beiden Wochenenden bei ihr schlafen, das ist doch okay, oder?»

Sanne ließ die Schalotten zischend in der heißen Butter landen, und sofort duftete es in der ganzen Küche so gut, dass ihr das Wasser im Mund zusammenlief. «Im Prinzip schon.

Ich werde am Wochenende auch öfter mal weg sein in nächster Zeit.» Sie schüttete zwei Tassen Risottoreis in die Pfanne.

«Warum das denn?», fragte Sofie, so überrascht, als hätte Sanne gerade angekündigt, zum ersten Mal überhaupt das Haus zu verlassen.

«Weil Isas Haus in Kiel verkauft werden soll und ihre Mutter mich und die anderen drei gebeten hat, es für die Übergabe fertig zu machen. Und dafür werden wir vermutlich ein paar Wochenenden brauchen. Die anderen können unter der Woche ja nicht.»

«Ach so. Sag mal, kommt Mona da auch?»

«Ja.» Sanne löschte den Reis mit Weißwein ab und griff nach dem Kochlöffel.

«Was genau macht Mona beim Fernsehen noch mal?»

«Sie ist für so eine Kochshow verantwortlich. Was witzig ist, weil sie vom Kochen nicht die geringste Ahnung hat. Aber sie ist auch eher dafür zuständig, dass Promis in die Sendung kommen und gut betreut werden.» Tatsächlich betreute Mona manchen Studiogast ausgesprochen gewissenhaft. Den ein oder anderen Schauspieler oder Sänger hatte sie nicht mal in der Nacht nach der Aufzeichnung der Show allein gelassen.

«Ich hab mir nämlich überlegt ...», sagte Sofie, «wenn ich Schauspielerin werden will, dann ist es bestimmt praktisch, jemanden beim Fernsehen zu kennen.»

Sanne schob die Inseln aus Reiskörnern in der Pfanne herum. An dem Plan, Schauspielerin zu werden, hielt Sofie jetzt schon seit Monaten fest, sehr zu Roberts Leidwesen. Sanne wusste nicht so recht, wie sie sich dazu verhalten sollte. Sie wollte ihrem Mann nicht in den Rücken fallen, zumal sie diese Schauspielsache auch nicht gerade für eine grandiose

Idee hielt. Andererseits wollte sie ihr Kind unterstützen und fand es nicht gut, dass Robert Sofies Wünsche so abbügelte.

«Das ist doch alles noch hin. Mach erst mal Abi. Das dauert ja alles noch, und dann sehen wir weiter.» Sanne kniff die Augen zusammen, und innerlich schüttelte sie über sich selbst den Kopf. Wann hatte das angefangen, dass sie mit ihren Kindern auf diese anmaßende Weise redete, die sie selbst als junges Mädchen so genervt hatte?

«Na ja ...» Sofie stand auf, brachte Sanne das Brett mit den Kräutern, stellte es auf die kurze Seite des L-förmigen Tresens und blieb auf der anderen Seite stehen. «Man braucht ja nicht unbedingt Abi, um auf die Schauspielschule zu gehen.»

Sanne legte den Kochlöffel beiseite und sah Sofie an. *Das* war neu. Gut, dass Robert das nicht hörte. «Ich dachte, das wären alles Hochschulen», sagte sie. «Also ...» Sanne räusperte sich. «Söfchen, ich glaube nicht –»

«Du sollst mich nicht immer Söfchen nennen! *Mamchen*!»

Sanne wandte sich ihrer Tochter ganz zu und atmete einmal tief durch. «Sofie», sagte sie dann ernst. «Du bist klug und weißt bestimmt, wovon du redest, und du sollst im Leben machen, was du machen möchtest.»

«Aber?» Sofie sah sie abwartend an.

«Bitte, verbau dir nichts. Du bist so jung. Berufswünsche ändern sich, Prioritäten ändern sich. Und vor allem –» Sanne zögerte. So pathetisch hatte sie eigentlich gar nicht werden wollen. Aber das Thema war nun mal ihr wunder Punkt, und jetzt war es sowieso zu spät.

«Ja?»

«Du sollst nicht enden wie ich, Schatz. Mach Abitur. Und dann bring dein Studium zu Ende oder deine Ausbildung, oder was immer du machen willst.»

«Aber ... das ist doch was ganz anderes», wandte Sofie ein. «Du hast doch Abitur. Und wenn du nicht mitten im Studium schwanger geworden wärst, dann –»

«Dass ich schwanger geworden bin, war zwar nicht geplant, aber das bereue ich keine Sekunde», fiel Sanne ihr ins Wort. «Was ich bereue ist, dass ich das Studium nicht später noch abgeschlossen habe, als ihr beide größer wart. Irgendwie wäre das schon gegangen.»

«Ja, wenn Papa dich mehr unterstützt hätte.»

«Nein, Sofie, Papa hat –»

«Doch, klar!», rief Sofie. «Papa fand, dass du bei uns bleiben sollst und nicht arbeiten musst, das hast du selbst mal gesagt. Und da immer alles so laufen muss, wie er sich das vorstellt, weshalb wir jetzt auch hier draußen in Omas Haus hocken und –»

«Sofie ...», sagte Sanne beschwichtigend.

«Du brauchst dir keine Sorgen zu machen, dass ich *ende wie du*. Außerdem bist du gerade mal vierzig, du kannst doch noch alles Mögliche machen.»

«Aber ich hab ja keinen Beruf», sagte Sanne und war selbst erschrocken, wie verzagt ihre Stimme klang.

«Na und? Ist doch egal! Dann such dir einen. Mach was, Mama. Irgendwas! Statt hier rumzusitzen und unglücklich zu sein.»

«Ich bin doch gar nicht un–»

«Aber glücklich bist du auch nicht.» Sofie griff über den Tresen nach Sannes Hand. «Mama. Alex und ich ziehen irgendwann aus. Alex ist ja praktisch schon weg. Und wenn ich auf der Schauspielschule genommen werde ...» Sofie hielt inne, und auch Sanne schwieg. Beide Kinder aus dem Haus – das wagte sie sich nicht mal vorzustellen.

«Willst du dann den ganzen Tag alleine hier rumsitzen und Schokolade essen?», fragte Sofie. «Und warten, dass Papa nach Hause kommt, damit du ihm mit den Manschettenknöpfen helfen kannst, bevor er wieder fährt?»

In der Küche herrschte Stille. Bis auf ein Knistern, das immer lauter wurde. Sanne sah sich um, und jetzt roch sie es auch. Sie hatte vergessen, Brühe nachzugießen. Das Risotto war angebrannt.

OKTOBER

Mona

Fast wäre Mona an Isas Haus vorbeigefahren. Sie machte eine Vollbremsung, legte den Rückwärtsgang ein, fuhr surrend ein paar Meter zurück und parkte ihren roten Mazda X5 Cabrio auf dem Bürgersteig vor dem alten Backsteinbau in der Kieler Kanalstraße. Natürlich war sie mal wieder zu spät dran. Mona stieg aus, schlug die Fahrertür zu, ging um das Auto herum und auf die üppige Apfelrosenhecke zu, die den winzigen Vorgarten von der Straße trennte. Hier und da waren noch ein paar der pinkfarbenen Blüten zu sehen, die im Sommer so verschwenderisch dufteten, und die ganze Hecke war voll von großen roten Hagebutten. Dahinter erhob sich das schmale Backsteinhaus mit dem geschwungenen Giebel, in dem Mona gut sechs Jahre lang mit den anderen zusammengelebt hatte. Links neben der taubenblau gestrichenen Haustür aus Holz rankten rosarote Kletterrosen empor, zu denen sich weiter oben wilder Wein gesellte, der ein Fenster im ersten Stock fast vollständig bedeckte.

Mona ging die Stufen zur Haustür hinauf. Ihr war mulmig dabei, nach all den Jahren wieder vor diesem Haus zu stehen, jetzt, wo Isa nicht mehr da war. Sie war ein paar Jahre lang richtig eng mit ihr befreundet gewesen, hatte nach dem Studium aber immer mehr das Gefühl gehabt, Isa hätte sich bewusst zurückgezogen. Alles in ihr sträubte sich dagegen, dieses Haus zu betreten. Sanne hatte schon recht – die Tatsache, dass man durch einen Unfall einfach so aus dem Leben gerissen werden konnte, löste in Mona Panik aus.

Aber es half ja nichts. Die Klingel schnarrte noch genauso durchdringend wie früher. Im Haus tat sich nichts, auch nicht beim zweiten Läuten. Mona drehte sich um und sah die Straße hinunter, die parallel zum Nord-Ostsee-Kanal verlief, kurz bevor dieser in die Kieler Förde mündete. Von den Autos der anderen war nichts zu sehen. Sehr merkwürdig. Als Mona in ihrer großen Handtasche endlich die Zigaretten gefunden hatte, setzte sie sich auf die oberste Stufe und zündete sich eine an. Das Wetter war heute unbeständig, der Himmel voller grauer Wolken, die nur ab und zu mal die Sonne hindurchließen. Im Moment lag die Kanalstraße im Schatten, aber immerhin regnete es nicht. Auf dem Bürgersteig war nicht viel los, nur vor der Hafen-Apotheke unterhielten sich eine ältere Frau und eine junge Mutter mit Kinderwagen, und vor dem kleinen Eckladen drehte ein Mädchen im Grundschulalter etwas wackelig auf Inlinern seine Runden.

Hier ist echt der Hund verfroren, dachte Mona, sie könnte hier nicht leben. In Ottensen, ihrem Hamburger Lieblingsstadtteil, wo sie in einer charmanten, kleinen Dachgeschosswohnung lebte, war es hübsch und trotzdem lebendig. Sie zog an ihrer Zigarette und strich ein paar Ascheflocken von ihrer Jeans. Sie hätte damals eigentlich lieber auf der anderen Seite des Kanals gelebt, da war einfach mehr los, und zur Uni hatten sie immer mit der Fähre übersetzen müssen – aber dafür hatte sie die besten Mitbewohnerinnen der Welt gehabt. Sanne, Fritzi und Isa waren zu wirklichen Freundinnen geworden, nur mit Kirsten hatte Mona nie besonders viel anfangen können. Und natürlich war es wunderbar gewesen, so nah am Wasser zu wohnen. Sie und die anderen hatten damals abends oft lange an der Förde gesessen. Mona lächelte. Und auch mit dem ein oder anderen Typen hatte sie es dort ganz schön gehabt. Besonders mit Matze römisch zwei. Einer der Anwohner hatte sie beide mal nachts auf der Lotsentreppe erwischt und sie doch tatsächlich wegen Erregung öffentlichen Ärgernisses angezeigt. Mona grinste. So was war jetzt auch schon länger nicht mehr vorgekommen. Sie zog an ihrer Zigarette und blies langsam den Rauch in den Himmel, als sich von links Sannes schwarze Familienkutsche näherte. Das Beifahrerfenster glitt herunter, und Sanne rief vom Fahrersitz: «Was machst *du* denn schon hier?»

Mona drückte ihre Kippe auf der Treppenstufe aus. «Und wieso kommst *du* jetzt erst?»

«Wir sind doch überhaupt erst in zehn Minuten verabredet.»

Das erklärte natürlich einiges. Sie hatte sich in der Zeit vertan. Das war ihr neulich mit Peter schon mal passiert. Besorgniserregend.

Sanne ließ die Fensterscheibe wieder hochfahren und parkte hinter Monas Mazda. Dann kam sie die Stufen hoch, beugte sich zu Mona hinunter, gab ihr einen Kuss auf die Wange und drehte sich wieder um.

«Ah, es ist so herrlich hier! Dieser weite Himmel und der Duft nach Meer – großartig!» Sie breitete die Arme aus, atmete lautstark ein und aus und drehte sich dann mit verzücktem Gesichtsausdruck wieder zu Mona um. «Oder?»

«Hmm», machte Mona halbherzig und sah mit wachsender Unruhe zu, wie Sanne den Schlüssel aus einer kleinen Seitentasche zog und ins Türschloss steckte. Bevor sie ihn umdrehen konnte, sprang Mona auf und ergriff Sannes Arm. «Lass uns doch erst mal in die Bäckerei gehen, ich brauch dringend ’n Kaffee!» Sie zog Sanne die Treppe runter.

«Nicht nötig, ich hab Kaffee dabei.» Sanne entwand ihr den Arm und blieb stehen, aber Mona ging unbeirrt weiter. «Du willst da ja nur nicht rein!», rief Sanne ihr hinterher.

Unwillig drehte Mona sich um. «Ich will einfach nur ’n Kaffee. Ist gestern spät geworden. Bitte.»

Ja, gut, das war vielleicht nicht die ganze Wahrheit. Wenn sie erst einmal im Haus wäre, würde es ihr unmöglich sein, zu ignorieren, dass Isa nicht mehr da war. Was sie sonst immer zu tun versuchte. Aber die anderen waren da gnadenlos mit ihr – Kirsten war letztes Jahr sogar extra von Lübeck nach Hamburg gefahren, um Mona so lange zu bearbeiten, bis sie doch mit zu Isas Beerdigung kam. Kirsten hatte ihr einfach nicht geglaubt, dass sie zu krank war. Dabei hatte sie Fieber gehabt. Mindestens 37,6 °C.

Sanne seufzte. «Na, wenn du so schön Bitte sagst.» Als sie auf Monas Höhe war, fragte sie: «Hattet ihr denn gestern Aufzeichnung?»

«Nein, die Show wird immer dienstags aufgezeichnet, aber Peter ist nach seiner Vorstellung noch vorbeigekommen.»

«Ach so. Der Peter.» Sanne grinste auf diese Weise, auf die, wie Mona fand, nur seit langem verheiratete Frauen grinsten, wenn es um die Männergeschichten ungebundener, abenteuerlustigerer Freundinnen ging: neugierig, aber auch ziemlich süffisant. Ja, sie war nicht gerade für langjährige Beziehungen bekannt, die letzte war genau genommen in die Brüche gegangen, als sie Anfang zwanzig war, aber das nach immerhin zwei Jahren, acht Monaten und drei Wochen.

«Das geht ja jetzt schon dermaßen lange ... Pass bloß auf,

sonst wirst du noch monogam», fügte Sanne überflüssigerweise noch hinzu.

«Da pass ich schon auf, keine Sorge. Schon deshalb, weil Peter verheiratet ist, wie du weißt. Und wenn ich eins garantiert *nicht* mache, dann die klassische Geliebte geben.»

Die Rolle der klassischen Geliebten neu zu interpretieren hatte sich in der letzten Zeit allerdings als ziemliche Herausforderung erwiesen. Es fiel Mona zwar nicht schwer, sich Peter gegenüber immer schön cool und kiebig zu geben und auf keinen Fall jemals duldsam und lieb (was ihr ohnehin nicht so lag) – aber man musste sehr aufpassen, nicht *gerade dadurch* zum Klischee zu werden, nämlich zu dem der unzufriedenen Geliebten. Alles nicht so einfach. Jedenfalls würde sie sich von Peter nicht die Regeln diktieren lassen, schon aus Prinzip nicht. «Ich pflege schön auch weiterhin meine anderen Kontakte. Und knüpfe auch mal neue.»

«Ach, so nennst du das», sagte Sanne und drückte die Tür zur Bäckerei auf.

Sie bestellten zwei Kaffee zum Mitnehmen, denn der etwas vernachlässigt aussehende Raum wirkte nicht gerade einladend. Als sie wieder auf der Straße standen, fragte Sanne: «Habt ihr eigentlich mal darüber gesprochen, ob er sich vorstellen kann, seine Frau zu verlassen?»

Mona verdrehte die Augen gen Himmel. «Jetzt sei doch nicht so spießig.»

«Ich frag ja nur. Ihr habt doch bestimmt mal darüber geredet.»

«Also, *ich* schlage ihm ganz bestimmt nicht vor, seine Frau zu verlassen!»

War es denn so schwer zu verstehen, dass sie sich weigerte, die weibliche Hauptrolle in einem bürgerlichen Trauerspiel zu übernehmen? Sie sah ihr Leben nicht als Drama, eher als Episodenfilm. Mit schnellen Schnitten. Urban, modern und amüsant, dabei aber nicht völlig ohne Tiefgang.

«Und er hat das Thema auch nie angesprochen?», fragte Sanne, während sie die Straße hinunter auf Isas Haus zugingen. «Kinder haben die nicht, oder?»

«Sie haben Arthur.»

«Wie alt?»

«Keine Ahnung.»

«Du musst doch wissen, wie alt sein Sohn ist! Darüber wird er doch mal geredet haben!»

Mona lachte. «Arthur ist ein Labrador.»

«Ach so. Na, umso besser.» Sanne nippte an ihrem Kaffee.

«Sag das nicht. Ich hab das Gefühl, dass Peter an dem Hund mehr hängt als an seiner Frau. Er hat sogar mal gesagt, der Hund würde eine Trennung nie verkraften. Der ist wohl sehr sensibel.»

Sanne prustete los, und Kaffee spritzte in alle Richtungen. «Das war ja wohl ein Witz!» Sie wischte sich mit dem Handrücken die Spritzer vom Kinn.

«Ich weiß es nicht», sagte Mona lachend. Tatsächlich fragte sie sich bis heute, wie ernst er das gemeint hatte.

Sie waren wieder an der Apfelrosenhecke angekommen. Sanne zog erneut den Hausschlüssel hervor.

«Wir können den Kaffee ja auch hier auf den Stufen –», hob Mona an, aber Sanne ließ sie nicht ausreden.

«Komm», sagte sie und nahm ihre Hand. «Keine Angst. Einfach reingehen.»

Sanne betrat als Erste das Haus und zog Mona hinter sich her. Abgestandene Luft schlug ihnen entgegen. Der Flur war klein, wirkte aber hell und einladend, denn Wände und

Bodendielen waren weiß gestrichen. Neu war das Brett links von der Tür, auf dem ein großes Glas mit Muscheln und das Modell eines Segelschiffs standen und das gleichzeitig als Garderobe diente. Darunter stand eine alte hellblau gestrichene Truhe, auf der blau-weiß gestreifte Kissen lagen, und am Ende des Flurs, neben dem Treppenaufgang, sah Mona in einen bodentiefen Spiegel. Mona folgte Sanne, die direkt in die Küche gegangen war, und blieb im Türrahmen stehen.

Die Küche war früher so etwas wie ihr Gemeinschaftsraum gewesen. Auch Mona hatte sich hier lieber aufgehalten als im Wohnzimmer, oft hatte sie hier sogar ihre Seminararbeiten geschrieben. Eine von ihnen war immer gerade dabei gewesen, Kaffee oder was zu essen zu machen, und auch das Telefon hatte in der Küche gestanden – damals, im Telekommunikationsmittelalter, waren sie tatsächlich zu fünft mit einem einzigen Apparat ausgekommen. Das Telefon, das jetzt auf dem kleinen Regal stand, war ein neueres Modell. Der Anrufbeantworter leuchtete nicht, offenbar war er ausgeschaltet. Ein Glück. Jetzt Isas Stimme zu hören oder irgendwelche womöglich noch ahnungslosen Anrufer von vor Monaten – das hätte Mona den Rest gegeben. Sie lehnte sich an den Türrahmen, ihr war irgendwie nicht gut.

«Oh nein, guck mal!», rief Sanne aus und nahm ein gerahmtes Foto zur Hand, das neben dem Telefon gestanden hatte. Mona sah ihr über die Schulter. Es war ein leicht verblichenes Farbfoto der WG-Mitbewohnerinnen, aufgenommen im sommerlichen Garten: fünf sonnengebräunte junge Frauen, die um einen Tisch voller Weingläser, Flaschen und halbleerer Teller saßen.

«Ich hatte ganz vergessen, dass Isa sich die Haare mal so kurz geschnitten hatte», sagte Mona und betrachtete Isa, die in der Mitte des Bildes zwischen ihr und Kirsten saß. Hellblonder Kurzhaarschnitt, Ringel-T-Shirt, Sonnenbrille im Haar, großer, lachender Mund. Mona konnte Isas herausplatzendes Lachen beinahe hören. Von ihrem eigenen Gesicht war auf dem Foto nicht so viel zu sehen, weil es von einer Weinflasche halb verdeckt wurde, außerdem trug sie den cowboyartigen Sonnenhut, der immer noch irgendwo bei ihr zu Hause rumflog, auf den damals noch langen Haaren, die sie nun schon seit Jahren zum kinnlangen Bob geschnitten trug.

«Und ich hatte vergessen, dass ich mal so schlank war», sagte Sanne.

Mona beschloss, das lieber nicht zu kommentieren. Tatsächlich war sie etwas überrascht gewesen, weil ihre Freundin in den letzten Monaten so zugelegt hatte. Wenn Sanne nicht aufpasste, konnte man das bald nicht mehr pummelig nennen. Andererseits ... irgendwie stand es ihr auch. Es betonte ihre Sinnlichkeit, dieses Lebensfrohe, Sommersprossige, das sie auch auf dem Foto ausstrahlte, nur in einer jüngeren, schmaleren Version. Auf dem Bild trug Sanne ein ausgeblichenes rotes T-Shirt, hatte die braunen Locken nachlässig hochgesteckt und lächelte mit leuchtend blauen Augen direkt in die Kamera. Anders als Kirsten, die nicht in die Kamera sah, sondern in die Runde – mit einem so warmherzigen, zufriedenen Blick, als wäre sie die Großmutter, die all ihre Kinder und Kindeskinder um sich versammelt hatte. Nie im Leben wäre man anhand dieses Fotos darauf gekommen, dass sie auch die strenge Gouvernante sehr gut draufhatte.

«Dies Blümchenkleid, das Fritzi da anhat, das mochte ich immer so gern, das fällt so schön», sagte Sanne.

«An der Frau fällt alles schön», sagte Mona und nahm ihr den Bilderrahmen aus der Hand. «Ich mein, guck dir mal diese Haare an!» Mona deutete auf Fritzis honigblondes Haar, das dick und glänzend fast bis zum Po reichte. «Und dieser Alabasterteint – sie hat immer so was Makelloses! So sehen andere nur aus, wenn die Bilder mit Photoshop bearbeitet wurden.»

Sanne lächelte. «Ja. Sie hat einfach den Grace-Kelly-Faktor. Vielleicht liegt's daran, dass sie adelig ist, wer weiß ...» Sanne zeigte auf den leeren Stuhl in der Mitte des Bildes. «Wer saß da?»

«Vermutlich der, der das Bild aufgenommen hat.»

Sanne nickte. «Dann wahrscheinlich Robert. Der hat seine Fotos eine Zeitlang immer mit diesem weißen Rand abziehen lassen.»

«Seid ihr da denn schon zusammen gewesen?»

«Das Foto müsste aus dem Sommer sein, in dem wir uns kennengelernt haben.» Sanne trank einen Schluck Kaffee. «Aber ob das Foto nun ein paar Tage vor oder nach dem ersten Kuss gemacht wurde, kann ich echt nicht sagen ...»

«Er hat ja damals ganz schön gebaggert.» Mona stellte das Bild wieder an seinen Platz.

Sanne nickte lachend. «Lang ist's her.» Sie setzte sich an den alten Küchentisch, stellte ihren Kaffeebecher darauf ab und strich mit der flachen Hand über die etwas unebene Oberfläche, wobei sie eine beträchtliche Staubschicht zusammenschob. Es war noch derselbe Tisch wie damals, voller Wasserränder und Macken, die zum Teil Jahrzehnte alt sein mussten. Den kleinen Kronleuchter mit echten Kerzen, der an der Decke hing, hatten sie damals im Keller entdeckt und wieder mit nach oben genommen, daran erinnerte sich Mona noch. Er passte allerdings überhaupt nicht zu der dunkelgelben Siebziger-Jahre-Küche, die Isa nie ersetzt hatte. Aber daran hatte sich früher niemand gestört. Sanne klatschte sich den Staub von der Hand, stand auf und ging zur Spüle, um sich die Hände zu waschen. Das Wasser, das aus dem Hahn kam, war braun.

«Weißt du noch, der Tag, an dem wir beschlossen haben, unsere Seminare zu schwänzen und einfach zu Hause zu bleiben?», fragte Sanne. «Es hat wie aus Kübeln geschüttet, und wir sind einfach den ganzen Vormittag im Schlafanzug am Frühstückstisch sitzen geblieben und haben uns gegenseitig die Nägel lackiert.»

«Nicht alle.»

«Nein, Kirsten natürlich nicht.» Sanne lachte und hielt die Hände unter das noch immer braune Wasser. «Die hat schön ihre Büchertasche geschultert und ist zur Uni gegangen.»

«Und ihren Geigenkoffer. Den hatte sie doch eigentlich immer dabei.» Mona setzte sich auf einen der alten Holzstühle. Dabei fiel ihr Blick auf ein Post-it, das auf einer Handarbeitszeitschrift klebte.

bl. Reißverschluss (12 cm)
d.rotes Garn
Gummizug 50 cm
Vlieseline
noch ½ m Pünktchenstoff

Sie schluckte. Diese Sachen hatte Isa nicht mehr kaufen, den Plan, daraus etwas zu nähen, nicht mehr in die Tat umsetzen können. Wenn es im Haus wenigstens nicht so still wäre, es war ja nicht mal eine tickende Uhr zu hören. Sie blickte zu Sanne, die den Wasserhahn wieder zugedreht hatte und erschrocken das Handtuch in ihren Händen ansah.

«Was ist?», fragte Mona.

«Ach, ich hab mir das Tuch gerade einfach so gegriffen, und dann dachte ich plötzlich – das hat Isa wahrscheinlich zuletzt benutzt.»

«Es ist, als wäre sie nur kurz weg und würde gleich wiederkommen.»

Sanne nickte, und ihre Mundwinkel zuckten. Mona stellte ihren Becher mit dem Kaffee, auf den sie überhaupt keine Lust hatte, auf den Tisch und stand entschlossen auf. Wenn sie jetzt nichts unternahm, fingen sie wahrscheinlich gleich beide an zu heulen. Sie nahm Sanne das Handtuch ab und hängte es an einen Haken. «Komm, wir machen hier mal Durchzug.» Sie machte das Fenster auf, ging in den Flur und öffnete die Tür zum Wohnzimmer, in dem die Luft so abgestanden war, dass Mona kaum zu atmen wagte.

Schnell ging sie zur Terrassentür und ließ einen Schwall feuchter Herbstluft herein. Die Wolken waren noch dichter geworden, es nieselte, aber die frische Brise war angenehm. Hinter ihnen fiel mit einem Knall die Wohnzimmertür zu.

Mona trat auf die Terrasse. Der lange, schmale Garten war vollkommen verwildert. Früher hatten sich meistens Fritzi und Sanne ums Rasenmähen und die restliche Gartenarbeit gekümmert, und so verwahrlost wie jetzt hatte er noch nie ausgesehen. Das teils vertrocknete, teils noch grüne Gras stand so hoch, dass von einem alten Liegestuhl nur noch ein Teil der Rückenlehne zu sehen war. Alles war voller Unkraut, zwischen den grauen Terrassenplatten wuchs Moos, und überall lagen Zweige herum, die bei den heftigen Stürmen im Frühjahr abgebrochen sein mussten. Am hinteren Ende wurde der Garten von einer hohen, baufällig wirkenden Backsteinmauer begrenzt, die ihn vom deutlich höher gelegenen angrenzenden Grundstück trennte. Hinter der Mauer stand der alte Quittenbaum, der voller reifer Früchte war – allerdings viel zu weit oben, um heranzukommen. Nur die Apfelrosenhecken, die den Garten auf den beiden Längsseiten begrenzten, schienen unverwüstlich zu sein, sie sahen auch ohne Pflege bei Wind und Wetter schön aus.

«Dieses Bild ist so toll», sagte Sanne hinter ihr.

Mona drehte sich um und ging wieder hinein.

Sanne betrachtete das große Bild über dem Sofa, ein abstraktes Gemälde, auf dem Rot-, Grün- und Rosatöne durcheinanderwirbelten, und sagte: «Sieht aus wie Blütenzweige im Sturm.»

Mona ging näher heran. «Hat Isa das gemalt?»

Sanne nickte.

«Wahnsinn.» Isa war mit Abstand die Kreativste von ihnen gewesen, das hatte Mona immer bewundert. Ihr schienen die Ideen und Pläne nie auszugehen, ständig hatte sie gemalt, irgendein Möbelstück gestrichen oder wieder abgebeizt, neue Vorhänge und Kissenbezüge genäht und ihr Haus so immer wieder aufs Neue verwandelt.

Es war ein Haus voller Geschichte und voller Geschichten. Isa hatte es mit achtzehn von ihrer Großmutter geerbt und sich fürs Studium Mitbewohnerinnen gesucht. Es war noch vollständig möbliert gewesen, und da sie als Studentinnen sowieso kein Geld für Neuanschaffungen gehabt hatten, lebten sie eben inmitten von antiken Möbeln, Perserteppichen und altem Silber. Da wenigstens hier und da ein Stilbruch nötig gewesen war, hatten sie neben das Biedermeiersofa ein hellgrünes Fünfziger-Jahre-Sofa vom Trödel gestellt, und den Couchtisch mit den Spitzendeckchen hatten sie durch einen alten schwarzen Überseekoffer ersetzt.

Inzwischen sah das Zimmer ganz anders aus, nur wenig erinnerte noch an früher. Auf den weißen Dielen lag ein pinkfarbener Teppich, darauf standen das große helle Sofa, ein schlichter dunkler Holztisch und ein Ohrensessel, bezogen mit zerschlissenem, nachtblauem Samt voller bunter Blümchen. An der gegenüberliegenden Wand befand sich ein halbhohes, breites weißes Regal mit Schallplatten und einer modernen kleinen Anlage, die teuer aussah und an die auch ein Plattenspieler angeschlossen war. Neben der Schiebetür zu dem kleineren Nebenzimmer, in dem Mona jetzt den großen alten Koffer entdeckte, stand immer noch das wunderschöne Vertiko von Isas Oma.

Sanne hatte sich aufs Sofa gesetzt. «Habt ihr euch eigentlich noch regelmäßig gesehen, Isa und du?»

Mona schüttelte den Kopf. «Unser Kontakt war so gut wie eingeschlafen. Ich habe sie zuletzt bei der Konfirmation von Alex gesehen.»

«Ein Jahr vor dem Unfall?»

«Ja. Sie hat sich überhaupt nicht mehr gemeldet. Dabei standen wir uns früher echt nah. Nachdem du ausgezogen warst, hab ich mich mit ihr am besten verstanden.»

«Ich dachte, mit Fritzi.»

«Das kam erst später. Hast du Isa denn noch oft gesehen?»

«Ja, schon. Wir haben schließlich beide in Kiel gewohnt –» Sie fuhren zusammen, als plötzlich die Wohnzimmertür aufgerissen wurde und Kirsten im Raum stand.

«Wo kommst du denn her?», fragte Mona.

«Die Haustür war sperrangelweit offen.» Kirsten, die einen dunkelblauen Anorak, ein kariertes Hemd und eine Cordhose trug und die halblangen aschblonden Haare im Nacken mit einer Klammer zusammengenommen hatte, stellte ihre kleine Reisetasche ab.

Mona und Sanne begrüßten Kirsten, und sie küsste die beiden etwas unsanft auf die Wangen.

«Schön, dass du da bist», sagte Sanne.

Kirsten nickte und sah sich um, Mona hatte fast den Eindruck, sie wäre in Eile. «Hier guckt einen ja echt an jeder Ecke die Arbeit an», sagte Kirsten. «Der wilde Wein an der Fassade muss beschnitten werden, die Dachrinnen sind voller Laub, durch die Fenster kann man kaum mehr durchgucken ... Habt ihr schon angefangen?»

Sanne und Mona sahen sich leicht irritiert an. «Äh, nein, wir sind ja auch gerade erst gekommen», sagte Mona. «Wir haben uns erst mal ein bisschen umgesehen.»

«Jetzt leg doch erst mal ab», sagte Sanne.

Kirsten zog ihren Anorak aus, ging in den Flur und hängte ihn an die Garderobe. «Wart ihr schon oben?» Mona fiel auf, dass ihre Nase ein paar Mal hintereinander leicht zuckte, fast wie bei einem Kaninchen. Die beiden schüttelten den Kopf.

«Na dann», sagte Kirsten, bereits am Fuß der Treppe.

Mona ging Richtung Terrasse. «Also, ich geh erst mal eine rauchen, wenn du nichts dagegen hast.»

Sanne

Als Sanne die knarrenden Stufen der schmalen Treppe hochkam, stand Kirsten in der Tür zu ihrem alten Zimmer. Sie wandte ihr den Kopf zu und sagte trocken: «Mein Zimmer sieht ganz anders aus.»

Sanne lächelte und blieb neben ihr stehen. «Warst du so lange nicht mehr hier?»

Aus Kirstens altem Zimmer hatte Isa ihr Nähzimmer gemacht. Zwei lange Holzplatten auf schwarzen Böcken standen über Eck, von der Decke hingen zwei fabrikartig anmutende, röhrenförmige Lampen. Auf dem einen Tisch stand eine Nähmaschine, auf dem anderen lagen Stoffe und Schnittmuster. In Regalen stapelten sich Zeitschriften und Kartons, bis obenhin voll mit Nähutensilien. Auf einem Brett steckten auf kleinen Stäben Garnrollen in bestimmt dreißig verschiedenen Farben, und vor dem Fenster stand eine Schneiderpuppe.

«Ich war seit Jahren nicht hier», sagte Kirsten.

«Soll ich dir mal zeigen, was aus meinem Zimmer geworden ist?» Sanne ging die Wendeltreppe ins Dachgeschoss hoch. Die Luft wurde mit jedem Schritt stickiger. Sie war damals die Erste gewesen, die hier eingezogen war, deshalb hatte sie sich ein Zimmer aussuchen können. Nur das mit dem Balkon zum Garten raus hatte Isa bereits bezogen. Sanne hatte sich damals spontan für eine der beiden Dachkammern entschieden. Unter den Schrägen fühlte man sich so schön geborgen, besonders wenn es regnete, und durch das Dachfenster sah man direkt in den Himmel. Sie hatte ihr Bett genau daruntergestellt, sodass sie nachts die Sterne sah und morgens von der Sonne geweckt wurde. Außerdem gab es auf der Giebelseite ein kleines Bullauge, mit Blick auf den Kanal, unter dem ihr Schreibtisch gestanden hatte. In das fast identische Zimmer gegenüber war kurz darauf Mona gezogen. Aber gar nicht lange vor ihrem Tod hatte Isa beschlossen, die Wand zwischen den beiden Kammern rauszureißen und sich in dem hellen Raum unterm Dach ein Atelier einzurichten.

«Das ist ja toll. Total anders!», stellte Kirsten fest, die Sanne gefolgt war und hinter ihr auf der obersten Stufe stand. In der Mitte des Raumes, zwischen zwei weiß gestrichenen Holzpfeilern, die alles waren, was von der ehemaligen Wand übrig geblieben war, stand eine Staffelei, in einer Kiste daneben lagen Farbtuben und Pinsel, und an der Wand lehnten ein paar Bilder. Alles wirkte noch ziemlich neu, beinahe unbenutzt.

Sanne riss ein Fenster nach dem anderen auf, erst die beiden großen in den Dachschrägen, dann die beiden Bullaugen.

«Für jedes Hobby ein eigenes Zimmer», sagte Kirsten. «Beneidenswert.»

«Ja, aber so viele Hobbys und Talente wie Isa muss man erst mal haben.» Kirsten, drehte sich um und ging wieder nach unten, offenbar hatte sie genug gesehen.

Hobbys und Talente – bei diesem Thema bekam Sanne gleich wieder Bauchschmerzen. Das Gespräch mit Sofie im September in der Küche, das als Gespräch über die Ausbildung ihrer Tochter begonnen und als eines über Sannes eigene berufliche Zukunft geendet hatte, hing ihr noch immer nach. Was hatte sie für Talente, die sie in ihrem Alter noch zum Beruf machen konnte? Viel war es nicht, was ihr da einfiel. Eine Sache gab es, von der sie schon lange träumte. Nachdem sie nach Birksee gezogen waren, hatte Sanne angefangen, eine Geschichte zu schreiben, einen Roman, genauer gesagt, der jedoch noch lange nicht fertig war. Wann immer sie allein und die Hausarbeit erledigt war, zog sie sich in ihre kleine Kammer zurück und arbeitete daran, und es machte ihr großen Spaß. Aber erzählt hatte sie noch niemandem davon, und sie glaubte auch nicht, dass es viel taugte. Sanne trat an eines der Bullaugen und sah hinaus. Links lag die Förde, die sich immer mehr verengte, dann kam die Schleuse, aus der gerade ein Frachter in den Kanal entlassen wurde. Weiter rechts spannte sich die Hochbrücke über das dunkel schimmernde Band, das sich dahinter in der Landschaft verlor, und am Himmel drängten sich die Regenwolken. Sanne verspürte einen Anflug von Wehmut. Auch wenn ihre gemeinsame Zeit hier schon lange vorbei war – mit dem Verkauf des Hauses ging eine Ära endgültig zu Ende.

Sie hatte Isa am allerersten Tag ihres Germanistikstudiums kennengelernt, bei der Einführungsveranstaltung. Sie waren ins Gespräch gekommen, Isa hatte erzählt, dass sie Mitbewohnerinnen suchte, und Sanne zu sich eingeladen. Ihr Zimmer im Studentenwohnheim hatte sie kurz darauf zum nächstmöglichen Zeitpunkt gekündigt, und über einen Zettel am schwarzen Brett waren bald auch die anderen drei zu ihnen gestoßen. Mona hatte bei Kirsten Zweifel gehabt, aber Sanne war froh, sie auf diese Weise kennengelernt zu haben, denn auf Kirsten konnte man sich hundertprozentig verlassen. Und sie hatte mehr als einmal zwischen zweien von ihnen vermittelt, wenn es Ärger gegeben hatte, dafür gesorgt, dass wieder Frieden einkehrte in die WG.

«Fritzi kommt später», rief Mona von unten. «Sie hat mir gerade eine SMS geschickt. Anna ist wohl gestürzt und hat eine Platzwunde. Fritzi muss mit ihr in die Notaufnahme, wir sollen nicht auf sie warten.»

«Hoffentlich ist es nicht so schlimm», rief Sanne, riss sich von dem Ausblick los und ging wieder nach unten.

«Also dann», sagte Kirsten, «ich schlage vor, jede nimmt sich ein Zimmer vor, oder?» Sie zuckte mit der Nase – offenbar ein nervöser Tick. Das war neu.

«Also ... *ich* meine», sagte Mona, legte Kirsten von hinten die Hände auf die Schultern und massierte sie ein bisschen, «... dass du dich mal ein bisschen locker machen solltest. Es gibt doch keinen Grund zur Eile.»

«Aber wir sind doch nicht zum Klönen hier.» Kirsten drehte sich um, sodass Mona ihren Massageversuch abbrechen musste. «Wir haben unheimlich viel zu tun. Allein das Balkonzimmer ...»

«Habt ihr hier schon mal reingeguckt?», fragte Mona und hielt die Tür zu Fritzis altem Zimmer auf. Sanne steckte den Kopf hinein. Es war etwas dunkler als in den anderen Räumen, weil der wilde Wein an der Fassade über das halbe Fenster wuchs und nur wenig Licht hereinließ. Auf den Dielen lag eine schmale Matratze, ohne Bettgestell oder Lattenrost, daneben stand eine Kleiderstange auf Rollen, an der Blusen, Kleider und Blazer hingen, darunter ein Paar schicker High Heels und zwei Paar Stiefel.

«War das nicht mal das eheliche Schlafgemach?», fragte Mona. «Sieht aus, als hätte Isa nicht nur Dirk rausgeschmissen, sondern auch gleich das Ehebett und alle anderen Möbel.»

Sanne nickte und hob eine Bluse vom Boden auf, die irgendwann vom Bügel gerutscht sein musste. «Offensichtlich sollte von der gemeinsamen Zeit rein gar nichts mehr übrig bleiben», sagte sie.

Nichts in diesem Zimmer wies mehr darauf hin, dass es bis wenige Monate vor Isas Tod noch das Schlafzimmer eines Paares gewesen war. Aber schließlich hatte Isa Dirk auch genau hier mit einer ihr unbekannten Frau vorgefunden, nachdem sie früher als geplant von einem Wochenendbesuch bei ihrer Mutter zurückgekommen war. Kein Wunder, dass sie nicht nur den Mann, sondern auch das Bett nicht mehr haben wollte, dachte Sanne.

«Soweit ich weiß, haben sie danach überhaupt nicht mehr miteinander geredet», sagte Kirsten. «Isa ist gestorben, bevor sie irgendwas klären konnten, wenn ich mir das richtig zusammenreime. Das muss schrecklich sein für Dirk.»

«Nur kein Mitleid mit Dirk», sagte Sanne. «Hat er nicht verdient.»

«Hat Isa eigentlich mal bereut, dass sie ihn gleich rausgeschmissen hat?», fragte Kirsten. «Du hattest doch am meisten Kontakt zu ihr, Sanne.»

Sanne machte eine Bewegung, die ein bisschen Achselzucken war und ein bisschen Kopfschütteln. «Ich denke nicht. Sie war ja schon immer sehr konsequent.» Aber Sanne wusste es nicht genau. Eigentlich hatte sie in Isas letzten Lebensmonaten überhaupt nicht viel von ihr mitbekommen. «Ich hol mal was aus dem Auto, und dann koch ich uns einen Kaffee.» Sanne wandte sich ab und ging aus dem Zimmer.

Rutschsicher auf dem Rücksitz verstaut hatte sie nicht nur einen Korb mit Sachen fürs Frühstück am nächsten Morgen, sondern auch ein Blech Apfelkuchen mit Zimtstreuseln – gestern Abend gebacken, extra für ihre Freundinnen. Schließlich hatten sie viel zu tun, und ein bisschen nett sollte es ja auch werden. Außerdem waren ihre Exmitbewohnerinnen es seit jeher gewohnt, von ihr verköstigt zu werden. Und dass von den anderen jemand dafür sorgen würde, dass sie nicht verhungerten, war sehr, sehr unwahrscheinlich – dafür war sie zuständig, so war es schon immer gewesen.

Zwei Stunden später saß Sanne im kleinen Wohnzimmer vor dem alten Koffer auf dem Fußboden. Sie hatten bei Kaffee und Kuchen besprochen, alles erst einmal in drei Kategorien zu unterteilen: Erstens Müll, zweitens Dinge, die verkauft oder verschenkt werden sollten, und drittens Sachen von so großem materiellen oder persönlichen Wert, dass später Brigitte zu Rate gezogen werden musste. Mona wollte im Balkonzimmer anfangen, Sanne im Wohnzimmer, und Kirsten war im Keller verschwunden. Fritzi hatte noch eine zweite SMS geschickt: Annas Verletzung war doch nicht so schlimm, sie war jetzt bei ihrem Papa und Fritzi endlich unterwegs, spätestens zum Abendessen würde sie zu ihnen stoßen.

Etwas planlos hatte Sanne angefangen, die diversen Zeitschriften im Wohnzimmer zusammenzusuchen und sie in eine Kiste zu legen, in der sie Altpapier sammeln wollte. Die Schallplatten gehörten, soweit sie wusste, alle Dirk, wobei sie sich wunderte, dass sie dann noch hier waren. Sie hatte Brigitte so verstanden, dass er seine Sachen aus dem Haus geholt hatte, als sie nach der Beerdigung hier gewesen war, wobei es dann offenbar zum Streit gekommen war. Sanne nahm ein paar DVDs vom Koffer. *Midnight in Paris, Kramer gegen Kramer, Kleine wahre Lügen.* Was sollten sie bloß mit all den Sachen machen? Verschenken? Bei ein paar Einzelstücken bot sich das an, aber es würde noch so viel übrig bleiben … Bei eBay einstellen? Sie stapelte die DVDs auf dem Fußboden und öffnete den Koffer. Noch mehr DVDs. Filme und staffelweise Serien. Sanne fühlte sich überfordert. Sie stand auf und ging die Treppe hoch.

Mona stand vor der Bücherwand im Balkonzimmer, ein aufgeschlagenes Buch in den Händen, in dem sie sich festgelesen zu haben schien. Sanne ging zwischen dem alten Sofa und dem zierlichen Schreibsekretär von Isas Oma hindurch und öffnete die Flügeltür zu dem kleinen Balkon, der zum Garten hinausging. Sie trat zwischen den beiden rostigen weißen Eisenstühlen hindurch an die Brüstung. Von hier konnte man über die Mauer in den Nachbargarten und direkt in die Krone des Quittenbaums sehen.

Mona kam mit dem Buch an die Tür. «Kennst du das?», fragte sie, schlug es zu und hielt es ihr hin.

Sanne schüttelte den Kopf.

«Fängt super an. Es spricht doch eigentlich nichts dagegen, dass ich das mitnehme, oder?»

«Nimm es mit. Dann haben wir schon mal ein Buch weniger. Bleiben nur noch schätzungsweise tausend weitere Bücher, die irgendwo hinmüssen.» Sanne ging wieder rein und setzte sich seufzend auf das altmodische Sofa.

«Wir könnten sie einem Antiquariat anbieten», sagte Mona.

Sanne nickte. «Gute Idee. Nehmen die auch DVDs?»

«Keine Ahnung, können wir ja mal fragen.» Sie setzte sich zu Sanne aufs Sofa.

«Ich hab das total unterschätzt», gestand Sanne. «Gar nicht mal die Arbeit, aber die Erinnerungen. Und ... jetzt, wo ich hier bin, habe ich das Gefühl, zuletzt so wenig von Isa gewusst zu haben.»

Mona nickte stumm.

Nach einer Weile fragte Sanne: «Wie wirkt Kirsten auf dich?»

«Wie immer. Außer dass sie immer so komisch mit der Nase zuckt.»

«Ich fand sie heute irgendwie extremer als sonst.»

«Du bist nur nicht mehr an sie gewöhnt. Sie war doch schon immer durch und durch pragmatisch. Bloß keinen Spaß haben.»

Sanne schüttelte den Kopf. «Nee ... irgendwas ist anders als sonst.»

«Allein, wie sie vorhin beim Kuchenessen reagiert hat, als

du gefragt hast, wie es ihr geht. *Bernd? Alles bestens. Schule? Super, viel Arbeit. Orchester? Fürs Frühjahr Auftritt in der Toskana geplant.* Zack, zack, zack.»

«Stimmt. Sie hat uns gar nicht an sich rangelassen. Sie hat ja dann auch gleich wieder von Organisatorischem angefangen.»

«Also, mir hat sie noch nie groß von sich erzählt.»

«Ihr seid ja auch sehr unterschiedlich.»

«Ja, in der Tat. Aber was soll sie auch erzählen? Ich meine, sie geht jeden Tag in die Schule und kocht ihrem Göttergatten danach ein vollwertiges Mahl, und dann macht sie sich mit ihrer Geige auf den Weg zum Or–»

«Pst!» Sanne hatte im Erdgeschoss die Tür zum Keller zufallen hören. «Du warst doch früher nicht so gemein.»

«Doch. Und da fandest du das sogar lustig.»

Kirsten kam die Treppe hoch und blieb im Türrahmen stehen. «Tut mir leid, euch das sagen zu müssen, aber die meiste Arbeit wartet im Keller auf uns. Wollt ihr mal gucken kommen?»

Sanne und Mona sahen sich an und sagten dann gleichzeitig: «Eigentlich nicht.»

Mona

«Ich brauch jetzt dringend einen Schnaps.» Mona schob ihren Teller von sich.

Sie sah sich nach dem Kellner um, und ihr Blick streifte den Rettungsring und das Fischernetz, die von der Decke hingen, die Flaschenschiffe und die Fotos von dicken Fischen, die alle noch am selben Ort waren wie vor fünfzehn Jahren. Nur war inzwischen noch mehr Gedöns dazugekommen. Wenn nach dem Wiedersehen mit Isas Haus noch irgendwas gefehlt hatte, um sich komplett in die Studienzeit zurückversetzt zu fühlen, dann war es die *Fördestube*, in der sie früher so viele Abende verbracht hatten. Der Kellner war nirgends zu sehen.

«Ich auch, ich platze gleich», sagte Fritzi, ließ sich auf ihrem Stuhl zurücksinken und hielt sich den Bauch. Niemand außer ihr, dachte Mona, würde sogar in dieser Haltung noch so ballerinenhaft und vornehm aussehen. Lag es daran, dass sie Fotografin war und berufsbedingt auf Haltung und Posen achtete? Oder hatte es einfach mit ihren langen Beinen zu tun? Und konnte es sein, dass Fritzi mit fast vierzig praktisch kein Fältchen hatte? Wie machte sie das, bitte?

«Und für Anna ist es kein Problem, wenn du beruflich mal länger unterwegs bist?», fragte Kirsten.

«Es geht. Ich denke, es ist schon okay. Sie ist bei Patrick ja auch zu Hause.» Fritzi nahm ihr langes Haar im Nacken zusammen und drehte es langsam zu einem Knoten. «Aber sie vermisst mich dann natürlich. Ich sie ja auch.»

«Ist denn die Stimmung zwischen Patrick und dir wieder besser?», fragte Kirsten weiter.

«Na ja, geht so», sagte Fritzi. «So ganz hat er mir, glaube ich, immer noch nicht verziehen, dass ich *alles kaputt gemacht* habe, wie er es gern ausdrückt.»

Der Kellner lief an ihrem Tisch vorbei, und Mona nahm Blickkontakt mit dem schlaksigen Typen auf, der ihr vorhin beim Weineinschenken so tief in die Augen gesehen hatte.

«Was kann ich für euch tun?» Er strich sich eine Strähne aus der Stirn, die jedoch sofort wieder an Ort und Stelle fiel. Mona schätzte ihn auf Anfang dreißig.

«Wir wollen Schnaps», sagte Sanne mit einem Blick wie ein Schulmädchen, das im Begriff war, etwas total Verrücktes zu tun.

«Vier?» Der Kellner sammelte die leeren Teller ein und lächelte Mona kurz zu. Sehr sympathische Lachfalten. Vielleicht doch schon Mitte dreißig.

«Nein, für mich nicht», sagte Kirsten.

«Ach komm, heut machst du mal 'ne Ausnahme!», sagte Mona. «Man muss auch mal Spaß haben.» An den Kellner gewandt fügte sie hinzu: «Oder?»

Er nickte bekräftigend.

«Nein, Mona, ich will aber nicht», erwiderte Kirsten in einem Ton, als würde sie die Krallen ausfahren, sobald noch jemand irgendetwas sagte.

«Okay», sagten Mona und der Kellner gleichzeitig und wechselten noch einen Blick, bevor er wieder ging.

Kirsten trank einen Schluck und wandte sich dann erneut Fritzi zu. «Und hat Patrick wieder eine Freundin?»

Fritzi trank ihr Glas leer. «Hat er. Das hat nur ein paar Monate gedauert. Obwohl er mir kurz vorher noch versichert hatte, ohne mich nicht leben zu können. Und um auch gleich deine nächste Frage zu beantworten: Nein, *ich* habe niemanden und finde das auch ganz gut so im Augenblick. So kann ich mich auf Anna und meine Arbeit konzentrieren.»

«Wirklich?», fragte Kirsten ungläubig. «Aber vermisst du es nicht, dass da abends noch jemand ist? Zum Reden oder einfach nur so?»

«Gibt ja Telefone.» Fritzi trank einen Schluck Wein. «Außerdem hab ich einen neuen Fernseher. Einen internetfähigen Fernseher.»

«Und das heißt?», fragte Kirsten.

«Na ja, man kann in die Mediatheken, man kann sich Videos direkt herunterladen, und man kann Sachen damit aufnehmen.»

«Du hast wohl im Lotto gewonnen», sagte Mona. «Ein Designersofa hast du dir doch auch gerade erst gekauft.» Fritzi hatte ihr neulich erst erzählt, dass sie das Sofa unbedingt haben musste, obwohl sie eigentlich überhaupt kein Geld dafür hatte und nun ewig die Raten abstottern musste.

«Es kann ja nicht jeder so viel verdienen wie du, meine Liebe», sagte Fritzi freundlich.

Das stimmte natürlich. Nur war es Monas Einschätzung nach nicht besonders klug, dann trotzdem so viel Geld auszugeben.

«Nein, im Ernst», sagte Fritzi. «Ich komme ja nachmittags zu nichts, weil ich da immer mit Anna unterwegs bin. Abends, wenn sie im Bett ist, habe ich meistens noch ziemlich viel zu tun, Fotos sichten und bearbeiten, E-Mails beantworten, Rechnungen und so. Aber wenigstens bin ich im letzten Jahr wieder ganz gut reingekommen in den Job. Zwei, drei Wohnzeitschriften denken wieder an mich, wenn Aufträge vergeben werden. Demnächst darf ich für eine Strecke über *Wohnen am Wasser* sogar für eine Woche an die Côte d'Azur reisen und werde in die Häuser der Schönen und Reichen vorgelassen.»

Mona zog die Augenbrauen hoch. «Oh – nicht, dass du uns nach Frankreich abhaust, weil du da einen jungen Hotelbesitzer kennenlernst. Oder einen braungebrannten Fischer.»

«Du guckst zu viele Filme», sagte Fritzi grinsend.

Der Kellner kam an den Tisch, stellte Gläser vor Sanne und Fritzi und sagte lächelnd: «Und das ist für Mona.» Und schon war er wieder weg.

Süß.

«Woher weiß der denn deinen Namen?», fragte Kirsten, die Monas Einschätzung nach vom Flirten etwa so viel verstand wie ein Dackel von Rhetorik.

«Tja. Er hat wohl gut aufgepasst», sagte Sanne.

«Schon wieder ein neuer Fan», sagte Fritzi. «Du hast mir doch neulich erst von diesem Masseur erzählt, der zu dir gesagt hat, wenn du einen Bodyguard bräuchtest – er würde das gern umsonst machen.»

«Echt?», fragte Kirsten. «Wie nett.»

Mona rollte mit den Augen.

«Aber deine Promi-Phase ist anscheinend vorbei», sagte Fritzi.

«Ja», sagte Sanne, «sieht so aus. Jetzt ist die Dienstleister-Phase angebrochen.»

«Stimmt!», rief Mona aus. «Hab ich euch schon von diesem Erlebnis neulich beim Friseur erzählt?»

«Bitte nicht. Hör auf!», sagte Fritzi, und alle lachten.

«Ach, ihr braven Ehefrauen», sagte Mona. «Ihr wisst ja gar nicht, was euch entgeht.» Sie hob ihr Glas. «Auf ex?»

«Ich bin keine brave Ehefrau», sagte Fritzi, nachdem sie ihre Gläser geleert hatten, und wischte sich den Mund ab.

«Nein, du bist eine brave Alleinerziehende», sagte Mona.

Sanne sah weg. «Eigentlich bin ich aber gar keine brave Ehefrau.»

«Doch, Sannchen, du bist sogar die bravste von allen.» Mona tätschelte ihr den Arm. «Man sollte dir einen Orden verleihen.»

Sanne drehte ihr leeres Schnapsglas in den Händen, betrachtete es ernst und schüttelte langsam den Kopf.

«Was soll denn das, Mona? Muss man sich jetzt dafür rechtfertigen, eine glückliche Ehe zu führen, oder was?», fragte Kirsten.

Mona wollte gerade antworten, als Fritzi ihr die Hand auf den Arm legte. «Wart mal, ich glaub, Sanne wollte noch was sagen.»

Alle sahen Sanne an, die jetzt ganz rote Wangen hatte. «Na ja, ich sollte vielleicht nicht ... aber ... ich muss das jetzt mal jemandem erzählen, und wo du das gerade so sagst, ich –»

«Mein Gott, was ist denn los?», fragte Mona. «Du bekommst ja richtig hektische Flecken am Hals.»

«Ich ... also gut. Seit wir umgezogen sind, da kaufe ich öfter auf diesem Biohof bei uns um die Ecke ein.» Alle nickten. «Und dabei bin ich mit jemandem von dem Hof ins Gespräch gekommen. Die haben da auch Pferde, und ... also, ich hab erzählt, dass ich früher viel geritten bin, dann aber einen schlimmen Reitunfall hatte, und dass ich mich danach nicht mehr so richtig auf ein Pferd getraut habe.»

«Uuund?», fragte Mona, die nicht den Eindruck hatte, dass es bei dieser Geschichte um Pferde ging.

«Na ja, also, der Typ von dem Hof, Micha heißt der –»

Mona nickte auffordernd.

«– der hat mich sehr ermutigt, es doch noch mal zu versuchen, wenn mir das früher so viel bedeutet hat. Und ... das hab ich dann auch gemacht.»

«Und? Hast du dich getraut?», fragte Kirsten.

«Ja», sagte Sanne, und ein Lächeln breitete sich auf ihrem Gesicht aus. «Ich bin wieder geritten. War toll.»

«Super», sagte Kirsten, die offenbar davon ausging, dass die Geschichte damit zu Ende war. «Das freut mich.» Sie nippte an ihrem Wein, der gar nicht weniger zu werden schien.

«Ja, aber, also ... das war es eigentlich nicht, was ich erz-

ach, ist auch egal!» Sanne griff nach der Weinflasche, goss sich den Rest ein, steckte die Nase in ihr Glas und nahm einen großen Schluck.

Als der Kellner auf dem Weg zur Theke am Tisch vorbeikam, nahm Fritzi die leere Flasche und hielt sie ihm vor die Brust. «Noch so eine, bitte.»

«Sanne?», sagte Mona streng. «Erzähl uns nix vom Pferd. Die ganze Geschichte jetzt! Los, raus damit.»

«Find ich auch», sagte Fritzi.

Sanne stellte ihr Glas ab und sah so beschämt wie kokett in die Runde. Kirsten war damit beschäftigt, ihre Serviette Kante auf Kante zu falten.

«Was ist mit Micha, dem Reitlehrer?», fragte Mona. Fritzi kicherte.

«Wir ... also, wir sind zusammen ausgeritten.»

«Nein!», rief Mona übertrieben schockiert, aber die Ironie schien Sanne zu entgehen. Schuldbewusst entgegnete sie: «Doch. Und ... es war so toll, wie er mir geholfen hat, die Angst zu überwinden, und – ach, das war alles so unheimlich schön.»

Fritzi zog die Augenbrauen hoch, Mona warf ihr einen kurzen Blick zu und fragte: «Und dann?»

«Dann sind wir ein paar Tage später noch mal ausgeritten. Und ... so vor vier Wochen war dann in Plön Schlossfest, da hatte Micha einen Stand, und weil bei mir sowieso keiner zu Hause war, hab ich ihm am Ende ein bisschen beim Abbauen geholfen.»

Fritzi gab ein verständnisvolles «Hmhm» von sich.

«Also ... Micha hatte bestimmt noch mehr getrunken als ich», fuhr Sanne fort, «und als ich da mit der großen Plane rumhantiert hab, wollte Micha mir helfen, und dann ist uns das ganze Ding aus den Händen gerutscht und stand da wie das Matterhorn in der Gegend rum und –»

«Wie das Matterhorn», wiederholte Mona.

«Ja, genau», sagte Sanne. «Darüber musste ich so lachen, und es hat so geregnet und irgendwie ... hat er mich dann plötzlich geküsst.»

«*Was?*», fragte Kirsten und sah von ihrer Serviette auf.

«Er dich», sagte Fritzi mit fragendem Unterton.

«Ja, also, ein bisschen hab *ich ihn* auch geküsst.» Sanne stützte den Ellbogen auf den Tisch, legte das Kinn in die Hand, sodass ihr Mund nicht mehr zu sehen war, und sah mit leuchtenden Augen zu ihnen auf. «Na ja, knutschen trifft es eigentlich eher. *Kurz*knutschen.»

«Kurzknutschen», sagte Mona. Sie konnte sich nicht erinnern, das schon mal praktiziert zu haben. Warum auch?

«Moment mal», sagte Kirsten und beugte sich vor. «Du hast deinen Reitlehrer geküsst?»

«Den *Reitlehrer*!», kicherte Fritzi. «Auf dem *Schloss*fest!»

«Ich fand Sannes Verehrung für Lady Di ja früher schon übertrieben», gackerte Mona. «Aber damit geht sie jetzt wirklich ein bisschen weit, findest du nicht?»

Fritzi und Mona steckten sich gegenseitig mit ihrem Lachen an und wollten sich gar nicht wieder beruhigen. Der Kellner, sichtlich amüsiert, kam mit einer neuen Flasche Wein und goss allen bis auf Kirsten nach, die gerade noch rechtzeitig eine Hand über ihr Glas halten konnte.

«Jetzt hört doch mal auf zu lachen!», sagte Kirsten. «Warum *machst* du denn so was, Sanne?»

Sanne, die gerade noch mitgekichert hatte, sah sie etwas erschrocken an. «Ich weiß auch nicht», sagte sie, ehrlich ratlos wirkend. «Ich hab die Sache dann auch sofort abgebrochen.»

«Das heißt, das war's?», fragte Fritzi. «Mehr war nicht?»

«Wie – *mehr war nicht?*», sagte Sanne. «Das reicht doch wohl! Schließlich bin ich verheiratet, und ich hab in all den Jahren mit Robert noch nie einen andern geküsst, ich hab nicht mal den *Wunsch* verspürt!»

«Das glaub ich dir doch», sagte Fritzi.

«Ja?» Mona grinste. «Ich finde das schwer zu glauben.»

«Und wenn ich nicht so betrunken gewesen wäre, wär das auch nie passiert», fuhr Sanne fort. «Ich schlaf seitdem total mies, weil ich Robert gegenüber so ein schlechtes Gewissen hab und vollkommen durcheinander bin, und reiten kann ich jetzt auch nicht mehr. Dabei –»

«Wieso das denn nicht?», fragte Mona.

«Weil ich nicht weiß, wie ich Micha jetzt begegnen soll!»

«Ach, was! Du bist doch eine erwachsene Frau!» Für Monas Geschmack war das etwas viel Trara um einen einzigen Kuss.

«Genau», pflichtete Kirsten ihr bei. «Das ist doch ganz einfach. Du gehst zu ihm und sagst, dass das ein Ausrutscher war, den du dir selbst nicht erklären kannst, und dass du verheiratet bist und dass so was nicht wieder vorkommen wird.»

Mona rollte mit den Augen. Auch Sanne wirkte nicht überzeugt.

«Es sei denn ...», sagte Fritzi. «Könnte es vielleicht sein, dass du dich ein bisschen in Micha verliebt hast?»

«Nein!», rief Sanne. «Ich ... ach, am liebsten will ich das alles ungeschehen machen.»

«Willst du nicht!», sagte Mona, und ihre Stimme klang noch rauer als sonst.

«Wie ist er denn so? Erzähl mal!», forderte Fritzi Sanne auf.

«Hast du 'n Foto?», fragte Mona.

«Also, das verstehe ich nicht», sagte Kirsten. «Ihr tut alle so, als gäbe es Robert nicht. Tut der euch gar nicht leid? Oder ... ist jetzt Vielmännerei erlaubt?»

«Wieso, war das bisher verboten?», fragte Mona.

«Also jetzt mal im Ernst», sagte Kirsten und sah Sanne eindringlich an. Mona nutzte den Moment, um ihr unauffällig Wein nachzuschenken. «Robert ist dir doch nicht egal – oder hab ich irgendwas nicht mitbekommen?»

«Robert ist mir überhaupt nicht egal», sagte Sanne ernst.

«Ist Micha jünger als du?», fragte Fritzi.

«Weiß ich nicht», sagte Sanne. «Kann sein. Ein bisschen jünger ist er wahrscheinlich. Er hat eine Tochter, die ist ungefähr zehn ...»

«Und mit der wohnt er zusammen auf dem Reiterhof?»

Sanne nickte. «Und mit der Familie seiner Schwester und mit seinen Eltern.»

Fritzi wollte offenbar weiterfragen, aber Sanne schüttelte den Kopf und machte eine abwehrende Handbewegung. Seit Kirsten angefangen hatte, über Robert zu reden, war ihre Stimmung sichtlich in den Keller gerutscht.

Aber Mona wollte noch nicht lockerlassen. «Ach komm, verrat uns noch ein bisschen mehr.» Sie trank einen Schluck und stand auf, wobei sie fast das Gleichgewicht verlor. «Sonst müssen wir da wohl mal vorbeifahren!» Sie hielt sich am Tisch fest.

Fritzi packte sie an der Hand, und Mona plumpste wieder auf ihren Platz. «Du fährst nirgendwohin.»

«Wieso?», fragte Mona. «Eine Frau hat der doch nicht, oder? Das wär natürlich doof.»

«Du bist ja betrunken», sagte Kirsten.

«Selber», sagte Mona.

«Wisst ihr noch, als Fritzi von der Beerdigung ihrer Großmutter zurückkam und diese Flasche teuren Whisky dabeihatte?», fragte Kirsten.

«Ja, das war in meinem ersten Semester», sagte Fritzi. «Da waren wir gerade erst zusammengezogen.»

«Wir haben ewig am Küchentisch gesessen, und du warst so traurig, Fritzi. Und dann haben wir dermaßen viel getrunken, dass sich mir am nächsten Morgen auf der Fähre noch alles gedreht hat», sagte Kirsten. «Mir war nie wieder so übel. Seitdem hab ich keinen Whisky mehr angerührt.»

Auch Mona erinnerte sich gut. Sie hatten nacheinander alle Exfreunde und Affären angerufen, die sie je gehabt hatten.

«Gott, war das peinlich.» Fritzi schlug sich die Hände vors Gesicht und schüttelte den Kopf.

«Aber hätten wir das nicht gemacht, wäre ich heute nicht mit Bernd verheiratet», sagte Kirsten. «Ich hätte mich sonst nie getraut, wieder Kontakt zu ihm aufzunehmen. Wahrscheinlich wäre ich heute noch Single.»

«Siehst du», sagte Mona. «So was Gutes kann aus einem Vollrausch entstehen.»

«Ich weiß noch, wie du plötzlich in der Tür gestanden hast und zu Matze römisch eins wolltest, Mona.» Sanne hatte sich offenbar etwas erholt und beteiligte sich wieder am Gespräch.

«Wir konnten dich nur mit Mühe davon abhalten», sagte Fritzi. «Gegen alte Liebe ist eben kein Kraut gewachsen.»

«Ja», sagte Mona, «wahrscheinlich wären *wir* heute auch verheiratet, wenn ihr mich gelassen hättet.»

«Wieso? Der wollte doch eine andere heiraten. War das nicht das Problem?», fragte Kirsten.

Mona warf ihr einen strafenden Blick zu. Es war durchaus nicht nötig, sie daran zu erinnern. «Hat er ja auch. Aber danach hat er noch mal mit mir geknutscht.»

«Kurz oder lang?», fragte Fritzi glucksend, aber Mona konnte darüber nicht lachen.

Sanne seufzte. «Womit wir wieder beim Thema wären.»

Sanne

Am nächsten Morgen war Sanne als Erste wach. Sie hatte auf dem Sofa im Wohnzimmer schlecht geschlafen und von all dem Rotwein Kopfschmerzen. In der *Fördestube* waren sie die Letzten gewesen und schließlich Arm in Arm nach Hause gewankt. Fritzi hatte eine Doppelluftmatratze mitgebracht, die sie und Mona im Nähzimmer aufgepumpt und gemeinsam bezogen hatten, und Kirsten hatte sich bereit erklärt, in Isas Bett zu schlafen, angeblich machte ihr das nichts aus. Draußen war es schon hell, aber im Haus war es noch ruhig – bis auf ein bemerkenswert lautes Schnarchen, das aus dem ersten Stock drang. Sanne musste grinsen. Falls es Mona nicht irgendwie geschafft hatte, doch noch unauffällig den Kellner einzuschleusen, dann hatte sich hier jemand sehr erfolgreich von traditionellen Vorstellungen von Weiblichkeit befreit. Sie beschloss, die anderen noch schlafen zu lassen und schon mal Brötchen zu holen.

Als sie zehn Minuten später vor der Bäckerei in der Kanalstraße stand, musste sie jedoch feststellen, dass sie sonntags gar nicht geöffnet hatte. Kurzentschlossen ging Sanne zu ihrem Auto. Dann würde sie eben in die Innenstadt fahren, da kannte sie mehrere Bäcker, die sonntags aufhatten.

Sie ließ den Motor an, fuhr los und bog in den Wittenbrook ein. Es würde ein sonniger Tag werden, ideal, um später ein bisschen den Garten in Ordnung zu bringen. Dazu hatte sie weit mehr Lust, als auf staubige CDs oder darauf, zu überlegen, was sie mit Isas Kleidern machen sollten. Sanne bog scharf links ab und fuhr auf die Brücke, die über den Kanal führte.

Der Abend gestern war schön gewesen, fast wie früher. Und sie war auch froh, dass sie endlich das mit Micha losgeworden war. Was sie jetzt machen sollte, wusste sie allerdings immer noch nicht, denn die Kommentare der anderen waren nicht wirklich hilfreich gewesen. Es war zwar auf dem Schlossfest schon dunkel und außer Micha und ihr kaum noch jemand da gewesen, aber hoffentlich kam Robert die Sache nicht trotzdem irgendwie zu Ohren. Er konnte so dogmatisch sein, hatte so genaue Vorstellungen davon, wie alles zu sein hatte, vor allem, was seine Kinder und seine Ehefrau betraf – da passte Knutschen mit einem anderen Mann nicht *so* gut hinein. Nicht mal kurzknutschen. Sanne grinste still vor sich hin, rief sich dann aber innerlich zur Ordnung, und als sie auf der anderen Seite von der Brücke herunterfuhr, guckte sie schon wieder ernst.

Sie durfte Micha nicht mehr sehen, so viel stand fest.

Sanne fuhr auf eine große Baustelle mit Behelfsampel zu, die gerade auf Rot sprang. Sie bremste und stellte den Motor ab. Das würde eine Weile dauern. Ihr Blick fiel auf die Post, die sie, als sie gestern aufgebrochen war, auf den Beifahrersitz geworfen hatte, und griff nach den drei Umschlägen. Der oberste war von der Telekom, im zweiten war ihre Kreditkartenabrechnung, bei dem dritten Brief handelte es sich um einen dieser bunt bedruckten Werbeumschläge. Sie blickte kurz auf – jetzt rollte der Gegenverkehr an ihr vorbei. *Wellnesshotel Belvedere* stand auf dem Umschlag. Vielleicht sollte sie mal wieder ein Wellnesswochenende machen, das letzte war Jahre her. Sie zog die Broschüre aus dem Umschlag, in der alle möglichen Massagen beschrieben waren. Vielleicht könnte sie sich von Robert ein Wellnesswochenende zum Geburtstag wünschen. Er würde natürlich niemals mitkommen, so was war nichts für ihn, aber vielleicht würde Mona sie ja begleiten. Sie legte das Faltblatt zur Seite und überflog den Formbrief, der dabeilag. Und sah, dass es gar kein Formbrief war. Das Schreiben war an Robert persönlich adressiert.

Ihr Aufenthalt vom 3. bis 5. September im Wellnesshotel Belvedere

Sehr geehrter Herr Brodersen,

wir hoffen, Sie denken noch gern an die in unserem Hause verbrachten Stunden zurück. Leider mussten wir feststellen, dass uns bei der Rechnungstellung ein Fehler unterlaufen ist. Es wurde vergessen, Ihnen die Anwendungen zu berechnen, die Sie und Ihre Gattin außerhalb des von Ihnen gebuchten Pakets «Romantisches Wellnesswochenende de luxe» in Anspruch genommen haben. Wir erlauben uns deshalb, dieses Versäumnis nachzuholen und Ihnen die Rechnung anbei zuzusenden. Wir bitten vielmals um Entschuldigung für dieses Versehen und hoffen sehr –

Sanne zerrte an dem Umschlag, in dem tatsächlich noch ein zweites Blatt steckte: Eine Rechnung über zwei Hot-Stone-Massagen, beide am selben Tag, je 90 Euro für 75 Minuten.

Hinter ihr hupte es. In jeder Hand ein Blatt, sah Sanne vom

Anschreiben auf die Rechnung und wieder zurück. *Sie und Ihre Gattin ... Romantisches Wellnesswochenende de luxe.* Es bestand wohl kein Zweifel daran, was das bedeutete.

Wieder hupte es, vielstimmig diesmal, es riss gar nicht mehr ab. Sanne sah auf und registrierte, dass die einzige Spur frei und die Ampel grün war. Wie ferngesteuert legte sie die Blätter auf den Beifahrersitz und fuhr los, immer der Straße folgend.

Kirsten

Kirsten hatte ihr Laptop auf dem Küchentisch aufgeklappt, ihren Internetstick eingestöpselt und sich einen Tee gekocht. Das Haltbarkeitsdatum der Beutel war zwar im Juli abgelaufen, aber das würde sie wohl kaum umbringen. Sie googelte «Entrümpelung Kiel» und klickte den erstbesten Link an. Blitzräumer.de bot eine zeitnahe Räumung an, allerdings für einen ziemlich happigen Preis, dafür samt Entsorgung von Sperr- und Sondermüll. Zumindest für den Keller war das vielleicht eine Option. Sie notierte den Namen und googelte weiter. Besenfein.de hatte zusätzlich sogar noch einen Reinigungs- und Malerservice im Angebot und führte, wenn gewünscht, Renovierungsarbeiten durch.

Kirsten trank einen Schluck Tee und sah aus dem Fenster. Sannes Auto stand nicht vor der Tür, wahrscheinlich besorgte sie Brötchen. Sie hoffte nur, dass sie nach dem Frühstück dann schnell mit der Arbeit anfingen und ordentlich was wegschafften, denn sie hatte schlicht keine Zeit, noch weitere fünf Wochenenden auf Isas Haus zu verwenden – auf ihrem

Schreibtisch zu Hause warteten stapelweise Klassenarbeiten, die sie zum Teil heute Abend noch korrigieren musste. Dazu kam sie unter der Woche nicht, erst recht nicht, seit sie auch noch den Direktor vertrat. Außerdem verpasste sie heute eine wichtige Orchesterprobe und wollte wenigstens noch ein bisschen Geige üben, und eigentlich wollte sie auch noch ein, zwei ruhige Stunden mit Bernd verbringen, das war in letzter Zeit viel zu kurz gekommen. Aber wie immer war es eigentlich unmöglich, alles zu schaffen, was sie auf der Liste hatte.

Zumal Mona und Fritzi offenbar noch schliefen. Die anderen hatten gestern Abend aber auch ungefähr fünf Mal so viel getrunken wie sie. Ihr selbst hatte schon das eine Glas Rotwein gereicht, um heute bis neun Uhr zu schlafen – eine kleine Sensation, denn Ausschlafen war etwas, das sie verlernt zu haben schien. Dafür taten ihr die Zähne weh. Sie hatte ihre Beißschiene zu Hause vergessen und offenbar wieder heftig geknirscht. Und das, wo ihr Kieferorthopäde sie beschworen hatte, die Schiene nachts immer zu tragen, weil ihr Zahnschmelz stellenweise schon ganz abgerieben war. Normalerweise befolgte sie diesen Rat auch gewissenhaft, schließlich hatte sie wirklich kein Interesse daran, auch wegen ihrer Zähne noch ständig zum Arzt zu müssen. Ihr Kieferorthopäde hatte außerdem gesagt, sie sollte sich um die Ursachen kümmern, weil die Schiene nur die Symptome behandeln konnte. Aber der hatte leicht reden. Die Ursache war vermutlich die viele Arbeit, also musste sie einfach zusehen, dass sie die schaffte. Alles andere half sowieso nicht. Sie musste sich eben noch ein bisschen stärker an die Kandare nehmen, dann würde das schon werden.

Oben klappte eine Tür, dann hörte Kirsten Wasser plätschern – es klang, als ließe sich jemand ein Bad ein. Die hatten echt die Ruhe weg. Am liebsten wäre sie hochgegangen und hätte die Schlafmützen zur Eile angetrieben. Aber das ließ sie besser bleiben. Sie merkte ja selbst, dass sie im Moment manchmal ziemlich ruppig war, und sie konnte sich in der Rolle der Meckerziege selbst nicht leiden. Aber sie konnte auch nicht einfach auf freundlich und entspannt umschalten, wenn sie es nicht war. Warum war sie nicht auch so locker wie die anderen? Warum musste sie alles immer so ernst nehmen? Neulich hatte einer ihrer Schüler, nachdem sie ihn ermahnt hatte, zu ihr gesagt: *Immer easy. Sie müssen mal chillen.* Am liebsten hätte sie geantwortet: *Das würde ich ja gern, aber wie, zum Teufel, geht das?*

Kirsten stand vom Tisch auf. Am besten, sie fing schon mal an zu arbeiten. Und zwar im Keller.

Eine gute Stunde später trieb der Hunger sie wieder nach oben. Sannes Auto war immer noch nicht wieder da, und in der Küche war alles unverändert. Mit entschlossenen Schritten ging Kirsten die Treppe hoch. Die Tür zum Bad war nur angelehnt. Sie klopfte und steckte den Kopf durch den Türspalt. Mona stand in ein Handtuch gewickelt vor dem goldgerahmten Spiegel und kämmte sich die nassen Haare.

«Guten Morgen», sagte Kirsten.

«Morgen!», antwortete Mona fröhlich. «Ausgeschlafen?»

«Ja, ich bin schon länger wach. Hast du eine Stunde lang gebadet?»

«Kann sein. Wieso?»

«Und hast du Fritzi schon gesehen?»

«Nee, die scheint noch zu pennen.»

Kirsten atmete einmal durch. Sie wollte wirklich keine

schlechte Stimmung verbreiten, aber ... «Ich weck sie jetzt mal, ja? Der Sonntag ist ja bald rum.»

«Och, lass sie doch. Wann kann die schon mal ausschlafen.»

So langsam platzte Kirsten wirklich die Hutschnur. «Echt, Mona, wir sind zum Arbeiten hier! Ich weck sie jetzt.»

Aber das musste sie gar nicht.

«Hier bin ich», sagte Fritzi, die im Nachthemd hinter ihr stand und gähnte. «Hat schon jemand Kaffee gemacht?»

«Nein, es hat noch niemand Kaffee gemacht», sagte Kirsten säuerlich und ging Richtung Treppe. «Ich versteh auch gar nicht, wo Sanne so lange bleibt. Ich dachte, sie wäre Brötchen holen, aber sie ist jetzt bestimmt schon zwei Stunden weg.»

«Ist ja komisch. Na, sie wird schon wiederkommen.»

Mona kam erst nach unten, als der Tisch schon fertig gedeckt war – gewisse Dinge änderten sich anscheinend nie. Genau wie die Tatsache, dass Sanne offensichtlich vorgesorgt hatte, denn im Kühlschrank fand sich alles, was sie zum Frühstück brauchten – außer Brötchen.

«Den Kaffee machst besser du.» Kirsten drückte Mona die Packung in die Hand. «Bei mir wird der nichts, ich trinke ja nur Tee. Ich ruf Sanne jetzt mal auf dem Handy an, mir ist das langsam nicht mehr geheuer.»

Mona nickte und schaltete die Espressomaschine ein, während Kirsten auf ihrem Handy nach Sannes Nummer scrollte. Aus dem Wohnzimmer war ein Dudeln zu hören. Kirsten und Mona sahen sich an.

«Sie hat's liegen lassen», stellte Mona fest und öffnete eine Schranktür nach der anderen, bis sie gefunden hatte, was sie suchte. Sie nahm eine Tasse heraus und wollte den Schrank gerade wieder zumachen, als sie etwas entdeckte. «Oh, guck mal!» Sie nahm eine andere Tasse heraus, eine selbstgetöpferte, rot glasierte, auf der in tanzenden weißen Buchstaben ihr Name stand. «Und hier hinten sind auch die anderen.» Mona stellte nacheinander *Kirsten, Isa, Mona, Fritzi* und *Sanne* auf den Tisch. «Alle noch da!»

«Das ist ja schön», sagte Kirsten, die schon gestern festgestellt hatte, dass sie mit den nostalgischen Gefühlen der anderen drei nicht ganz Schritt halten konnte. «Aber mich interessiert gerade mehr, wo Sanne ist.»

Mona stellte eine Tasse auf das Gitter der Espressomaschine, als auch schon dröhnend dampfender Kaffee aus der Düse floss. Als die Tasse voll war, sagte sie: «Also, ich gehe jetzt raus auf die Terrasse, eine rauchen, und wenn ich wiederkomme, werde ich wissen, was wir in der Angelegenheit unternehmen.» Sie ging aus der Küche.

«Iiih, du bist eklig», sagte Kirsten, «du hast ja noch nicht mal was gegessen.»

Mona kam noch mal zurück, offenbar eigens, um Kirsten ihre noch nicht angezündete Zigarette unter die Nase zu halten. «Hmmmm – die erste Zigarette am Morgen ist die beste.»

«Igitt.» Kirsten schüttelte sich.

Mona verschwand lachend Richtung Terrassentür, und kaum hatte sie diese hinter sich geschlossen, hörte Kirsten draußen eine Autotür zufallen.

Sie ging zur Haustür. Es war Sanne. «Hallo! Wo warst du denn?»

«Spazieren», sagte Sanne im Näherkommen. «Ich dachte, ihr schlaft bestimmt noch eine Weile.» Sie ging an Kirsten vorbei in die Küche und legte die große Brötchentüte auf den Tisch, als endlich auch Fritzi die Treppe herunterkam, die sich in der Zwischenzeit angezogen hatte.

«Ich rieche Kaffee», sagte sie und steuerte auf die Kaffeemaschine zu. «Da bist du ja, Sanne, und wir dachten schon, du würdest dich heimlich mit deinem Reitlehrer treffen.» Fritzi kicherte und zwickte Sanne von hinten in die Seiten. «Hmm, Brötchen!» Sie griff nach der Tüte und sah hinein.

Kirsten füllte Wasser für ihren Tee in den Wasserkocher, schaltete das Gerät ein und ging dann Richtung Tür. «Ich hol mal Mona.»

Als schließlich alle am Tisch saßen, sagte Sanne: «Eine von euch schnarcht zum Gotterbarmen. Unfassbar.»

«Ich bin's nicht», sagte Kirsten, «das hätte Bernd mir gesagt. Kannst du mir mal die Butter geben?»

«Ich auch nicht», sagte Mona. «Da hätte sich sonst schon mal irgendjemand beschwert.»

Alle sahen Fritzi an. «Ja, *ich* auch nicht!», sagte die im Brustton der Überzeugung und schmierte sich Marmelade auf ein Mohnbrötchen. «Seh ich etwa aus, als würde ich schnarchen?»

«Nein, du siehst wie immer aus wie eine Elfe», sagte Mona mit vollem Mund. «Was mir übrigens ein Rätsel ist, nach *dem* Abend. Aber ich hab schlechte Neuigkeiten für dich: Es geht beim Schnarchen nicht nach Schönheit. Peter zum Beispiel sieht ziemlich gut aus, wie ich finde, schnarcht aber leider wie ein Fernfahrer.»

«Ja, aber das wüsste ich doch», sagte Fritzi etwas verunsichert.

«Das stimmt, sie müsste es eigentlich selber merken», sagte Sanne. «Ich hab in den letzten Wochen meiner beiden Schwangerschaften geschnarcht wie verrückt und bin öfter davon aufgewacht.»

Fritzi kicherte. «Echt? Wie lustig. Das war bei mir nicht so.

Aber die letzten Schwangerschaftswochen zählen nicht, im Nilpferd-Modus ist alles anders.»

Kirsten räusperte sich. «Also, Mädels», sagte sie, «ich schlage vor, wir stellen die Frage zurück, wer am lautesten schnarcht, und denken jetzt doch mal drüber nach, wer im Haus nach dem Frühstück was macht. Es geht nämlich auf Mittag, und ich *muss* um sechzehn Uhr los. Auf mich warten zu Hause viel Arbeit und mein Mann.»

«Okay», sagte Sanne. «Du hast recht. Ich würde ganz gern den Garten übernehmen.»

«Ich mach mit dem Balkonzimmer weiter», sagte Mona.

Kirsten nickte. «Gut, aber ich brauche auch jemanden, der mir im Keller hilft. Isa hat nämlich offenbar alles nach unten geräumt, was sie hier oben gerade nicht brauchen konnte. Und ich meine wirklich alles. Da ist ein richtiger Fundus – Tische, Stühle, zusammengerollte Teppiche, das Ehebett samt Matratze und Lattenrost und vor allem volle Kartons ohne Ende.»

«Aber da wird ja nichts von Wert dabei sein, wenn Isa es ausgemustert hat, oder? Überwiegend sind das doch bestimmt Sachen, die direkt auf den Sperrmüll können», sagte Mona.

«Das kann sein, aber wir müssen es ja wenigstens durchsehen. Und dann sind sicher auch Dinge dabei, die auf den Sondermüll gehören, Elektrokram und so. Fritzi, hilfst du mir unten?»

«Mach ich.»

«Gut.» Kirsten nickte. Wurde auch Zeit, dass sie in die Gänge kamen.

Sanne

Sanne bückte sich, um einen großen Ast aufzuheben, der eine Schneise in das hohe Gras geschlagen hatte. Schönes Brennholz wäre das. Schade, dass Isa keinen Kamin hatte. Vielleicht sollte sie die Zweige nachher einfach in den Kofferraum laden und mit nach Hause nehmen, für den Außenkamin. Aber inzwischen war es dafür eigentlich zu kalt. Außerdem konnte sie sich sowieso nicht vorstellen, heute Abend mit Robert heimelig am Feuer zu sitzen ... Wie sollte sie überhaupt jemals wieder einfach mit ihm zusammensitzen und plaudern?

Sie hatte das Ganze immer noch nicht wirklich begriffen. Ja, ihr war klar, dass ihre Ehe sich verändert hatte, dass Robert und sie auseinandergedriftet waren in den Jahren, in denen er sich auf seine Arbeit und sie sich auf die Kinder konzentriert hatte. Aber war das nicht normal in der Zeit zwischen dreißig und vierzig, in der es eben genau darum ging, Kinder großzuziehen und sich im Job zu etablieren? Sie war immer davon ausgegangen, dass sich das wieder ändern, dass Robert und sie wieder zueinander finden würden, sobald wieder Zeit dafür war. Auszuschließen war das ja auch nach wie vor nicht. Vielleicht hatte das alles gar nichts zu bedeuten, und es gab irgendeine plausible Erklärung ...

Was sollte sie jetzt machen? In jedem Fall wollte sie, dass alles blieb, wie es war. Der Umzug hatte genug Veränderungen mit sich gebracht, ihre Kieler Nachbarschaft fehlte ihr, und Alex vermisste sie sowieso jeden Tag. Sie würde in keinem Fall irgendwas unternehmen, was noch mehr Trennungen nach sich ziehen könnte.

Aber wenn sie daran dachte, dass sie sich seit Wochen

schämte, weil sie Micha geküsst hatte. Geküsst! Ein Mal! Während Robert offensichtlich ... sie mochte gar nicht daran denken. Mit voller Wucht schlug sie den Ast gegen die überstehende Kante einer Bodenfliese, bis er endlich brach. Sie schmiss ihn zu den anderen, stützte die Hände auf die Oberschenkel und atmete einmal lautstark durch.

Für das Laub und die vielen kleinen Äste, die noch im Gras verstreut lagen, würde sie einen Rechen brauchen. Hoffentlich gab es so was im Schuppen. Nachdem sie den Schlüssel geholt und die Schuppentür geöffnet hatte, drehte sie das Licht an und sah sich in dem kleinen Raum um. An der Wand hingen Spaten, Harken, ein Besen und tatsächlich auch ein Rechen. Sanne griff danach, aber das Ding verhakte sich in dem ganzen Zeug, das sich auf dem Boden türmte. Sie zog die schwere Schlauchtrommel zur Seite und versuchte, eine der langen Zinken aus dem Grillrost zu befreien, in dem sie sich verfangen hatte. Es war der alte Grill, den sie früher im Sommer ständig in Gebrauch gehabt hatten, nicht zuletzt auf ihren zahlreichen Gartenpartys. Sanne seufzte, machte das Licht wieder aus und schloss die Tür hinter sich. Sie ging mit dem Rechen in der Hand in den hinteren Teil des Gartens und begann an der Mauer, das Laub und die Äste des letzten Jahres zusammenzurechen.

Bei einer dieser Gartenpartys hatte sie Robert kennengelernt. Sanne wusste noch, wie sie mit einer Riesenschüssel Nudelsalat in den Garten gekommen war, wo Robert mit Isa, Fritzi und Mona zusammenstand. Er hatte sie mit seinem Blick förmlich hypnotisiert. Wann immer sie an dem Abend verkündet hatte, sich jetzt aber auch mal um andere Gäste kümmern zu müssen, stand er bald schon wieder neben ihr. *Muss was mit Magnetismus zu tun haben*, hatte er gesagt.

Und als alle weg waren, saßen sie schließlich zu zweit allein an einem Tisch und redeten, bis Sanne vor Müdigkeit fast von der Bank gefallen wäre. Sie hatten in den folgenden Wochen regelmäßig etwas gemeinsam unternommen, waren noch im selben Sommer zusammen segeln gewesen, und Robert hatte Sanne mit seiner Freundlichkeit, seiner Verliebtheit und seiner Entschlossenheit immer mehr für sich eingenommen.

«Na, kommst du voran da unten?» Mona stand auf dem Balkon, die Arme auf die Brüstung gestützt, in einer Hand ihre offenbar leere Kaffeetasse.

«Geht so. Es ist wahnsinnig viel von den Bäumen runtergekommen, so kann man nicht mähen», rief Sanne. «Oder ist das Gras sowieso zu hoch, um einfach mit dem Rasenmäher drüberzugehen?»

«So was weiß ich doch nicht.» Mona wackelte mit ihrer Tasse. «Wollen wir noch einen Kaffee trinken?»

Sanne sah sich unschlüssig um.

«Komm, wir treffen uns in der Küche.»

Sanne stand an der Espressomaschine und goss sich warme Milch ein, während Mona sich mit ihrer dampfenden Tasse an den Küchentisch setzte.

«So, jetzt erzähl mal genauer», sagte Mona. «Was hat es mit diesem Micha auf sich?»

«Ach», sagte Sanne wegwerfend und setzte sich ebenfalls. «Gar nichts.»

«Das glaub ich dir keine Sekunde», sagte Mona. «Wenn *du* so was machst, dann hat es was zu bedeuten. Du hast doch, seit du verheiratet bist, noch nie einen andern geküsst.»

Sanne nickte. «Ist schon so.»

«Na also. Entweder bist du wirklich verliebt in den Typen, oder Robert vernachlässigt dich so sehr, dass du einfach total anfällig bist für männliche Aufmerksamkeit.»

«Wofür du ja eigentlich Verständnis haben müsstest.» Sanne nippte an ihrem Kaffee.

«Nicht frech werden, ja? Außerdem: Verständnis hab ich sowieso.» Mona trank einen Schluck und wischte sich die Milch von der Oberlippe. «Und ich lege Wert darauf, festzuhalten, dass Peter mich nicht vernachlässigt.»

«Soll heißen? Du vögelst einfach aus Prinzip in der Gegend rum, oder was?»

«Ich vögel nicht in der Gegend rum!»

«Ach so. Ich dachte.»

Mona schüttelte den Kopf. «Du Moralapostel. Jetzt sag schon, was ist es: A oder B?»

«Ich weiß nicht. Ich freu mich einfach immer sehr, wenn ich Micha sehe.» Er sah sie immer so aufmerksam an aus seinen unglaublich hellblauen Augen, aber verliebt war ein so großes Wort. «Vielleicht ist es von beidem ein bisschen. Mit Robert ist jedenfalls nicht alles in Ordnung. Definitiv nicht.»

«Definitiv nicht? Seit wann das denn?»

Sanne griff nach ihrer Tasche, die an der Rückenlehne eines Stuhls hing, holte den Brief heraus und legte ihn Mona hin. «Den hier hab ich vorhin aufgemacht.»

Mona faltete die beiden Blätter auseinander, las sie und sah dann auf. «Ich gehe recht in der Annahme, dass es sich bei der Gattin nicht um dich handelt?»

Sanne nickte.

«Scheiße. Das ist allerdings ziemlich eindeutig.»

Wieder nickte Sanne, und ihre Mundwinkel begannen zu zucken.

«Süße, nicht weinen!» Mona rückte näher an ihre Freundin heran und legte den Arm um sie. «Entschuldige! Mann, ich bin aber auch immer undiplomatisch!»

Sanne machte die Augen zu. Sie spürte, wie Mona sie zu sich heranzog und sie fest in die Arme schloss, und im selben Moment war es um sie geschehen. Sie schluchzte auf, Tränen liefen ihr übers Gesicht. «Das ist genau das, was ich immer befürchtet habe», sagte sie mit erstickter Stimme.

«Schhhh», machte Mona und streichelte ihr über den Rücken.

Sanne schluchzte vor sich hin. Während Mona weiter beruhigende Geräusche machte, war aus dem Flur das Zuschlagen der Toilettentür zu hören. Kurz darauf kam Fritzi an der Küche vorbei. Sie blieb für einen Moment im Türrahmen stehen und sah Mona fragend an, aber die schüttelte den Kopf, und Fritzi ging wieder Richtung Keller.

«Im Grunde wusste ich, dass irgendwas nicht stimmt, und wenn ich nicht so feige wäre –» Sanne zog die Nase hoch.

«Du bist nicht feige», sagte Mona ruhig.

«Doch, ich bin feige, und ich bin schwach. Guck doch, wie ich rumheule.»

«Menschen weinen nicht, weil sie schwach sind», sagte Mona, «sondern weil sie so lange so stark waren.»

Sanne sah auf. «Ist das von dir?»

Mona schüttelte den Kopf. «Von Johnny Depp.»

«Hattest du mit dem auch mal was?», fragte Sanne schniefend.

«Nein», sagte Mona, «*das* ist der, mit dem ich noch nichts hatte.»

«Ausgerechnet.» Sanne machte ein Geräusch, das wie eine Mischung aus Kichern und Grunzen klang, und Mona wischte ihr lächelnd eine Träne vom Kinn. Sanne atmete einmal tief durch. «Was mach ich denn jetzt? Was würdest du machen?»

Mona sah sie mitfühlend an. «Steinigen, an den Pranger stellen, vierteilen, den Mann! Nein, im Ernst ...» Sie dachte kurz nach. «Das musst du selbst entscheiden. Du musst ja tun, was für dich das Richtige ist.»

«Wie weise.»

«Na ja.» Mona zuckte mit den Schultern.

«Sagst du mir trotzdem, was du machen würdest? Ich mach's auch nicht.»

Mona lachte. «Also, ich an deiner Stelle – mit den Kindern und so ... ich würd auf jeden Fall erst mal mit Robert reden. Hören, was das überhaupt für eine Geschichte ist.»

«Er hat ein Wochenende im *Wellness*hotel mit ihr verbracht. Ein *Romantik*wochenende.»

Mona nickte.

«*De luxe!*», rief Sanne.

«Ich weiß, ich hab's gelesen.»

«Nach einer einmaligen Sache klingt das nicht.»

«Nein. Eher nicht.»

Mona

Mona hörte Kirsten und Fritzi die Kellertreppe hochkommen, offenbar bester Laune. Hastig faltete sie den Brief zusammen und steckte ihn zurück in Sannes Handtasche, während Sanne aufstand und zur Spüle ging, um sich etwas kaltes Wasser ins Gesicht zu spritzen. Kurz darauf platzte Kirsten in die Küche und schwenkte ein Spiralbuch durch die Luft. Als Mona danach greifen wollte, riss Kirsten den Arm hoch.

«Ist das etwa das Heft, das früher immer neben dem Telefon lag?»

«Genau», sagte Kirsten. «Haben wir in einer der Kisten unten gefunden. Wir haben nämlich schon richtig was geschafft!»

Fritzi, die hinter Kirsten stand, rupfte es ihr aus der Hand und rief: «Ich les vor!» Sie setzte sich an den Küchentisch und schlug das Heft irgendwo auf. Mona rutschte mit dem Stuhl näher an sie heran.

«Oh Mann, guck dir Isas Klaue an, das kann ja kein Mensch lesen.»

«Linkshänderin eben», sagte Mona.

«Kirsten, hör mal: *Kirsten, viele Grüße von deinem Bruder, er hat seine Führerscheinprüfung bestanden!*»

Kirsten lächelte, klappte den Deckel des Wasserkochers auf und drehte den Wasserhahn auf.

«Und Fritzi, guck mal hier: *Fritzi, bitte Georg zurückrufen.*» Mona lachte. «Und eine Seite weiter: *Fritzi, jetzt ruf doch mal Georg zurück. Der arme Kerl ruft hier jeden Tag an.* – Das ist Sannes Schrift, oder?»

Sanne stellte sich hinter Mona und sah ihr über die Schulter. «Das *war* mal meine Schrift, ja.»

Mona blätterte um und las Fritzis Antwort vor: «*Jaaa, na gut, mach ich. Warum sind eigentlich immer die Falschen so hartnäckig? Muss ich wohl doch mal deutlich werden ...*»

«Es ist ein hartes Schicksal, wenn einem die Männer derart hinterherrennen», sagte Sanne ironisch.

Fritzi ließ das unkommentiert. «Guckt mal», sagte sie,

«daran erinnere ich mich noch, da bin ich ans Telefon gegangen: *Mona, Gruß von deiner Schwester: Du sollst dich von deinem Zahnarzt schwängern lassen und ihn dann erpressen, weil sie Geld braucht.*» Alle lachten. «Daraus ist dann nichts geworden, oder?», fragte Fritzi.

«Nee. Genau wie hieraus», sagte Mona. «*Wo seid ihr denn alle? Falls ihr mich sucht, ich hab mich im Kanal ertränkt. Sollte der Versuch wider Erwarten fehlschlagen, gehe ich danach in ein Café und lerne meinen Traummann kennen. Wenn Büscher anruft, liege ich krank im Bett. Isa.*»

«Wer war denn Büscher?», fragte Sanne.

«War das nicht der Professor, bei dem sie Hilfskraft war?», sagte Kirsten.

«Was war denn da los gewesen?», fragte Mona.

«Ich weiß es auch nicht mehr.»

«Ich glaub, wir waren damals einfach ein bisschen dramatisch», sagte Sanne.

«Das fand ich ja früher schon», sagte Kirsten.

Mona sah Kirsten an. «Hast du eigentlich nie das Gefühl gehabt, was verpasst zu haben? Im Nachhinein, meine ich?»

«Nö.»

«Echt nicht?»

«Nee. Du?»

«Ich? Wieso?»

«Ach, vergiss es», sagte Kirsten.

Sanne zeigte auf eine Notiz auf der rechten Seite. «Hier, das weiß ich noch: *Freitag Lassie Singers in der Pumpe!! Wusstet ihr das??? Kaufe Karten. Für uns alle? Sagt mal schnell, ob ihr könnt. S.*»

Darunter stand:

Bin dabei. Mona
Ich auch. K.
Therotisch ja, praktisch muss ich noch mal gucken. Fritzi
ThEROtisch??? M.
ThEOREtisch. Praktisch auch, komme mit! Fritzi
Ich auch! Isa

«Das war der Abend, als wir nachher noch die halbe Nacht zu fünft am Wasser gesessen haben …», sagte Sanne verträumt.

«*Christine hat angerufen: Morgen 22 Uhr Semesterabschlussbesäufnis in der Dicken Wirtin*», las Fritzi.

«Und guck mal, hier», sagte Kirsten. «*Sanne? Wohnst du eigentlich noch hier? Falls du schon zu Robert gezogen bist, sag mal Bescheid ☺*»

«*Ja, noch wohne ich hier. Aber … wir müssen reden*», las Fritzi Sannes Antwort vor.

Sanne lachte. «Der Spruch stand genau an dem Tag in dem Heft, als ich nach einem Wochenende bei Robert wieder nach Hause kam. Ich hab an einem Freitag festgestellt, dass ich schwanger bin, dann bin ich zu Robert, und wir haben die ganze Nacht geredet, und ich hab geheult, und dann haben wir beschlossen, das Kind zu bekommen und das irgendwie zu schaffen, und er hat mir einen Heiratsantrag gemacht, und ich hab ja gesagt. Das ging alles so schnell, ich wusste überhaupt nicht, wie mir geschieht. Und dann kam ich nach Hause und hab *das* im Telefonheft gelesen. Das war wohl Telepathie.»

«Ja, das ging wirklich alles extrem schnell», erinnerte sich Mona. «Ein halbes Jahr später wart ihr verheiratet, und du warst weg.»

«Leider!», sagte Kirsten. «Damit begann ja in der WG die

Ära der Austauschstudenten. Und nie hat uns wieder jemand so gut bekocht wie Sanne.»

«Also, José fand ich ja ganz nett.» Fritzi lächelte.

«Ja, das ist uns nicht entgangen», sagte Kirsten.

Sanne hatte noch etwas gefunden und las vor: «Guckt mal hier, von Isa: *Fritzi, hab mir deine rote Bluse geliehen, ok? Ist bei mir etwas eng, aber geht*. Aber am besten ist die Antwort –»

«*Ist doch therotisch*», las Fritzi, und alle lachten.

Kirsten sah auf die Uhr. «Oh, es ist ja schon halb vier. Ich muss mich langsam auf den Weg machen.»

«Echt, schon?», sagte Fritzi erschrocken. «Dann muss ich auch los.»

«Wir müssen aber noch einen neuen Termin ausmachen.» Kirsten holte ihr Handy hervor, Mona und Fritzi ebenfalls, und Sanne ihren Terminkalender.

Diesmal gestaltete es sich besonders schwierig, ein Wochenende zu finden, an dem sie alle konnten. Mona und Fritzi hatten Reisepläne, und Kirsten hatte an fast jedem Wochenende Orchesterprobe oder schulische Verpflichtungen. Schließlich einigten sie sich auf einen Termin im November. Nachdem sie ein bisschen aufgeräumt und ihre Sachen zusammengesucht hatten, fanden sich alle wieder unten im Flur ein.

«Nächstes Mal müssen wir aber fleißiger sein», sagte Kirsten streng und zog ihren Anorak an. «Also, auch ihr, meine ich. *Wir* waren ja fleißig, nicht, Fritzi?»

«Allerdings.»

«Ja, dieses Mal sind wir nicht besonders weit gekommen», gab Mona zu, sah in den Spiegel ihrer Puderdose und zog sich die Lippen mit *Scandalous Red* nach.

«Musst du denn auch schon los?», fragte Sanne Mona.

«Ja, leider. Ich muss noch was vorbereiten und, ähm, ich wollte später gern noch Peter sehen.»

Sanne nickte, drehte sich um und verschwand in der Toilette.

Fritzi nahm Mona beiseite und fragte leise: «Was hatte sie denn vorhin? Als sie geweint hat?»

«Ach, sie ist ein bisschen durcheinander.»

«Wegen dem Reitlehrer?»

Mona machte eine unbestimmte Kopfbewegung und ließ Fritzi in dem Glauben.

NOVEMBER

Mona

Am vereinbarten Samstagmorgen schoss Mona in ihrem Mazda über die Autobahn. Sie hatte gar nicht gewusst, dass ihr Auto es noch auf fast zweihundert Stundenkilometer brachte. Aber die Straßen waren auch so schön leer. Als im Radio die ersten Takte von *Wake Me Up* von Aloe Blacc erklangen, drehte sie lauter, und sie hatte gerade angefangen, den Refrain mitzuschmettern, als über die Freisprechanlage ihr Handy klingelte und die Musik automatisch ausging. A cappella sang sie noch «When I'm wiser and I'm older» und hängte einen komplizierten Triller hintendran, dann nahm sie den Anruf an.

Es war Sanne, die ziemlich atemlos darum bat, abgeholt zu werden, ihr Auto sprang nicht an. Mona versprach es und gab Sannes Adresse in ihr Navi ein, das sie aufforderte, die Autobahn bei der nächsten Abfahrt zu verlassen. Etwa dreißig Kilometer lang folgte sie der Straße, die sie durch die hügelige, nebelverhangene Landschaft führte, vorbei an Feldern in allen Braun- und Ockertönen, nur hier und da unterbrochen von Knicks, welche die Äcker voneinander trennten.

Es war ein ungemütlicher Tag, was den Morgen im Bett umso gemütlicher gemacht hatte. Sie hätte ewig mit Peter so daliegen können, am liebsten den ganzen Winter über. Er hatte bei ihr übernachtet, weil seine Frau übers Wochenende verreist war, samt der zartbesaiteten Töle. Zu schade, dass sie ausgerechnet an diesem Wochenende nach Kiel musste und es nicht mit Peter verbringen konnte.

Andererseits war es vielleicht ganz gut so. Immer bereitzustehen, wenn er Zeit hatte – das ging sowieso gar nicht. Außerdem musste sie aufpassen, dass sie sich nicht zu sehr an Peter gewöhnte ...

Die Straße führte sie jetzt direkt zwischen dem Großen und Kleinen Plöner See hindurch, fast, als führe man direkt über Wasser. Seen über Seen gab es hier, manche waren von Häusern und Bootsanlegern gesäumt, andere lagen vollkommen einsam und unberührt da, blanke dunkle Scheiben im Novembergrau. Schließlich parkte sie auf dem Vorplatz des strahlend weißen Hauses von Sanne und Robert. Mona stieg aus und klingelte, und sofort öffnete Sanne, in Jeans und dicker Strickjacke, die Tür.

«Toll, dass du mich mitnimmst.» Sanne fiel Mona um den Hals und stellte dann eine kleine Reisetasche und einen großen flachen Korb vor die Haustür. «Passt der bei dir noch rein? Ich hab ein bisschen was zu essen dabei.»

«Ja, bestimmt, aber glaub nicht, dass wir jetzt sofort weiterfahren. Wenn ich schon mal hier bin, will ich auch schnell eine Führung.»

«Ach ja, in fertigem Zustand kennst du das Haus ja noch gar nicht.»

Mona hatte, bis auf einen kleinen Besuch in der Umbauphase, immer zugesehen, dass Sanne und sie sich in der Stadt trafen. Sie hatte keine Lust aufs Land, und Sanne war immer froh, mal nach Hamburg zu kommen. Mona war tatsächlich noch nicht hier gewesen, seit Sanne und ihre Familie eingezogen waren.

«Aber wir sind schon so spät dran ...»

«Die fünf Minuten ... wenigstens das Erdgeschoss!» Mona schob Sanne beiseite und trat in die Eingangshalle. Sie sah sich um und schlenderte dann über die Schachbrettfliesen direkt in den ersten der drei Räume, die alle ineinander übergingen und offenbar den Wohn- und Essbereich bildeten. In der Mitte des ersten Zimmers thronte auf einem weißen Teppich eine schwarze Le-Corbusier-Liege, das zentrale Möbelstück in dem großen hohen Raum, in dem es sonst nur noch ein weißes Tischchen, ein weißes Sideboard und einen schwarzen Sessel gab, den sicher auch einer der ganz großen Vertreter der Moderne entworfen hatte, Mona hatte aber keine Ahnung, wer. Dann drehte sie sich einmal um die eigene Achse und betrachtete das andere Zimmer, anscheinend das Esszimmer, in dem ebenfalls alles schwarzweiß war.

«Hätte ich besser mal mein kleines Schwarzes mitgebracht. In Jeans fühlt man sich hier ja völlig fehl am Platz», rief sie Sanne zu, die irgendwohin verschwunden war. «Benutzt ihr diese Räume überhaupt?»

«Ja, klar.» Sanne kam zu Mona ins Esszimmer.

«Sieht aber nicht danach aus!»

«Ich weiß. Robert mag das so.»

«Ach, Robert mag das so ... Und Farben mag er nicht, nein?»

«Er liebt halt schwarzweiß, er findet, das ist der Inbegriff von Stil.»

«Und was findest du?», fragte Mona und öffnete eine Tür, hinter der sich aber nur ein Abstellraum befand.

«Na ja, es ist schon sehr klassisch und elegant», sagte Sanne.

Ja, dachte Mona, aber auch ziemlich kalt und unpersönlich.

«Wollen wir dann?» Sanne stand schon mit der Reisetasche über der Schulter, dem großen Korb in der einen und einem Packen Papier in der anderen Hand vor der Haustür.

Mona nickte.

«Kannst du noch meine blaue Jacke da vom Haken nehmen, bitte?»

Mona tat ihr den Gefallen, zog die Tür hinter sich zu und folgte Sanne zum Auto. «Ich hab diesmal auch was zu essen für uns mitgebracht.»

Sanne legte den durch mehrere Gummibänder zusammengehaltenen Stapel Papier in Monas Kofferraum.

«Was ist das denn?»

«Ach, das ist was für Kirsten», sagte Sanne. «Was hast du denn zu essen dabei?»

«Ich hab so 'n Stück Fleisch aus dem Redaktionskühlschrank mitgenommen.»

«Aus dem Redaktionskühlschrank?» Sanne klang skeptisch.

«Aus dem Kühlschrank von der Kochshow. Brauchst gar nicht so angeekelt zu gucken, da sind nur feinste Sachen drin.»

«Zeig mal her.»

Mona griff nach der Fototasche, in der sich außer einem Kühlpack nur ein schweres kleines, in eine weiße Plastiktüte gewickeltes Päckchen befand. Darauf klebte ein Aufdruck mit verschiedenen Angaben in winziger Druckschrift.

Sanne versuchte, sie zu entziffern. Dann sah sie Mona mit großen Augen an. «Sag mal, weißt du, was das ist?»

«Na, Fleisch.»

«Ja, aber was für welches?»

«Rindfleisch, dachte ich.»

Sanne rollte mit den Augen. «Das ist *Kobe*-Rind. Hast du 'ne Ahnung, was das kostet?»

«Nö. Wieso?»

«Also fünfhundert Euro bestimmt.»

«*Das* kleine Stück da?»

«Das ist kein kleines Stück.» Sanne wog das Päckchen in ihrer Hand. «Das sind an die tausend Gramm, schätze ich. Und zwar vom so ungefähr besten Rindfleisch, das es gibt. Bist du sicher, dass wir das essen dürfen? Es wird doch auffallen, wenn das fehlt.»

«Ach, wird schon nicht so schlimm sein», sagte Mona. Schließlich war sie immer noch die Chefin. «Wein hab ich hier auch noch irgendwo.»

«Wahrscheinlich einen 1987er Pavillon Rouge.»

«Muss ich glatt mal nachgucken.» Mona lachte. Das wäre ihr dann doch aufgefallen. «Was ist denn an dem Fleisch so besonders?»

«Es ist wahnsinnig muskulös und zart», sagte Sanne und packte es wieder zurück. «Die Züchter behandeln ihre Tiere besser als andere ihre Ehefrauen. Denen werden keine Antibiotika gegeben, und sie bekommen nur hochwertiges Futter, und angeblich sogar Massagen ...»

«Da könnte sich natürlich jede Ehefrau glücklich schätzen», sagte Mona trocken und machte den Kofferraum zu. «Und woher weißt du das alles?» Nachdem auch Sanne eingestiegen war, ließ Mona den Motor an.

«Robert hat mal von einem Auftraggeber zwei Kobe-Steaks geschenkt bekommen und sich in die Materie eingearbeitet, bevor wir sie zubereitet haben.» Sanne schnallte sich an, und sie bogen auf die Straße ein. «Das machen wir uns gleich heute Abend, ja? Das wird ein Fest! Eigentlich ist mir auch völlig egal, ob du damit deinen Job riskierst.»

«Du bist einfach eine wahre Freundin.»

«Aber was machen wir dazu? Vielleicht Kartoffeln ... aber richtig schöne. Und gutes Gemüse. Wir müssen noch einkaufen, bevor die Läden zumachen.»

«Wir sind gerade an so einem Hofverkauf-Schild vorbeigefahren», sagte Mona. «Da haben sie doch bestimmt was.»

«Nee, das ist keine so gute Idee», sagte Sanne.

«Wieso? Ich finde das eine sehr gute Idee.»

«Ich nicht.»

Mona sah Sanne verständnislos an. Dann begriff sie. «Das war nicht zufällig der Hof von deinem Micha?»

Sanne sah aus dem Fenster und antwortete nicht.

Alles klar. «Also in *dem* Fall würde ich sagen, wir fahren da jetzt mal hin.» Gut gelaunt bog Mona in viel zu hohem Tempo in einen Feldweg, um zu wenden, wobei sie leider durch eine matschige Ackerfurche bretterte.

«*Nein!* Nicht, Mona!», rief Sanne und griff ihr ins Lenkrad.

«Doch, doch», sagte Mona ganz ruhig, das Lenkrad fest in den Händen.

«Ich hab ihn doch nicht mehr gesehen, seit das passiert ist, und ich will ihn auch gar nicht sehen!»

«Musst du ja auch nicht, du brauchst ja nicht auszusteigen. Aber ich gucke mir den Kerl jetzt mal an. Außerdem benötigen wir verantwortungsbewusst ausgewählte Zutaten zu dem Edelrind, das ich meinen ehemaligen Mitbewohnerinnen heute spendiere.»

Sie näherten sich bereits wieder dem Hofverkauf-Schild, diesmal von der anderen Seite. Stöhnend rutschte Sanne in ihrem Sitz nach unten. Mona bog auf den ungepflasterten Vorplatz ein, an den ein großes Wohnhaus und mehrere Stall- und Wirtschaftsgebäude grenzten.

«Okay», sagte sie, stellte den Motor ab und sah Sanne in die Augen, die starr auf das Handschuhfach gerichtet waren. «Ich geh da jetzt rein und kaufe Kartoffeln. Was noch?»

«Lass dich beraten, Hauptsache, du machst schnell», fauchte Sanne.

Mona griff in das kleine Fach neben dem Schaltknüppel und nahm ihren Lippenstift heraus – sie hatte immer gleich drei in ihrer aktuellen Lieblingsfarbe, einen fürs Auto, einen fürs Bad und einen für die Handtasche. Sie klappte die Sonnenblende runter und zog sich die Lippen nach.

«Wieso *schminkst* du dich denn jetzt?», flüsterte Sanne.

Mona rieb die Lippen aufeinander, legte den Lippenstift zurück, lächelte Sanne noch einmal zu und öffnete die Fahrertür. «Hey, ist er das dahinten? Dunkelbraune Haare, ungefähr eins fünfundachtzig groß, leichte O-Beine?»

Sanne rutschte noch ein kleines Stück weiter nach unten, was Mona gar nicht mehr für möglich gehalten hätte. Offenbar hatte sie nicht nur die Beweglichkeit ihrer Freundin unterschätzt, sondern auch das Volumen ihres Autos. Daraus konnte man wohl nur schließen: Ja, das war er. Jetzt drehte er sich um, und Mona stieß einen Pfiff aus, der etwas lauter geriet als geplant. Micha drehte sich zu ihnen um.

«Bist du *verrückt*? Er kommt doch nicht, oder?» Sanne klang mehr als alarmiert.

«Doch, Sannchen, er kommt direkt auf uns zu. Tolle Gürtelschnalle!» Mona kicherte.

«Jetzt red keinen Schwachsinn, steig *aus*, Mensch!» Sanne drückte mit beiden Händen gegen Monas Hintern.

«Ja, ja, jetzt werd mal nicht hysterisch.» Mona kicherte.

«Und tu, als wärst du allein! Los, *schnell!*»

Lachend stieg Mona aus. Sie schlug die Tür hinter sich zu und betrachtete Micha im Näherkommen. Seine Augen waren der Hammer. Dichte, dunkle Wimpern und die Iris von einem so hellen, leuchtenden Blau, dass es schon fast unnatürlich aussah. Oder lag es an der Sonneneinstrahlung? Mona sah nach oben. Der Himmel war so grau wie zuvor. Ein Cowboy mit Husky-Augen. Das hatte was.

Sanne

Mittlerweile hing Sanne mit dem Po komplett im Fußraum. Kaum hatte Mona die Tür zugeschlagen, hörte sie Michas Stimme – etwas gedämpft, aber gut zu verstehen.

«Na? Was ist denn so lustig? Moin, erst mal.»

«Moin», hörte sie Mona mit ihrer Reibeisenstimme sagen. Sanne versuchte, unauffällig um die Ecke zu gucken, ohne sich blicken zu lassen, aber sie konnte Micha nicht sehen, er schien mit etwas Abstand zum Wagen stehen geblieben zu sein. Gut so, hoffentlich blieb er da.

«Wie kann ich helfen?»

«Ich wollte was einkaufen», sagte Mona.

Sanne drehte sich ein winziges bisschen, sodass sie mit dem Gesicht zur Fahrertür saß. Sie versuchte, so tief im Fußraum wie nur irgend möglich zu bleiben, was gar nicht so einfach war, schließlich war sie nicht mehr fünf, und schlanker war sie auch schon mal gewesen. So ging es, Micha durfte nur nicht näher kommen.

Plötzlich erschien im Fenster der Fahrerseite sein Hintern. Offenbar hatte Micha sich von vorn dem Wagen genähert. Sanne zog den Kopf ein, kniff die Augen zusammen und versuchte, sich durch reine Willensanstrengung in Luft aufzulösen. Was nicht klappte, zumindest spürte sie im Rücken immer noch schmerzhaft die Fensterkurbel.

Nicht bewegen, beschwor sie Michas Hinterteil. *Weg, geh weg!* Sanne machte ein Auge auf. Auch Telepathie funktionierte offenbar nicht – Micha hatte sich zwar minimal bewegt, aber er stand immer noch vor dem Fahrerfenster, nur wandte er ihr jetzt sein Profil zu, in Nahaufnahme.

«Schickes Auto.» Micha bückte sich und schien da unten irgendwas näher zu betrachten.

«Ist aber kein Offroader, das ist dir schon klar, oder?»

«Hm?», machte Mona.

«Na, der sieht aus, als wärst du damit durch den Matsch gedonnert.»

Micha machte ein paar Schritte Richtung Heck, und Sanne kauerte sich noch mehr zusammen und steckte den Kopf zwischen die Knie.

«Ach so. Nee, nee», hörte sie Mona sagen.

Die war auch schon mal schlagfertiger. Hoffentlich gingen die beiden jetzt endlich Richtung Laden, denn lange hielt sie das hier unten nicht mehr aus.

«Eigentlich wollte ich ... Hat denn der Hofladen auf?»

Na also.

«Der hat auf, ja», sagte Micha ruhig.

Dann herrschte Stille. Gefühlte Ewigkeiten lang sagte weder Mona etwas noch Micha.

Sanne lauschte angestrengt. Waren die beiden weggegangen? Verständigten sie sich per Zeichensprache? Es war ein alarmierendes Schweigen. Das definitiv zu lange anhielt.

Schließlich hörte Sanne Michas Stimme. Tief und warm – und viel zu nah. Offenbar war er inzwischen um den Wagen herumgegangen und stand auf der Beifahrerseite, direkt hinter ihr.

«Sanne, bist du das?»

Sie stellte sich tot.

«Ähm ... Sanne?»

Okay, Totstellen war auf längere Sicht vielleicht keine so gute Idee.

Sie wandte ihm langsam den Kopf zu – und sah ihm direkt in die Augen. Er hatte sich vorgebeugt, mit hochgezogenen Brauen, und sah sie mit fragendem, herzlichem Blick an. Dann öffnete er die Beifahrertür und streckte ihr eine Hand entgegen.

«*Micha!*», rief sie überrascht, ergriff seine Hand und versuchte sich so elegant wie möglich aus ihrer Kuhle zwischen Sitz und Armaturenbrett zu befreien. «Das ist ja ...» Sie lachte gezwungen.

«Hmm. Mich hast du sicher nicht erwartet. Hier auf meinem eigenen Hof. Und, äh ... du suchst da was?»

«Genau!»

«Wahrscheinlich ... deine Kontaktlinsen?!»

«*Ja!* Ganz genau.» Sie hatte zwar keine Kontaktlinsen, noch nie gehabt, aber egal. «Wo sind die bloß ...» Sie beugte sich wieder in den Wagen und tat, als würde sie weitersuchen, um überzeugender zu wirken, als ihr bewusst wurde, dass sie sich Micha möglicherweise gerade nicht von ihrer vorteilhaftesten Seite präsentierte. Schnell richtete sie sich wieder auf und wandte sich zu ihm um. «Na ja, kann ich ja auch später noch … suchen.»

Das war alles nicht auszuhalten. Sie wollte jetzt augenblicklich zu Hause unter ihrer Bettdecke liegen und aus einem absurden Traum erwachen. Was sollte sie denn jetzt sagen? Zum Glück griff in diesem Moment Mona ein.

«Und? Hast du sie gefunden?», rief sie, die Arme auf das Dach ihres Wagens, das Kinn lässig auf die Hände gestützt. Offenbar amüsierte sie sich prächtig.

«Nee, noch nicht.» Mittlerweile war Sanne selbst schon beinahe überzeugt, ihre Kontaktlinsen verloren zu haben.

«Och, Mensch», sagte Mona voller Bedauern. «Waren das harte oder weiche?»

«*Was?*»

«Na, wenn weiche weg sind, ist das ja nicht so schlimm, aber harte Linsen sind so teuer …»

Sanne fand, dass Mona es jetzt langsam übertrieb, setzte aber um der generellen Glaubwürdigkeit willen hinzu: «Das waren harte. Deshalb mach ich ja so 'n Aufstand.»

Mona grinste. «Ach, *des*halb. Ich hatte mich schon gewundert.»

Sanne warf ihr einen bösen Blick zu. Eine schöne Freundin war das, die sie erst in diese Lage brachte und sich dann noch an ihrer Verlegenheit weidete.

Aber Sanne konnte auch souverän sein! Sie sammelte sich, atmete einmal unauffällig durch und sagte dann in geradezu gelassenem Tonfall: «Na ja, wie auch immer. Dann lasst uns mal in den Laden gehen, oder?»

Micha nickte, und zusammen gingen sie Richtung Hofladen. Mona schloss sich ihnen an. Sanne zog ihre Strickjacke fester um sich und sah zu Boden. Das war definitiv die peinlichste Situation ihres ganzen Lebens gewesen. Aber wenigstens den allerletzten kleinen Rest Würde hatte sie sich bewahrt. Darauf ließ sich aufbauen.

Fünf Minuten später war Mona mit ihren schicken Stiefeln in einen Kuhfladen getreten. Michas Mutter hatte sie ins Haus gebracht, wo sie die Schuhe säubern konnte, und Sanne war mit Micha allein im Hofladen. Sie überlegte kurz, ob Mona das womöglich mit Absicht gemacht hatte, und betrachtete nachdenklich die Auslage des kleinen Ladens. Auf einem breiten Holzbrett unter dem alten Sprossenfenster lagerten in mehreren Körben Äpfel und Quitten, Kartoffeln und Möhren, Kürbisse und Zucchini, Rote Bete, Blumenkohl und Pilze. Micha stellte eine Kiste mit Kartoffeln neben die altmodische Kasse und füllte dann zwei Handvoll davon in eine Papiertüte. Schließlich fingen beide gleichzeitig an zu reden.

«Ich glaube –»

«Sanne –»

Er wirkte so ernst, hoffentlich wollte er jetzt nichts zu dem Kuss sagen. Dass es ein Fehler war und sie den Vorfall bitte einfach vergessen solle, zum Beispiel. «Also», sagte sie, bevor er weitersprechen konnte, «von den Egerlingen nehm ich 500 Gramm. Und dazu ein paar Zweige Rosmarin.»

Er nickte und wog schweigend die Pilze ab. Auch als er offenbar einen neuen Anlauf starten wollte, kam Sanne ihm zuvor. «Und Zwiebeln! Von den kleinen, milden.»

Er ließ die Tüte mit den Pilzen sinken und sah sie forschend an, ohne irgendwelche Anstalten zu machen, die Zwiebeln einzupacken. Sanne hielt seinem Blick ein paar Augenblicke stand, dann sah sie wieder auf die Auslage. Vielleicht wollte er ihr sagen, dass es besser wäre, wenn sie sich hier nicht mehr blicken ließ. Aber das hatte sie ja eigentlich sowieso nicht vorgehabt. Wenn Mona nicht gewesen wäre –

«Papa?»

Micha und Sanne sahen zur Tür, in der ein etwa zehnjähriges Mädchen stand, in Jeans, roten Gummistiefeln und einem zu großen schwarzen FC-St.-Pauli-Kapuzenpulli.

«Darf ich vorstellen, Luzie, meine Tochter. Das ist Sanne.»

Luzie grinste. «Hallo.»

«Hallo, Luzie.» Sanne hatte Michas Tochter bisher nicht kennengelernt, weil sie immer vormittags ritt, wenn Kinder in der Schule waren. Abgesehen davon, dass sie seit sieben Wochen gar nicht mehr geritten war. Das Mädchen gefiel ihr – blonder Wuschelkopf, eine Nase voller Sommersprossen, und ein wacher Blick aus blauen Augen. Michas Augen. Die auch bei ihr eine Dimension mehr zu haben schienen als bei anderen Menschen.

«Soll ich den Kühen noch mal Musik anmachen?», fragte Luzie.

«Ja, bitte», sagte Micha. Luzie verschwand, und kurz darauf ertönte laut klassische Musik. «Das machen wir neuerdings, damit die Kühe wieder mehr Milch geben», sagte Micha.

«Hm, klar.»

«Nee, echt», sagte Micha. «Sie haben im letzten Jahr weniger Milch produziert als sonst, und meine Eltern haben sich den Kopf darüber zerbrochen, woran das liegen könnte. Haben immer Witze drüber gemacht, dass das erst so ist, seit Luzie und ich hergezogen sind. Und jetzt hat sich rausgestellt, dass da vielleicht wirklich ein Zusammenhang besteht.»

Sanne lachte ungläubig. «Aber wieso denn? Mögen die Kühe euch nicht?»

«Also, ich glaub, mich mögen sie, aber die Musik, die ich abends mit den Jungs mache, die mögen sie wohl nicht so.»

«Was für Musik macht ihr denn?»

«Gitarrenrock.» Offenbar guckte Sanne etwas ratlos, denn Micha fügte erklärend hinzu: «Mando Diao, White Stripes? Crazy Horse, Mark Knopfler? Alles Mögliche.»

«Ah.»

«Hey, Sanne, hallo.» Michas Schwester Sabine war hereingekommen, im Arm eine Kiste, die randvoll mit frischem Gemüse war. «Hast dich ja lange nicht blicken lassen. Alles klar bei dir?» Sie trat an die Auslage und begann, die Verkaufskörbe mit Kürbissen und Roten Beten aufzufüllen.

Sanne wusste nicht, was sie antworten sollte, und als sie merkte, wie aufmerksam Micha sie betrachtete, fiel ihr erst recht nichts mehr ein.

«Ich erzähl Sanne gerade, warum die Kühe Mozart hören müssen», sagte Micha schließlich. «Die Zeitung hat von einer britischen Studie berichtet, die gezeigt hat, dass Kühe bei bestimmter Musik mehr Milch geben. Bei Mozart und Händel zum Beispiel, aber auch bei Jazz. Auf andere Musikrichtungen, die schneller und härter sind, reagieren sie dagegen nervös und geben weniger Milch.»

«Verstehe», sagte Sanne.

«Da ich deshalb aber natürlich nicht aufhören kann, Musik zu machen», sagte Micha und packte ein paar Zwiebeln ein, «dachte ich, wir versuchen's mal mit einem Ausgleich und spielen den Kühen tagsüber Klassik vor.»

Sabine drehte sich mit einer Roten Bete in der Linken und einem Kürbis in der rechten Hand zu Sanne um. «Ist nur die Frage, wie lange *wir* das aushalten.»

«Und, bringt es was?», fragte Sanne, immer noch nicht

ganz sicher, ob nicht gleich die Leute von *Verstehen Sie Spaß* um die Ecke kommen würden und sie sich mal wieder als hoffnungslos naiv erwiesen hatte.

«Du, wir machen das erst seit ein paar Tagen», sagte Sabine.

«Ich hab schon den Eindruck, dass sie ruhiger sind», sagte Micha. «Liegen mehr rum und käuen wieder, findest du nicht?»

Seine Schwester wiegte zweifelnd den Kopf. «Ich fürchte, das ist mal wieder Wunschdenken, kleiner Bruder.»

Irgendwo in den Tiefen des Hauses schlug eine Uhr. Wo blieb eigentlich Mona?

«Ja, also, wir müssen dann auch mal weiter», sagte Sanne.

Micha rechnete alles zusammen, die Kasse klingelte, und nachdem Sanne bezahlt hatte, nahm Micha die Tüten. «Ich trag sie dir noch zum Auto.» Als er die Tür des kleinen Ladens öffnete, flatterten draußen ein paar Hühner auf.

«Hattest du nicht vorhin noch eine Freundin dabei?», fragte Micha.

«Ja, ich frag mich auch, was aus der geworden ist.»

Der Mazda war nicht abgeschlossen, und Sanne öffnete den Kofferraum, der bereits voll bis oben hin war.

«Wir kriegen die Sachen hier schon noch rein», sagte Micha. «Darf ich? Hältst du mal?» Er nahm den Korb wieder raus, hielt ihn ihr hin und räumte ein bisschen um. «So. Jetzt müsste es passen.» Tatsächlich ging der Kofferraum zu.

«Danke», sagte Sanne.

Micha stand jetzt nah bei ihr. Näher, als man normalerweise so beieinanderstand. Aber nicht so nah, wie er ihr schon mal gewesen war.

«Sanne, ich ...» Er nahm ihre Unterarme in seine trockenen, warmen Hände. Ihr wurde heiß.

«Micha!», rief seine Schwester, die in der offenen Stalltür

stand. «Komm mal bitte. Wir machen uns Sorgen um Olivia, die benimmt sich so komisch.»

«Gleich», rief Micha.

Sanne sah ihn fragend an.

«Eine Kuh», sagte er erklärend, dann sah er zu Boden. «Also, wenn ...», hob er leise noch einmal an, als hinter ihnen eine Tür knallte.

Sanne drehte sich um. Vom Haus her kam Mona schnellen Schrittes auf sie zu und sagte im Gehen: «So! Meinetwegen können wir dann.»

Sanne sah Micha an, der tief einatmend gen Himmel blickte, aber nichts mehr sagte. Sanne biss sich auf die Unterlippe. Sie kam sich vor wie siebzehn, oder eigentlich eher wie zwölf.

«Also dann», sagte Mona und streckte Micha die Hand hin, «hat mich echt gefreut!»

Micha nickte zerstreut und schüttelte Mona die Hand, dann geleitete er Sanne zur Beifahrertür, und sie stieg ein. Als sie saß, blickten sie sich noch einmal in die Augen.

«Komm mal wieder vorbei», brachte Micha schließlich heraus. «Ja?»

Sanne nickte stumm.

Mona ließ den Motor an, und Micha warf die Tür zu. Als sie auf die Straße einbogen, schloss Sanne die Augen und ließ ächzend den Kopf an die Rückenlehne sinken.

«Alles klar, Süße?»

Sanne gab ein unbestimmtes Brummen von sich.

«War das jetzt gut oder schlecht, dass wir da waren?», fragte Mona.

«Ich weiß nicht. Beides.» Sanne wandte ihr das Gesicht zu, den Kopf immer noch gegen die Lehne gepresst. «Was hast du eigentlich so lange gemacht?»

«Ach, Michas Mutter hat nicht aufgehört zu reden. Keine Ahnung, von wem sie da die ganze Zeit erzählt hat ... Was mich viel mehr interessieren würde: Wo ist eigentlich die Mutter von Michas Tochter?»

«In Berlin», sagte Sanne. «Sie hat wohl kein Sorgerecht mehr oder so, jedenfalls ist Luzie schon seit ein paar Jahren bei Micha.»

«Was ist denn mit ihr?»

«Das weiß ich nicht genau. Micha hat nur so eine Andeutung gemacht, sie wolle nicht erwachsen werden.»

«Aber zusammen sind die nicht mehr?»

«Nein, schon länger nicht mehr.»

«Dann war er auch mal in Berlin?», fragte Mona.

«Ja. Lange. Bis er mit Luzie hierhergezogen ist. Er hat da alles Mögliche studiert. Kunstgeschichte, ein bisschen Philosophie, und Volkswirtschaft hat er auch mal angefangen.»

«Wow.»

«Na ja, er konnte sich wohl nicht so richtig entscheiden. Abgeschlossen hat er nichts davon. Er musste dann Geld verdienen, weil Luzie kam, und hat als Taxifahrer gearbeitet und auf dem Bau und so. Bis er dann mit Luzie hergezogen ist und den Hof übernommen hat. Wie findest du ihn denn?»

«Klasse Typ», sagte Mona.

«Ja, oder?»

Mona warf Sanne einen kurzen Blick zu und sah dann grinsend wieder nach vorn.

Sie fuhren schon seit einiger Zeit über die Landstraße, schweigend, was Sanne Gelegenheit gab, sich jede einzelne Situation des kurzen Zusammentreffens mit Micha in Erinnerung zu rufen. Noch einmal versank sie vor Scham fast im

Boden, noch einmal wurde ihr ganz heiß bei dem Gedanken daran, wie Micha vor ihr gestanden und sie angesehen hatte. Die Stellen, an denen seine Hände ihre Unterarme berührt hatten, glühten immer noch.

Auf der anderen Seite des Fensters zogen brachliegende braune Äcker vorbei, nur hier und da unterbrochen von leuchtendem Gelb – Ackersenf, wie Micha ihr beim letzten Ausritt erzählt hatte, der auch im Spätherbst noch blühte. Die meisten Bäume hatten bei den Stürmen der letzten Wochen fast alle ihre Blätter verloren, und streckten ihre Äste nun kahl dem weißgrauen Himmel entgegen.

Sannes Handy klingelte.

«Kirsten», stellte Sanne mit Blick aufs Display fest, bevor sie den Anruf annahm und erklärte, dass ihr Auto nicht angesprungen war, sie aber in einer Viertelstunde da sein würden. «Die beiden stehen vorm Haus und kommen nicht rein, weil ich den einzigen Schlüssel hab», sagte sie, nachdem sie aufgelegt hatte.

«Wir sind ja schon fast in Kiel.» Mona gab Gas und zog nach links, um einen Kleinwagen zu überholen. «Sag mal, bevor wir gleich zu viert sind – wie lief denn nun dein Gespräch mit Robert?»

Sanne wandte den Kopf wieder zum Fenster. «Gar nicht.»

«Wie, gar nicht?»

«Ich hab ihn noch nicht drauf angesprochen.»

«*Was*? Aber als wir neulich telefoniert haben, warst du so entschlossen! Du wolltest ihn doch damit konfrontieren, dass du Bescheid weißt, und ihm –»

«Ja, ich weiß ...» Sanne seufzte schwer.

«Nur damit ich das richtig verstehe: Du hast jetzt die ganze Zeit getan, als wäre nichts? Geht das überhaupt?»

«Ja, das geht schon.» Es hatte sich sogar als erstaunlich leicht erwiesen.

«Aber –», sagte Mona.

«Vielleicht war das ja auch eine einmalige Sache», fiel Sanne ihr ins Wort. «Wenn das längst vorbei ist, dann würde ich da nur Staub aufwirbeln. Dann hätten wir Stress wegen nichts und wieder nichts.»

«Wegen nichts und wieder nichts?» Mona schüttelte den Kopf. «Und wenn es keine einmalige Sache ist? Kann ja ebenso gut was Langfristiges sein. Es gibt auch Affären, die ernst sind und durchaus bedrohlich für eine langjährige Ehe, vor allem, wenn sich das Ehepaar vielleicht nicht mehr besonders nah ist.»

«Sprichst du jetzt noch von mir oder schon von dir?», fragte Sanne gereizt. Mona wollte ihren komischen Schauspieler mit hypersensiblem Hund hoffentlich nicht mit Robert vergleichen, der im Grunde ein sehr zuverlässiger Mensch und ein verantwortungsbewusster Familienvater war.

«Von dir», sagte Mona mit Nachdruck. «Willst du denn nicht Bescheid wissen?»

Sanne sah aus dem Fenster. Nein, eigentlich wollte sie das nicht. Denn erst, wenn sie es mit Sicherheit wusste, konnte sie die Augen wirklich nicht mehr davor verschließen. Und alles, was dann passieren könnte, wollte sie nicht. Sie wollte nicht eine der Frauen sein, die es für normal hielt, dass ihr Mann eine Geliebte hatte, und die sich ihre Rolle als Ehefrau schönredete, sich in ihrem Unglück einrichtete. Aber sie wollte auch nicht die Konsequenzen ziehen und gehen. Denn das würde bedeuten, ihre Familie zu zerstören, ihre Kinder unglücklich zu machen und vor dem Nichts zu stehen. Schließlich hatte sie nicht mal einen Beruf. So zu tun, als wäre nichts geschehen, war verglichen damit das Einfachste überhaupt, erst recht, wenn Robert so wenig zu Hause war wie in den letzten Wochen.

«Es kann ja auch sein, dass sich das von selbst erledigt», sagte Sanne. «So schlecht läuft es zwischen uns eigentlich gar nicht.»

«Hmhm, klar, vielleicht gibt es auch eine ganz harmlose Erklärung», sagte Mona.

«Genau.»

Mona zog die Augenbrauen hoch. «Sanne? Das war nicht ernst gemeint! Ich meine ... du bist ja nicht die Erste, die das so hält. Bei Peters Frau frage ich mich auch immer, ob sie wirklich nichts ahnt, aber ... *willst* du das? Nachher geht das ewig so weiter. Für Robert wäre das sicher die bequemste Lösung, aber kannst *du* das?»

Sanne antwortete nicht, und beide verfielen wieder in Schweigen. Natürlich hatten Robert und sie schon bessere Zeiten erlebt, waren sich schon näher gewesen, aber das war ja nun wirklich normal nach siebzehn Jahren Ehe. Sie würden das schon wieder hinkriegen. Was immer da war, wenn da überhaupt was war – es würde vorbeigehen.

Erst, als sie schon über die Hochbrücke fuhren, wenige Meter vor ihrem Ziel, sagte Mona: «Auf die Gefahr hin, dass du mich killst – ich kapier einfach nicht, dass du nicht wenigstens mal ein paar Nachforschungen anstellst. Dann könnten wir die Sache viel besser einschätzen.»

«Ich will Robert aber nicht hinterherspionieren.»

Mona seufzte.

Sanne war nicht gerade stolz drauf, dass sie in Wirklichkeit doch ein bisschen spioniert hatte. In seinem Schreibtisch hatte sie nichts Verdächtiges gefunden, und dafür, Roberts

Handy mal genauer anzusehen, hatte sich keine Gelegenheit ergeben, denn er passte ziemlich gut darauf auf. Von weiteren Versuchen hatte sie die Vorstellung abgehalten, tatsächlich etwas zu finden oder von Robert beim Schnüffeln erwischt zu werden.

Mona bog in die Kanalstraße ein und hielt hinter Kirstens Opel. Sie machte den Motor aus und sah Sanne an. Dann nahm sie ihre Hand und drückte sie. «Du machst das schon.»

Fritzi

Fritzi rieb die Hände aneinander, um sie zu wärmen. Sie warteten jetzt schon eine Dreiviertelstunde auf Sanne und Mona, und so langsam wurde ihr trotz ihres neuen petrolfarbenen Wollmantels kalt. Der Hagebuttenkranz, den sie aus Langeweile geflochten hatte, war inzwischen fertig und sah sogar richtig schön aus. Nur die hervorstehenden Zweige mussten noch abgeschnitten werden, aber eine Heckenschere hatte sie gerade nicht zur Hand. Und jetzt? Von Mona und Sanne war immer noch nichts zu sehen. Kirsten hatte sich mit ihrem Laptop und einer Decke, die sie aus dem Auto geholt hatte, vor der Haustür auf der obersten Treppenstufe eingerichtet. Typisch Kirsten, bloß keine Zeit verplempern.

Vielleicht pflückte sie einfach noch ein paar Hagebutten, es war eigentlich genau die richtige Jahreszeit dafür. Fritzi erinnerte sich, dass Sanne daraus früher mal eine Marmelade oder so etwas Ähnliches gemacht hatte, das überraschend gut geschmeckt hatte. Fritzi hängte den Kranz an das schmiedeeiserne Geländer der kleinen Treppe, trat an die Apfelrosenhecke und begann, die Früchte vorsichtig in die großen Taschen ihres Mantels zu sammeln, ohne sich an den Dornen zu stechen. Die Hecke war schon ziemlich licht, wodurch die tiefroten Hagebutten umso satter leuchteten.

Anna war vorhin beim Abschied so süß gewesen, hatte sie gar nicht gehen lassen wollen. In letzter Zeit war sie so kuschelbedürftig. Manchmal fürchtete sie, dass dieses Hin und Her zwischen Patrick und ihr doch zu viel für sie war. Anna war zwar groß für ihr Alter und überraschend furchtlos, aber sie war trotzdem erst fünf. Der Abschied von Fritzi fiel ihr genauso schwer wie der von Patrick, sie litt darunter, ihre Eltern nicht beide um sich zu haben, beide *gleichzeitig*. Und dabei hatte Fritzi gerade angefangen zu glauben, Anna hätte die Trennung verwunden und wäre mit einem blauen Auge davongekommen. Irrtum.

Aus dem Augenwinkel sah sie endlich den roten Mazda vorfahren und Mona und Sanne aussteigen. Sie ging ihnen entgegen, um beim Tragen zu helfen.

Am Treppengeländer blieb Sanne stehen und nahm den Kranz in die Hand. «Oh, hast du den gemacht?»

«Ja.»

«Der ist ja schön.»

«*Der* ist auch schön», sagte Mona im Vorbeigehen und zupfte an ihrem Wollmantel. «Neu?»

Fritzi nickte. «Sanne, ich hab Hagebutten gepflückt.» Fritzi hielt ihre Tasche auf. «Du hast doch früher mit denen so eine leckere Soße oder so was gemacht ...»

«Das Chutney, meinst du? Klar, das könnte ich mal wieder machen. Ich glaub, wir sollten öfter zu spät kommen, wenn du dann so produktiv wirst.» Sanne lachte.

«Bitte nicht. Aber irgendwie mussten wir die Zeit ja rumbringen.»

«Tut uns leid», sagte Mona, während Sanne aufschloss. «Zur Entschädigung spendieren wir euch heute auch das feinste Abendessen, das ihr je gegessen habt.»

Sanne musterte die Jacke, die sie gerade an die Garderobe hängen wollte. «Och nö, das ist ja gar nicht meine! Das ist Roberts, die ist mir ungefähr fünf Nummern zu groß.»

«Ist doch egal, wir haben eh so viel zu tun, dass wir kaum vor die Tür kommen werden», sagte Kirsten, schulterte ihre Tasche und ging in die Küche.

«Was gibt's denn zu essen?», fragte Fritzi.

«Überraschung.»

Fritzi ging direkt zum Wasserkocher, um Tee zu kochen, vielleicht wurde ihr dann schneller warm.

Kirsten setzte sich an den Küchentisch und klappte ihr Laptop wieder auf. «Ich hab hier mal einen Plan gemacht.»

«Ist das etwa 'ne Excel-Tabelle?» Mona sah Kirsten über die Schulter.

«Genau. Also ich hab fürs Erste vier Aufgabenfelder erstellt, da kann sich jeder eins aussuchen: Keller, Balkonzimmer, Nähzimmer und Küche.»

«Ist das dein Ernst?», fragte Sanne und setzte sich ebenfalls an den Tisch.

«Ja, klar. Das ist praktisch. Wenn wir weiter so rumtrödeln, wird das nie was. Und wir wollen doch fertig werden, oder nicht?»

«Ja, ja, hast ja recht.»

Mona wandte sich mit einem Grinsen wieder ab.

«Und was ist mit den anderen Räumen?», fragte Fritzi und füllte die Hagebutten aus ihrer Jackentasche in eine Schüssel.

«Ich fand diese vier Zimmer erst mal am wichtigsten, weil sie vollgestopft sind mit Zeug. Die anderen sind dann halb so wild. Abgemacht?»

Fritzi und Sanne nickten, Mona sah aus. als läge ihr ein spitzer Kommentar auf der Zunge, aber sie behielt ihn für sich.

«Gut.» Kirsten klickte auf ein anderes Dokument. «Dann hab ich hier die Kontaktdaten von den zwei Entrümpelungsfirmen, deren Preis-Leistungs-Verhältnis ich am überzeugendsten fand. Aber bevor wir die anrufen können, müssen wir erst mal im Keller weiterkommen. Und hier ist eine Liste mit Antiquariaten, die müsste eine von euch mal durchtelefonieren und fragen, ob die Bücher ankaufen – und wenn ja, ob auch kistenweise und ob sie die auch abholen. Und was die Kleider betrifft –» Kirsten schlug erneut ihre Mappe auf.

«Kommando Haushaltsauflösung», sagte Mona und stellte eine zweite Kaffeetasse auf den Tisch. «Ich hab gar nicht mitbekommen, dass wir dich zu unserem CEO ernannt haben.»

Kirsten ignorierte sie.

«Sei doch froh, dass sie das macht», sagte Sanne zu Mona.

«Außerdem ist das keine CEO-Arbeit», sagte Fritzi und zog ihren Mantel aus, «eher die einer Assistentin.»

«Wow, toller Pulli», sagte Mona, als Fritzi ihren Mantel über eine Stuhllehne hängte. «Ist der auch neu?»

Fritzi nickte beiläufig. Es war ihr immer etwas unangenehm, von anderen darauf angesprochen zu werden, wenn sie schon wieder neue Klamotten hatte. Schließlich konnte sie sich das eigentlich nicht leisten. Aber ihr Herz schlug nun mal für schöne Dinge, außerdem war es ihr wichtig, gut auszusehen.

«Schick, schick.»

«Also ...», sagte Kirsten, «die Kleider sollten wir durchsehen und dann spenden, Oxfam zum Beispiel, da kommen vielleicht auch noch ein paar andere Sachen in Frage, Kleinkram aus dem Haus. Ob wir uns um Sperrmüll selbst kümmern müssen oder nicht, hängt davon ab, für welches Angebot wir uns bei den Entrümpelungsfirmen entscheiden. Und dann sind da natürlich noch die wertvollen Möbel – da hab ich jemanden an der Hand, der sich die mal angucken würde, um den Wert zu schätzen.»

«Wow, Wahnsinn, Kirsten», sagte Sanne. «Danke für die ganze Arbeit.»

Kirsten lächelte etwas gequält.

Fritzi nahm sich die zweite Kaffeetasse, trank einen Schluck und sah in die Runde. «Ja dann – an die Arbeit!»

Mona salutierte. «Aye aye, Ma'am!»

Kirsten

Drei Stunden später stemmte Kirsten die Hände in die Hüften und sah sich kritisch im Keller um, während Fritzi einen großen blauen Müllsack zur Kellertreppe schleifte. Sanne hatte gesagt, sie würde gern das Balkonzimmer übernehmen, Mona hatte sich das Nähzimmer ausgesucht. So war für Fritzi und sie also wieder der Keller geblieben. Sie hatten inzwischen alle bis unter die Decke gestapelten Kartons auf den Boden gewuchtet und durchgesehen. Vieles, wie etwa alte Taschen, Schuhe oder Musikkassetten, taugte nur noch für den Müll und befand sich jetzt in den Säcken, die an der Treppe aufgereiht waren. Daneben standen die Kartons, deren Inhalt gespendet werden sollte, und in der anderen Ecke türmte sich der Sperrmüll auf. Kirsten klatschte sich den Staub von den Händen.

«Ihr beiden?», hörten sie Sannes Stimme aus dem Flur. «Kommt doch mal nach oben.»

«Hatten wir sowieso gerade vor», rief Fritzi und ging die Treppe hoch. Kirsten folgte ihr.

Sanne und Mona waren im Balkonzimmer, in dem das reinste Chaos herrschte, aber das bedeutete immerhin, dass hier endlich was passierte. Auf dem Boden lagen stapelweise Bücher, und einige der von oben angestrahlten Regalbretter waren schon komplett leer geräumt.

«Sind die geordnet?», fragte Kirsten.

«Ja, alles auf der linken Seite kann ins Antiquariat, die anderen Bücher sind mir zu schön oder klingen zu toll, oder Isa hat was drin unterstrichen ...», sagte Sanne.

«Brauchst du Kartons? Wir haben unten ein paar leer gemacht.»

«Ja, Kartons wären toll.»

«Okay, ich hol dir nachher welche.»

Auf dem zierlichen Schreibsekretär leuchtete eine altmodische Lampe mit grünem Glasschirm, denn draußen dämmerte es bereits. Seit der Zeitumstellung wurde es schon wieder so deprimierend früh dunkel. Kirsten setzte sich zu Mona auf das Biedermeiersofa und sah erwartungsvoll in die Runde.

«Was ist denn nun los?», fragte sie.

«Also, warum ich euch gerufen habe», sagte Sanne, nahm einen Briefbogen zur Hand, der auf dem Sekretär gelegen hatte, und zog sich den eleganten Stuhl heran. «Ich bin beim

Schreibtischaufräumen auf was gestoßen.» Kirsten sah jetzt, dass die Schubladen des Sekretärs offen standen und zum Teil ebenfalls schon leer geräumt waren. «Unter ein paar anderen Sachen lag eine Notiz, die wir wahrscheinlich … ach, ich les es euch einfach mal vor. Auf dem einen steht in Isas Handschrift *Übersicht der Wertgegenstände*. Darunter steht:

Nolde-Zeichnung
Seestück von Fritz Flinte
17 Meissener Sammeltassen
zweireihige Perlenkette, Saphir-Armband und Ehering von Omi
altes Fernglas, Kompass und Taschenuhr von Opa (ist die Kamera auch noch irgendwo?)
Mein Schmuck (was davon einen Wert hat): Diamantring, Gucci-Uhr

Mobiliar:
Kelim-Teppich
Biedermeider-Möbel: Sofa, Tisch, Sekretär, Stuhl, Vertiko

Sanne sah auf. «Ende der Liste.»

«Ach, das ist ja praktisch für uns», sagte Kirsten. «Ich wusste gar nicht, dass Isa eine Zeichnung von Nolde hat, wo ist die denn? Und hat den Schmuck schon jemand entdeckt?»

«Der Schmuck ist bestimmt im Schlafzimmer», sagte Sanne. «Die Zeichnung hat Dirk ihr mal geschenkt, die hängt, meine ich, unten über dem Vertiko.»

«Und ist das hier der Teppich, von dem da die Rede ist?», fragte Fritzi. Sanne nickte.

Kirsten überlegte laut. «Die wertvollen Möbel könnte, wie gesagt, jemand schätzen, w–»

Mona unterbrach Kirsten. «Wart erst mal ab.»

«Zweites Blatt», sagte Sanne und las: «*Entwurf Testament. Da Dirk und ich getrennt sind und keine Kinder haben, möchte ich festhalten, wer im Falle meines Todes erben soll.*» Sanne hielt inne und sah die drei Freundinnen auf dem Sofa an. Kirsten blies die Backen auf, Fritzi schlug sich die Hand vor den Mund. Sanne fuhr fort: «*Barbara Böttcher, meine Freundin und Kollegin, soll das kleine Seestück von Fritz Flinte bekommen, das sie mal so bewundert hat.*»

«Das ist wohl das da», sagte Mona und zeigte auf das Bild, das an der Wand neben dem Sekretär hing.

Sanne las weiter. «*Den Kelim-Teppich hat Sofie, Sannes Tochter, so geliebt, sie soll ihn haben. Und Alex bekommt den alten Kompass, das Fernglas und die Taschenuhr meines Opas. Die Nolde-Zeichnung, die Meissener Tassen und die Biedermeier-Möbel sollen, wenn irgend möglich, im Haus bleiben, wo sie hingehören, zum Teil schon seit vielen Jahrzehnten. Was das Haus betrifft –*»

«Jetzt kommt's», sagte Mona.

«*Was das Haus betrifft*», wiederholte Sanne, «*so möchte ich es zu gleichen Teilen meinen Freundinnen Susanne Brodersen* – da stehen auch unsere Geburtstage, aber die lasse ich jetzt weg –, *Friederike von Bernsdorf, Mona Wagner und Kirsten Rathgeb überlassen.*»

«Was?», sagten Fritzi und Kirsten gleichzeitig.

«Ja», sagte Sanne. «Aber es geht noch weiter: *Wenn ich euch nicht mehr einladen kann, später vielleicht mal wieder mit mir zusammen hier zu wohnen, vielleicht sogar wieder zu fünft, dann sollt ihr jedenfalls die Möglichkeit haben, das zu viert zu tun, falls ihr wollt. Oder zu dritt oder zu zweit oder allein – ihr müsst euch nur einigen. Wenn Omas Möbel und andere Wertgegenstände hilfreich sein können, um das Geld für notwendige Reparaturarbeiten am Haus zusammenzubekommen, dann sollen sie dafür gut sein. Wenn sie im Haus bleiben können – umso besser.*» Sanne ließ das Blatt sinken und sah ihre Freundinnen mit zusammengepressten Lippen an.

«Das war's?», fragte Kirsten.

Sanne nickte. «Danach kommt die Unterschrift.»

«Wie jetzt?» Fritzi sprang auf und griff nach dem Blatt Papier. «Warum sitzt ihr denn hier so ruhig? Wir haben ein Haus geerbt!» Sie las sich noch einmal alles durch.

Kirsten sah Mona an, die ähnlich skeptisch dreinblickte wie sie selbst.

«Wer weiß, ob das überhaupt rechtsgültig ist. Das ist ja kein richtiges Testament, nur ein Entwurf. Der ist nicht notariell beglaubigt, nichts», sagte Kirsten. Davon abgesehen war für sie klar, dass sie bis ans Ende ihrer Tage mit Bernd zusammenleben würde. Was sollte sie also mit einem geerbten Haus anfangen? Wieder mit ihren ehemaligen Mitbewohnerinnen zusammenzuziehen stand jedenfalls nicht zur Debatte. Das Leben war seit dem Studium schließlich weitergegangen.

«Ich ruf mal Mira an», sagte Mona, das Handy schon in der Hand. Das war doch mal eine gute Idee, dachte Kirsten. Als Anwältin würde Monas Schwester die Lage sicher einschätzen können. Und vielleicht erledigte sich die Sache auf die Weise ja von selbst.

Sanne

Sanne stellte ihr Champagnerglas neben der Spüle ab und zog auf der Suche nach einer weichen Bürste zum Pilzeputzen eine Schublade nach der anderen auf. Das Telefonat mit Monas Schwester hatte ergeben, dass der Testamentsentwurf aller Wahrscheinlichkeit nach rechtsverbindlich war. Um Sicherheit zu haben, mussten sie beim Amtsgericht einen Erbschein beantragen, aber da das Papier mit Ort, Datum und Unterschrift versehen war, standen ihre Chancen gut, dass sie den auch bekommen würden. Allerdings musste dafür Brigitte ihr Erbschein wieder entzogen werden. Nachdem sie ein bisschen beratschlagt hatten, hatte Sanne Isas Mutter direkt angerufen, um die Sache mit ihr zu besprechen, und Brigitte hatte wie immer großartig reagiert. Sie freute sich spürbar für die «vier Mädchen», wie sie sagte. «Dann wisst ihr wenigstens, wofür ihr schuftet. Und ich bin auf das Geld aus dem Verkauf nun wirklich nicht angewiesen!»

Nach diesen überraschenden Entwicklungen war an Arbeit nicht mehr zu denken gewesen, und sie hatten die Champagnerflasche geköpft, die Mona im Oktober in den Kühlschrank gelegt hatte. Und da sie alle langsam Hunger bekamen, hatte Sanne angefangen, Vorbereitungen für das Abendessen zu treffen. Was sich als gar nicht so einfach erwies – man merkte an jeder Ecke, dass Isa in dieser Küche vor allem Kaffee gekocht hatte. Zwei Pfannen und einen Topf bekam Sanne zwar noch zusammen, aber an ordentlichen Brettern zum Hacken und Schneiden sowie an vernünftigen Messern herrschte großer Mangel, und eine Bürste zum Pilzeputzen gab es offenbar auch nicht. Sanne gab die Suche auf und beschloss, sich mit Küchenkrepp zu behelfen.

«Ich finde, wir gründen später eine Alten-WG!», sagte Mona und trank einen Schluck Champagner.

«Au ja, ich bin dabei», sagte Fritzi und ließ eine weitere geschälte Kartoffel in den Topf mit Wasser plumpsen, den Sanne ihr hingestellt hatte. «Das wird schön, wir lassen uns zusammen die Haare lila färben und leihen uns gegenseitig unsere Stützstrümpfe.»

«Wie bitte? Stützstrümpfe? Lila Haare? Niemals!» Mona rückte ihren Stuhl ein Stück zurück und legte die Füße auf den Küchentisch. «Hast du etwa vor, eine von diesen Frauen in beigefarbenen Windjacken und Gesundheitsschuhen zu werden? Das muss doch heute nicht mehr sein.»

Sanne kicherte und sagte dann, als spräche sie eine Radiowerbung ein: «Stützstrümpfe und lila Haare? Das muss heute nicht mehr sein!»

Mona lachte. «Im Ernst, ich habe vor, mir bis ins hohe Alter einen gewissen Schick zu bewahren. Ich werde eine alte Dame, keine Omi.»

«Da hast du dir ja was vorgenommen», sagte Kirsten. «Wann willst du denn damit anfangen, eine Dame zu sein?»

Fritzi kicherte. «Ich hatte eigentlich gehofft, das Gute am Alter wäre, dass man endlich nicht mehr ständig zupfen, färben und rasieren muss.»

«Also, ich sehe uns auch eher mit weißen Haaren auf einer Bank an der Förde sitzen und Enten füttern», sagte Sanne. «Und eine von uns hat immer gerade ihre Enkel zu Besuch.»

«Nein, nein, siebzig ist das neue fünfzig!», verkündete Mona. «Heute hat man doch alle Möglichkeiten. Weiße Haare, dritte Zähne –»

«– das muss heutzutage alles nicht mehr sein!», unterbrach Sanne sie mit der Radiostimme.

«Schön wär's», sagte Fritzi. Kirsten tippte sich an die Stirn.

«Also *ich* werde vor allem sehr viele Kaffeekränzchen veranstalten.» Sanne schnitt einen besonders großen Pilz in zwei Hälften. «Dafür muss ich natürlich ständig Kuchen backen. Sahnetorten, auch.»

«Ja, mach das mal.» Fritzi streckte ihr den Topf mit den Kartoffeln entgegen, und Sanne nahm ihn ihr ab und stellte ihn auf den Herd. «Du bekochst uns wieder, wie früher», fuhr Fritzi fort. «Und Kirsten kümmert sich um den Papierkram und –»

«Nee», unterbrach Mona sie. «Kirsten hat keine Zeit. Die macht dann bestimmt ein Seniorenstudium. Ägyptologie und Soziologie oder so was.» Sie kicherte in ihr Glas.

«Das wäre sicher interessant, ja», sagte Kirsten – etwas arg humorlos, wie Sanne fand, aber so war sie im Moment ständig. Sie hatte den Verdacht, dass es ihr zurzeit nicht so gut ging, permanent wirkte sie gestresst. «Von welcher Zeit sprechen wir hier eigentlich genau?», fragte Kirsten. «In dreißig Jahren, oder wann? Und was passiert in der Zwischenzeit mit dem Haus?»

«Jetzt sei doch nicht so vernünftig», sagte Fritzi tadelnd, lächelte Kirsten dabei jedoch zu. Im Gegensatz zu Mona, die ihr einen übermäßig gereizten Blick zuwarf. Sanne hatte schon früher manchmal den Eindruck gehabt, als müssten Kirsten und Mona ihre sehr unterschiedlichen Lebensentwürfe voreinander immer aufs Neue verteidigen.

«Wir spinnen ein bisschen rum, Kirsten! Kein Grund, uns die Laune zu verderben», antwortete Mona.

Sanne seufzte.

«Ach, wir spinnen nur rum?», fragte Fritzi schmollend, bevor Kirsten reagieren konnte. «Also, ich kann mir das eigentlich ziemlich gut vorstellen.»

«Na ja, wir werden sehen», sagte Sanne. Kein Wunder, dass Fritzi sich das gut vorstellen konnte, sie war schließlich allein, und so wenige Probleme sie jetzt damit haben mochte – den Gedanken, allein alt zu werden, fand vermutlich selbst sie nicht gerade verlockend.

«Vielleicht kommt auch alles ganz anders als geplant», sagte Kirsten. «Wär ja nicht das erste Mal.»

«Stimmt», sagte Sanne und legte den letzten geputzten Pilz in die Schüssel. «Mit zwanzig hab ich mir mein Leben als Vierzigjährige auch etwas anders vorgestellt, als es jetzt ist.»

«Wieso? Wie denn?», fragte Kirsten.

«Na ... ich dachte, zum Beispiel, ich würde einen Beruf haben.»

«Also, ich bin eigentlich sehr zufrieden so, wie es ist», sagte Mona.

«Wie schön für dich», sagte Sanne. «Fritzi, könntest du noch die kleinen Zwiebeln da pellen? Geschnitten werden müssen die nicht, ich brate sie im Ganzen an.»

Fritzi nickte und nahm sich ein Brett und ein Messer.

«Gibt euch Isas Testament eigentlich gar nicht zu denken?», fragte Kirsten.

«Was meinst du?», fragte Fritzi.

«Na, sie vererbt uns etwas und Sannes Kindern und einer Kollegin ... ich hätte gedacht, dass es noch andere Menschen gibt, die ihr nahestehen.»

«Ja, sie vererbt ihrer Mutter gar nichts», sagte Fritzi. «Das fällt mir jetzt erst auf.»

«Mir ist das schon aufgefallen», sagte Kirsten, «aber ich

vermute, sie ist einfach davon ausgegangen, dass ihre Mutter nicht mehr lebt, wenn ihr Testament relevant wird.»

«Das stimmt», sagte Sanne. «Und dass da nicht noch andere Menschen auftauchen, hat mich eigentlich nicht gewundert. Sie war eben mit Dirk immer sehr eng, die beiden waren ja so ein richtig symbiotisches Paar. Die waren sich selbst genug. Und ihre Kollegen waren ihr immer wichtig. Sie war ja nicht einsam.» Sie ließ die Pilze in die Pfanne kullern und schwenkte sie in der heißen Butter.

«Ich weiß nicht», sagte Kirsten. «Vorhin beim Aufräumen ist mir ihr Terminkalender in die Hände gefallen. Da waren in ihren letzten Wochen praktisch keine Verabredungen mit Freunden eingetragen.»

Es zischte laut, die Kartoffeln waren übergekocht, und Sanne nahm schnell den Deckel vom Topf. Dann hielt sie den Holzlöffel in die andere Pfanne, in der sie das Fleisch anbraten wollte. Keine Bläschen – dann war das Öl noch nicht heiß genug.

«Also, auf mich hat sie eigentlich nie einsam gewirkt. Sie hatte immer so viel vor und so viel zu erzählen», sagte Fritzi, und Mona stimmte ihr zu.

Aber Sanne gaben Kirstens Worte zu denken. Es stimmte, auch sie hätte gedacht, dass da noch irgendwelche Freunde sein mussten, dass die WG-Freundinnen durch irgendwen abgelöst worden waren. Das waren sie auch – durch Dirk. Aber Dirk war am Ende nicht mehr da gewesen.

Sanne hielt noch einmal den Löffel in das heiße Öl, und da waren sie: winzige Bläschen. Es war so weit. Sie legte das gepfefferte Filet in die Pfanne, woraufhin es laut knisterte. Sanne stellte die Platte aus. Jetzt musste sie das gute Stück nur noch im richtigen Moment aus der Pfanne nehmen und in den Ofen schieben. Sie wandte sich dem kleinen Topf mit der Rotweinsoße zu. Schade, dass sie von diesem Festmahl nicht eher gewusst hatte, dann hätte sie die Soße stundenlang einkochen lassen können, wodurch sich ein unglaublich intensiver Geschmack entwickelte.

«Wenn man bedenkt, dass sie plötzlich ohne Mann war ...», sagte Kirsten.

«Also, man kann auch ohne Mann sehr gut klarkommen», sagte Fritzi. «Das heißt durchaus nicht, dass man einsam oder unglücklich sein muss. Und Isa war ja nun wirklich selbständig und unabhängig.»

«Ja, ich weiß», sagte Kirsten, die sich ein Leben ohne Bernd, wie Sanne wusste, überhaupt nicht vorstellen konnte. «Aber du hast deine Tochter. Isa hatte keine Kinder. Ich weiß nicht ... vielleicht hätten wir mehr für sie da sein müssen.»

Ja, dachte Sanne und starrte in den Topf. Vielleicht hätten wir das.

Mona

Mona stand im Dunkeln auf der Terrasse und versuchte, trotz des starken Windes ihre Zigarette anzuzünden. Sie drehte sich Richtung Wand und hielt schützend die Hand vor die Flamme, und diesmal funktionierte es. Das Fleisch war tatsächlich überirdisch gut gewesen, Sanne hatte nicht zu viel versprochen. Nur hatte sie beim Essen für Monas Geschmack eindeutig zu viel darüber geredet, warum der Kartoffelstampf ihren eigenen Ansprüchen als Köchin nicht genügte. Mona kannte diese Kommentare über die Qualität des Essens, während man es aß, auch aus ihrer Kochshow, aber da gehörten sie dazu, als Entertainment-Faktor. Die Leute liebten dieses Gerede übers Essen – aus welchen Gründen auch immer. Aber das Selbstgekochte bei Tisch runtermachen? Dazu hatte Sanne eigentlich keinen Grund, sie kochte wunderbar. Vermutlich war es eine Frage des Selbstbewusstseins, denn da hatte Sanne echt ein Defizit. Was nicht verwunderlich war, schließlich bekam sie wahrscheinlich nicht gerade viel positives Feedback im Leben. Von wem auch? Sannes Verhalten in dieser Sache mit Robert war ihres Erachtens auch ein Ausdruck von mangelndem Selbstwertgefühl. Nie im Leben hätte Mona sich so etwas bieten lassen. Sie zog ihr Handy aus der Tasche und sah, dass Peter ihr eine Nachricht geschickt hatte:

I've got you under my skin, Mona-Lou

Mona lächelte. Seit sie Peter in einem schwachen Moment verraten hatte, dass ihr zweiter Name Louise war, nannte er sie nur noch Mona-Lou, wenn sie zu zweit waren – was ja fast immer der Fall war, da sie Gesellschaft mit Rücksicht auf seine Frau mieden. Und wenn sie ehrlich war, fand sie es ziemlich schön, von ihm und nur von ihm so genannt zu werden. Diese Zeile von Cole Porter ... Mona verstand genau, was Peter meinte. Es ging ihr nicht anders nach diesem seltenen gemeinsamen Morgen.

Ich Dich auch

tippte sie, ohne lange nachzudenken, und betrachtete dann ihre Worte. Das klang ja fast wie die Antwort auf eine Liebeserklärung. Sie hatte die magischen drei Worte bisher noch nicht über die Lippen gebracht, nicht mal im Bett. Manchmal glaubte sie zwar, es zu fühlen, aber ... das war ihr nicht geheuer. Zu groß. Peter fiel so was viel leichter. Mona löschte die zweideutigen Worte wieder.

Was war denn in sie gefahren, hier so einen auf Schatzi zu machen? Schließlich war Peter immer noch verheiratet und machte auch keine Anstalten, an diesem Zustand etwas zu ändern. Sie steckte das Handy wieder ein. Vielleicht schickte sie ihm später irgendeine ironische Antwort. Falls ihr eine einfiel. Sie drückte ihre Zigarette aus und ging wieder rein.

Die anderen saßen noch in der Küche und hatten im Wohnzimmer laut Musik angemacht, es lief *Warum* von Juli. Die Tür zum Flur war angelehnt. Als Mona sie öffnete, sah sie Fritzi an der Garderobe stehen, in einer merkwürdigen Körperhaltung, als würde sie sich an jemanden schmiegen.

Mona ging auf sie zu und sah genauer hin, und im selben Moment, in dem Fritzi erschrocken auffuhr, sah Mona, dass es Roberts Jacke war, in die Fritzi mit geschlossenen Augen ihre Nase vergraben hatte. Schlagartig begriff sie, was das bedeutete. Der Song endete mit einem Trommelwirbel, und mit einem Mal herrschte Stille.

«Oh Gott, Fritzi!», zischte Mona und packte Fritzi am Arm. «Bitte sag, dass das nicht wahr ist.»

Die Küchentür wurde aufgerissen, und Sanne kam heraus. «Wer hat denn die Küchentür zugemacht? So hört man ja gar nichts. Ich mach mal was anderes an, ja?» Sie ging ins Wohnzimmer.

Mona sah die erstarrte Fritzi an und beschloss zu handeln. Sie mussten hier raus, Fritzi musste ihr jetzt erst mal sagen, was hier wirklich los war.

Während Sanne im Wohnzimmer die Plattensammlung

nach irgendwas durchsuchte und dabei alles kommentierte, was ihr in die Finger kam, deutete Mona mit dem Kinn Richtung Haustür, nahm ihren Mantel von der Garderobe und zog ihn über. Als Fritzi nicht reagierte, rupfte sie auch Fritzis Mantel vom Haken und drückte ihn ihr in die Hand. Dann streckte sie den Kopf in die Küche.

«Mir ist nicht so gut, wir gehen mal ein Stück», sagte sie zu Kirsten. Dann drängte sie Fritzi aus dem Haus und zog die Tür hinter sich zu. Womöglich war ganz einfach ihre Wahrnehmung gestört, weil sie selbst seit Ewigkeiten keine normale Beziehung zustande brachte. Fritzi und Robert – das konnte nur ein Irrtum sein. Es *musste* ein Irrtum sein.

Sanne

Sanne tanzte zu den ersten Takten von *Dancing Queen* durchs Wohnzimmer und betrat dann mit einem Ausfallschritt den Flur. Die Armbewegungen, die sie dazu machte, passten wahrscheinlich eher zum Flamenco als zu Abba, aber wen störte das?

«Wisst ihr noch, wie wir zu diesem Lied mit Rollschuhen –» Sie unterbrach sich, als sie sah, dass niemand mehr im Flur war.

«Mona hat gerade gesagt, sie gehen mal ein Stück. Ihr ist wohl nicht so gut», rief Kirsten, die bereits die Teller zusammenräumte.

«So plötzlich? Hat die Zigarette ihr nicht gutgetan, oder was?»

«Keine Ahnung.» Kirsten öffnete die Klappe des Geschirrspülers und legte Messer und Gabeln ordentlich in die Besteckschublade. *Sehr* ordentlich, wie Sanne auffiel, die eigentlich mehr Lust gehabt hätte, die Küche Küche sein zu lassen und es sich zu viert im Wohnzimmer gemütlich zu machen. Sie könnten die Platten und CDs durchgucken und laut Musik auflegen, die sie lange nicht gehört hatten. Aber dann wusch sie jetzt eben erst mal die Pfannen ab und verschob den angenehmen Teil auf gleich, wenn Mona und Fritzi zurück waren.

Eine Viertelstunde später war die Küche aufgeräumt, der Geschirrspüler lief, und auf dem Küchentisch dampften zwei Tassen Tee. Sanne schmiss die heruntergebrannten Teelichter weg und zündete drei neue an – die letzten, die sie noch gefunden hatte. Sie hatte inzwischen beschlossen, die Abwesenheit von Fritzi und Mona zu nutzen. Schließlich hatte sie sich vorgenommen, mit Kirsten über etwas zu sprechen, worüber sie bisher mit niemandem gesprochen hatte. Und zwar jetzt sofort, bevor sie es sich anders überlegte.

«Bin gleich wieder da», rief sie und ging nach oben, um ihr Manuskript zu holen. Sie hatte es extra mitgenommen und gehofft, dass sich eine Gelegenheit ergeben würde, mit Kirsten unter vier Augen zu reden. Sie schien ihr am geeignetsten, weil sie im Gegensatz zu ihr selbst nicht nur das Germanistikstudium beendet hatte, sondern auch Deutschlehrerin war. Außerdem konnte man bei Kirsten absolut sicher sein, dass sie ehrlich, aber freundlich Kritik übte und ein Geheimnis für sich behielt. Als Sanne wieder nach unten kam, hatte Kirsten Mozart aufgelegt und saß am Küchentisch. Kommentarlos legte Sanne den Papierstapel vor sie hin.

«Was ist das denn?»

«Ein Manuskript.»

«Ja, das seh ich. Von dir?»

Sanne nickte und grinste halb verschämt, halb stolz.

Kirsten machte die Gummibänder ab und las den Titel. «*In Tessas Küche?*»

«Ja, so soll es heißen. Tessa ist die weibliche Hauptperson.»

«Ist das etwa ein Roman? Ein fertiger?»

Sanne, die immer noch neben dem Tisch stand, als wartete sie darauf, dass sie eine Note bekam und sich setzen durfte, schüttelte den Kopf. «Nein, noch nicht mal ein halber, aber ein Anfang ...»

Kirsten sah auf das letzte Blatt. «Das sind fast hundert Seiten! Ist ja toll.» Sie stand auf und fiel Sanne um den Hals. Dann fasste sie ihre Freundin an den Schultern und schüttelte sie begeistert: «Du hast es endlich getan!»

«Ja», sagte Sanne lachend.

«Du hast früher so oft gesagt, am liebsten würdest du einfach nur Geschichten schreiben.»

Während des Studiums hatten sie ein paar Mal an Hausarbeiten für dasselbe Seminar gesessen. Kirsten hatte das Analysieren der Texte geliebt, aber Sanne war in den paar Semestern, die ihr vergönnt gewesen waren, immer klarer geworden, dass es ihr eigentlich um etwas anderes ging – nicht um literarische Gattungen, Epochen und Stilmittel, sondern um Geschichten. Außerdem wollte sie sich in Büchern verlieren, sich mitreißen lassen, statt sie immer gleich analysieren zu müssen. Und so hatte sie auch geschrieben, einfach aus dem Bauch raus.

«Wann hast du denn damit angefangen?», fragte Kirsten.

«Vor einem Dreivierteljahr oder so. Nachdem wir aufs Land gezogen sind. In der Einöde, in der ich jetzt lebe, gibt es ja sonst nichts, also hatte ich keine Ausreden mehr. Und außerdem hat es mich ein bisschen von dem abgelenkt, was mit Isa passiert war. Ich hatte in den Jahren davor lauter kleine Sachen geschrieben, das meiste sind nur Skizzen und Ideen, die völlig unfertig in der Schublade liegen. Aber aus dem hier ist irgendwie mehr geworden, die Geschichte hat einen richtigen Sog entwickelt, ich wollte immer weiterschreiben.»

«Klingt toll.» Kirsten freute sich sichtlich für sie.

«Du hast meinen Wunsch zu schreiben immer ernst genommen und mich ermutigt», sagte Sanne. «Das hast du jetzt davon – jetzt musst du's auch lesen.»

«Nichts lieber als das.»

«Ich will deine ehrliche Meinung.»

«Bekommst du!»

«Darf ich dir den Anfang vorlesen?», fragte Sanne zaghaft. «Jetzt?» Sie war so wahnsinnig gespannt, was Kirsten sagen würde. Ihre erste Leserin.

«Na klar.» Kirsten lehnte sich zurück und nahm ihre Teetasse in beide Hände. «Schieß los.»

Mona

Die Novembernacht war so stürmisch und ungemütlich, dass Mona direkt auf die *Fördestube* zugesteuert war. Fritzi war ohne ein Wort neben ihr hergetrottet. Sie hatten das Lokal kaum betreten, da stand schon der sympathische Kellner mit der widerspenstigen Haarsträhne vor ihnen und strahlte Mona an.

«Mona!», sagte er erfreut, als würden sie sich wesentlich besser kennen, als es der Fall war.

«Hallo, äh ...?»

«Jan.»

«Hallo, Jan.»

«Heute nur zu zweit?»

Mona nickte. Er war nicht nur sympathisch, er konnte auch zählen.

«Wollt ihr was essen?»

«Nein, heute nur trinken.»

«Dann kommt doch zu mir an die Bar!», sagte er mit einer einladenden Geste.

«Nee, heute nicht, aber gern ein andermal», sagte Mona freundlich. «Wir haben was zu besprechen.» Sie zog Fritzi hinter sich her zu einem kleinen Tisch in der hinteren Ecke. Fritzi setzte sich hin, als wäre sie ferngesteuert, ohne irgendwelche Anstalten zu machen, ihren Mantel auszuziehen. Mona hängte ihre Jacke an einen der Haken an der Wand und setzte sich Fritzi gegenüber, die in die Betrachtung ihrer Fingernägel vertieft schien.

Wie sollte sie jetzt anfangen, fragte sich Mona. Auf dem Weg hierher war ihr wieder eingefallen, dass Fritzi diejenige gewesen war, die Robert damals mit in die WG gebracht hatte.

Neben ihrem Kopf tauchte ein Paar Jeans auf. «Und? Wisst ihr schon?», fragte Jan.

«Für mich einen doppelten Espresso und einen Gin Tonic», sagte Mona. Fritzi reagierte immer noch nicht. Das konnte ja heiter werden. «Für sie dasselbe», fügte Mona hinzu.

Jan nickte und verschwand wieder.

«Ich will jetzt wissen, was los ist», sagte Mona.

Fritzi schwieg.

«Ist es so, wie ich denke?» Mona erntete einen aufmüpfigen Blick, der wahrscheinlich besagen sollte: *Was weiß ich, was du denkst.* So langsam wurde sie ärgerlich. «Du bist in Robert verliebt, oder?»

Fritzi schob ihr Kinn vor – und schwieg wie ein trotziges Kind.

«Fritzi!»

«Verdammt, ja!», brach es endlich aus ihr heraus. «Ich bin in ihn verliebt, er ist in mich verliebt – wir lieben uns. Und? Willst ausgerechnet du mir jetzt eine Moralpredigt halten, oder was?»

Mona wandte den Blick ab und atmete einmal tief durch. Scheiße.

Jan näherte sich mit den Getränken, stellte die Espressotassen und die Gin Tonics auf den Tisch, warf Mona einen fröhlichen Blick zu und war sichtlich irritiert, als er ihren verärgerten Gesichtsausdruck sah. Er blickte zu Fritzi und wieder zu Mona und zog ab, ohne dass ein Wort gewechselt worden wäre.

Mona holte Luft und hätte fast so etwas wie *Hast du den Verstand verloren?* gesagt, aber dann besann sie sich eines Besseren und schloss den Mund wieder.

Sie schüttete Zucker in ihren Espresso und rührte um, und Fritzi nahm einen großen Schluck Gin Tonic. Als sie das Glas wieder abstellte, sah sie aus, als müsste sie lachen. Mona wollte gerade noch wütender werden, als sie merkte, dass sie sich geirrt hatte – Fritzi weinte.

Mona seufzte. Sie legte ihre Hand auf Fritzis. «Ihr liebt euch also.»

Fritzi nickte und weinte stumm vor sich hin.

«Fritzi ... das ist für mich auch nicht leicht, ich bin doch auch mit Sanne befreundet.» Sie nahm ihre Hand wieder weg. «Jetzt sag mir bitte mal, was Sache ist. Wie lange läuft das denn schon?»

Fritzi putzte sich fast geräuschlos die Nase und sagte dann schniefend: «Zwei Jahre.»

Mona schloss für einen Moment die Augen. Dann war es noch viel schlimmer, als sie gedacht hatte.

«Seit der Beerdigung meines Vaters. Da war er. Allein. Unsere Väter waren doch Freunde.»

Mona nickte. Sie hatte es vergessen, aber Fritzi kannte Robert schon aus Kindertagen.

«Robert hat sich an dem Tag so lieb um meine Mutter und mich gekümmert. Er hatte ja gerade selbst erst seinen Vater verloren, er wusste genau, wie wir uns fühlen. Und mit meinem Vater hatte er sich immer so gut verstanden.»

«So fing es an?»

Fritzi nickte. «Er hat am Tag danach angerufen und gefragt, wie es mir geht. Ein paar Tage später hatte er dann beruflich in Hamburg zu tun, und danach haben wir uns verabredet. Mein Vater war ja sehr wichtig für mich gewesen, und sein Tod hat mich unheimlich getroffen. Roberts Trost hat so gut getan, es hat mir so viel bedeutet, dass er ihn kannte und mochte und früher dabei gewesen ist, in unseren Urlauben und so. Wir haben uns dann immer öfter getroffen, na ja, und es hat dann nicht lange gedauert, bis ...»

Fritzi sah sie bedeutsam an, und Mona nickte verstehend, musste aber innerlich fast lachen, weil Fritzi sogar zu vornehm war, um auszusprechen, was dann zwischen ihnen passiert war.

«Vor zwei Jahren – warst du da von Patrick schon getrennt?»

«Ich habe mich dann sehr schnell von ihm getrennt. Anders ging es für mich nicht. Ich war so verliebt in Robert, ich konnte unmöglich noch mit Patrick zusammen sein. Aber das war eine schwierige Zeit mit Patrick. Er war so böse auf mich, weil er nicht verstehen konnte, warum ich ihn verlassen habe.»

«Du hast es ihm nicht gesagt?»

Fritzi schüttelte den Kopf.

Mona zog die Augenbrauen hoch. Sollte einer die Frauen verstehen – Sanne sagte ihrem Mann nicht, dass sie von seiner Affäre wusste, Fritzi sagte ihrem Mann selbst bei der Trennung nicht, dass sie eine hatte …

«Aber das mit Robert ist doch nur … ich meine, hast du denn von jetzt auf gleich aufgehört, Patrick zu lieben?»

Fritzi sah ins Leere. «Inzwischen frage ich mich, ob ich ihn überhaupt jemals richtig geliebt habe.»

«Ja, aber ihr habt doch ein Kind und, ich meine … bleibt man da nicht trotzdem zusammen?» Mona runzelte die Stirn. Hatte *sie* das gerade gesagt?

Fritzi blickte sie jetzt direkt an. «Nicht, wenn man seit Jahren einen andern liebt.»

Fritzi

Jetzt, wo sie einmal angefangen hatte, würde sie Mona alles erzählen. Fritzi starrte in ihr Glas. Irgendwie war sie sogar froh, endlich darüber reden, sich endlich jemandem anvertrauen zu können. Schließlich war es höhere Gewalt, dass Mona ausgerechnet in dem Moment in den Flur gekommen war, als sie ihre Nase in Roberts Jacke vergrub. Sie vermisste ihn einfach so schrecklich, jede Sekunde, in der er nicht bei ihr war. Es war so schön, wenigstens den vertrauten Geruch einzuatmen.

«Ich hab mich in Robert verliebt, als ich dreizehn war», begann sie zu erzählen. «Gekannt habe ich ihn ja schon vorher, eigentlich schon immer, weil unsere Väter Studienfreunde waren. Aber in dem Sommer hat sich für mich was geändert. Wir haben Urlaub am Gardasee gemacht – seine Eltern, meine, und noch eine befreundete Familie mit zwei Kindern, Christian und Sandra. Er war ständig mit Christian unterwegs, aber Sandra und ich konnten nicht viel miteinander anfangen. Ich glaub, ich hab den ganzen Urlaub nichts anderes gemacht, als Robert heimlich aus der Ferne anzuschmachten. Wenn ich ihn beim Frühstück verpasst hab und ich wusste, dass er schon unterwegs war und ich ihn stundenlang nicht sehen würde, war der Tag für mich gelaufen.»

«Aber Robert hat deine Gefühle nicht erwidert?»

«Damals nicht. Ich glaub, damals hat er sich überhaupt noch nicht für Mädchen interessiert. Er hat auch gar nicht gemerkt, wie verliebt ich war. Er hat gesagt, in dem Urlaub am Ledro-See, das war zwei Jahre später, da hätte er sich mal gefragt, ob ich mich ein bisschen in ihn verguckt hätte.»

«Da warst du immer noch in ihn verliebt und hast dich nicht getraut, ihm das zu sagen?»

«Ich war ein kleines Mädchen!»

«Du warst fünfzehn, wenn ich richtig gerechnet habe.»

«Ja, aber man macht doch als Frau nicht den ersten Schritt, also ich jedenfalls nicht.»

Mona sah sie ungläubig an, sagte aber nichts dazu, und Fritzi hatte keine Lust, sich weiter zu erklären. «Okay», sagte Mona. «Und dass er das damals bemerkt hat, das hat er dir jetzt erzählt, irgendwann nach der Beerdigung deines Vaters?»

«Ja. Mich hat das ein bisschen empört, muss ich sagen. Ich hab ihm gesagt: Ich hatte mich nicht *ein bisschen in dich verguckt*, ich war jahrelang verliebt in dich, sterbensverliebt. Ich hab mich nach dir gesehnt, ich hab mir vorgestellt, wie wir uns küssen, und mir eine gemeinsame Zukunft ausgemalt.»

Okay, dachte Fritzi, so klein war sie wohl tatsächlich nicht mehr gewesen.

«Und wie hat er darauf reagiert?», fragte Mona.

«Na ja, er war ein bisschen überrascht, aber vor allem geschmeichelt. Das war so ein Gespräch im Bett, nachdem wir ...»

«Verstehe.»

«Dass dieses Gefühl irgendwie immer da war, dass es im Grunde nie ganz weggegangen ist, hab ich ihm lieber nicht so genau erzählt. Mit so was sind Männer ja manchmal etwas überfordert. Gerade in seiner Situation. Es ist ja auch für ein paar Jahre in den Hintergrund gerückt, denn nach diesem letzten Urlaub haben wir uns ewig nicht mehr gesehen. Bei den Treffen unserer Eltern waren wir nicht mehr dabei, und bei den Urlauben schon gar nicht. Aber als ich ihm dann in Kiel in der Mensa über den Weg gelaufen bin, waren all die Gefühle wieder da. Schlagartig. Bevor ich mich getraut hab, es ihm zu sagen, war er allerdings schon mit Sanne zusammen, und die war ja praktisch schwanger, bevor sie seinen Nachnamen kannte. Tja. Herz vergeben, Herz verschenkt.»

Mona lächelte.

«Das ist aus dem Lied von Selig, *Ohne dich*. Hab ich damals rauf- und runtergehört.» Leise sang sie:

«Da draußen alles dreht sich still um nix herum,
und ich male deine Schatten an jede Wand.
Es kommt so anders, als man denkt.
Herz vergeben, Herz verschenkt.

Ich hab's nicht kapiert. Ich hatte es für ein Zeichen gehalten, dass wir beide in Kiel studieren, uns da wiedertreffen.» Fritzi lachte verzweifelt auf. «Da war ich natürlich erst zwanzig, berücksichtige das bitte.»

Mona schwieg, sie wirkte nachdenklich.

«Nachdem Robert mit Sanne zusammengekommen ist, bin ich erst mal auf Abstand gegangen und total in Aktionismus ausgebrochen, um nicht mehr so viel zu Hause zu sein. Ich hab so ungefähr alle Aufgaben und Ämter übernommen, die an der Uni zu vergeben waren. Und wann immer es hieß, dass Robert zum Essen kommt, hab ich mich verabredet oder behauptet, es zu sein, und bin allein ins Kino gegangen. Und dann haben die beiden ja eigentlich auch schon geheiratet.»

«Ja, das ging schnell. War aber 'ne tolle Hochzeit.»

«Ich hab davon gehört.»

«Wieso, warst du – ach nee, du warst gar nicht da.»

«Ich hab gesagt, ich hätte einen Platz bei dieser Sommer-Uni in Florenz bekommen, für das kunstgeschichtliche Seminar, für das ich mich auch tatsächlich beworben hatte.»

«Wie, das stimmte gar nicht?»

Fritzi schüttelte den Kopf. «Ich hab mich im Haus meiner Eltern verkrochen. Wochenlang. Ich hätte das nicht ausgehalten, zu sehen, wie er Sanne heiratet.»

«Ach, Fritzi. So schlimm?», fragte Mona mitfühlend. «So wie du das beschreibst, habe ich das, glaube ich, überhaupt noch nie erlebt.»

«Nicht mal bei Matze römisch eins?» Fritzi wusste noch genau, wie Mona gelitten hatte, als Matze Mona damals von heute auf morgen wegen einer anderen Frau verlassen hatte – einer *ganz* anderen Frau, blond, unauffällig und sehr still. Fritzi konnte sich nicht erinnern, dass Mona danach noch mal so lange mit jemandem zusammen gewesen wäre wie mit ihm.

«Ach, das ist ja so lange her, das ist ja gar nicht mehr wahr», sagte Mona.

Fritzi stieß einen tiefen Seufzer aus. «Du glaubst gar nicht, wie gut es tut, mit dir zu reden. Ich hab das bisher niemandem erzählt.»

«Du hast das Bild vom glücklichen Single die ganze Zeit über ziemlich überzeugend aufrechterhalten, muss ich sagen. Selbst mir gegenüber. Etwas irritierend ist das schon.»

«Ich weiß, es tut mir leid! Aber hätte ich es dir eher sagen sollen?»

Mona schüttelte den Kopf. «Nein. Im Gegenteil. Ich wünschte, ich wüsste es nicht.» Sie sah Fritzi eindringlich an. «Das ist nicht einfach irgendeine Affäre, Fritzi.»

«Das ist überhaupt keine Affäre!» Eine Affäre war schließlich etwas von kurzer Dauer, etwas Flüchtiges, nicht weiter Ernstzunehmendes. Das, was sie und Robert verband, war weitaus mehr.

«Umso schlimmer. Robert ist der Mann unserer Freundin, daran muss ich dich ja wohl nicht erinnern.»

«Nein, natürlich nicht. Und natürlich tut es mir leid, dass es ausgerechnet der Mann meiner Freundin ist. Ich hab ja auch versucht, dagegen anzukämpfen. Früher. Aber als wir uns jetzt wiederbegegnet sind ... die Gefühle waren einfach größer. Ich liebe ihn, Mona. Ich hab auch nur dieses eine Leben.»

Mona blies die Backen auf und atmete hörbar aus. Sie trank einen Schluck, und dann schwiegen sie eine Weile. Schließlich fragte Fritzi: «Glaubst du ... Sanne liebt Robert noch? Was ist das denn mit diesem Micha, hat sie dir davon mehr erzählt?»

Es wäre so schön, wenn es so einfach wäre, dachte Fritzi: Sanne und Robert gestanden sich ein, dass ihre gemeinsame Zeit vorbei war, dass sie beide jemand anders liebten, und gingen auseinander. Dann könnte sie mit Robert glücklich werden bis ans Ende ihrer Tage, und Sanne mit Micha, und alle wären glücklicher als vorher.

Mona zuckte mit den Schultern und stocherte mit dem Strohhalm in dem, was von den Eiswürfeln noch übrig war. Nach einer Weile fragte sie: «Hat Robert denn gesagt, sie wären unglücklich?»

«Nicht direkt.» Fritzi atmete einmal tief durch. «Er spricht überhaupt nicht über Sanne.»

Was auch immer das bedeuten mochte.

Mona

Am Sonntagmorgen lag Mona auf dem Rücken und starrte an die Decke. Die drei anderen klapperten schon seit einiger Zeit in der Küche rum, aus der es nach gebratenem Speck und Kaffee duftete. Nur sie lag noch auf der Luftmatratze, die sie auch diese Nacht mit Fritzi hatte teilen müssen, und traute sich nicht nach unten. Sie hatte Fritzi gestern Nacht beschworen, die Geschichte mit Robert zu beenden, um nicht noch mehr Schaden anzurichten. Aber Fritzi hatte das ganz offensichtlich nicht vor, und mit Sanne reden wollte sie auch nicht, weil sie fand, das sei eine Sache zwischen Robert und seiner Frau. Womit Fritzi es sich ganz schön leicht machte, wenn man sie fragte. Schließlich hatte Mona gedroht, dass sie es Sanne selbst sagen würde, falls Fritzi es nicht tat, woraufhin die fuchsteufelswild geworden war: *Ich dachte, du wärst meine Freundin, ich hab mich dir anvertraut* und so weiter. Ja, aber Mona war auch Sannes Freundin. Sie konnte sich nicht beiden gegenüber loyal verhalten, das war, so wie die Dinge lagen, schlicht unmöglich.

Und Sanne hatte Klarheit verdient. Das sah Fritzi zwar anders, aber ihre Wahrnehmung der ganzen Geschichte schien Mona auch ziemlich verzerrt. Sie tat, als könnte sie nicht anders, als wäre Robert allein für die Situation verantwortlich. Aber vielleicht gehörte das zur Rolle der Geliebten, so ganz fremd war ihr selbst das auch nicht … Jedenfalls war das der Stand der Dinge gewesen, als sie letzte Nacht nach Hause gekommen waren. Zum Glück hatten sowohl Sanne unten auf dem Sofa als auch Kirsten oben schon Licht ausgemacht. Ohne ein weiteres Wort hatten Fritzi und sie sich schlafen gelegt, Rücken an Rücken. Mona seufzte. Sollte sie Sanne gegenüber jetzt erst mal gute Miene machen und hoffen, dass Fritzi sich eines Besseren besann? Vielleicht konnte sie Fritzi ja auch überzeugen, mit Robert zu sprechen, falls sie wirklich daran festhielt, dass nur er seiner Frau reinen Wein einschenken könnte. Oder sollte sie ihre Drohung wahr machen und Sanne sagen, was los war? Mona stöhnte, sie hätte kotzen können.

Als sie zwanzig Minuten später geduscht, mit nassem Bob und ausnahmsweise ohne Lippenstift in die Küche kam, saßen Sanne, Fritzi und Kirsten bestens gelaunt beim Frühstück. Mona kam der Anblick vor wie ein Déjà-vu. Es war wie früher, als sie noch alle zusammen in diesem Haus gelebt hatten. Sie setzte sich an den Tisch.

«Wo hast du denn Jan gelassen?», fragte Sanne.

«Hm?»

«Na, den netten Kellner.»

«Ach, ihr seid doof. Was weiß ich.» Da niemand Anstalten machte, ihr einen Kaffee zu kochen, stand Mona wieder auf und ging selbst zur Espressomaschine. Während der Kaffee durchlief und die Dämpfe sie ein kleines bisschen wacher machten, fiel bei ihr der Groschen. Sie drehte sich um. «Moment mal ... Fritzi, was hast du denn den beiden erzählt?»

Fritzi sah auf und sagte gedehnt: «Nichts.» Sie lächelte. «Nur, wo wir so lange waren.»

Mona sah sie abwartend an, aber es war Sanne, die antwortete: «Ist doch nichts dabei. Ihr seid halt an der *Fördestube* vorbeigekommen und wo ihr schon mal da wart, wolltest du dem netten Kellner einen Besuch abstatten. Ist überhaupt kein Problem, wir haben uns hier auch ganz gut amüsiert, nicht, Kirsten?»

Mona setzte sich mit ihrer Kaffeetasse wieder an den Tisch und sah Fritzi strafend an, die daraufhin übertrieben schuldbewusst den Kopf einzog.

«Ja, ihr habt echt was verpasst», sagte Kirsten.

Ihr auch, dachte Mona.

«Wieso? Was denn?», fragte Fritzi.

«Jetzt darf ich's doch erzählen, oder?», fragte Kirsten.

Sanne nickte und strahlte dabei über das ganze Gesicht.

Sanne

Nervös zupfte Sanne an Fritzis Hagebuttenkranz, der auf dem Stuhl neben ihrem gelegen hatte. Langsam wurde sie verlegen, so sehr schwärmte Kirsten von ihrem Romananfang. Sie hatte ihr gestern Abend den kompletten Text vorgelesen, und Kirsten hatte das nicht nur ertragen, sondern sogar an den richtigen Stellen gelacht. Danach hatte sie noch lange mit ihr darüber gesprochen, welche Figuren ihr sympathisch waren und welche weniger und wie die Geschichte weitergehen sollte. Ergebnis war, dass Sanne jetzt den Kopf voller Ideen hatte und es gar nicht abwarten konnte, weiterzuschreiben.

«Du hast wirklich ein komisches Talent, Sanne», sagte Kirsten. «Du musst unbedingt weitermachen. Diese Szene, wo Tessa zum ersten Mal auf ein Motorrad steigt – das ist reiner Slapstick.»

«Also», sagte Fritzi, «ich fasse mal zusammen. Es geht um Tessa, eine Professorengattin, die sich auf dem Land zu Tode langweilt, gerne kocht und mit scharfer Zunge die Gewohnheiten der anderen Dorfbewohner beschreibt.»

«Ähnlichkeiten mit lebenden Personen sind rein zufällig», sagte Mona.

«Aha», sagte Fritzi. «Und, sag mal, dass Tessa sich bei den Fahrstunden in ihren Motorradlehrer verliebt und mit ihm durchbrennen will – wie autobiographisch ist das?»

«Na ja, das ist natürlich reine Fiktion, ich –»

«Sicher?», fragte Fritzi. «Ich finde eher, gewisse Parallelen zu deinem Leben drängen sich geradezu auf. Ich meine – Fahrlehrer ... Reitlehrer ...»

«Na ja ...» Sanne lachte.

«Und? Wie geht es aus? Verlässt sie tatsächlich ihren Mann?», fragte Fritzi herausfordernd.

«Fritzi», sagte Mona mahnend. Fritzis Unterton war wirklich etwas seltsam, aber Sanne beschloss, ihn einfach zu ignorieren, und sagte leichthin: «Das weiß ich noch nicht, die Geschichte ist ja noch gar nicht richtig losgegangen. Aber sollte daraus wirklich mal ein Buch werden, kannst du es gerne lesen.»

Während sie sprach, war Fritzi aufgestanden. «Schon gut.» Und mit den Worten «Ich muss mal kurz an die frische Luft» verließ sie die Küche.

«Was ist denn mit der los?», fragte Kirsten.

Mona zuckte mit den Achseln.

«Lass dich nicht beirren», sagte Kirsten zu Sanne. «Dass auch eigene Erfahrungen in die Geschichte einfließen, ist doch ganz normal und wird ihr nur zugutekommen.»

Sanne nickte und legte den Kranz beiseite.

«Oh Mann», ächzte Mona, «mir ist irgendwie schon die ganze Zeit so übel, ich –» Sie sprang auf und stürzte aus dem Raum.

Sanne und Kirsten sahen sich verblüfft an, und Sanne wollte gerade einen blöden Spruch machen, als sie hörten, dass Mona sich übergab.

«Ach je, ich geh mal zu ihr.» Kirsten stand auf. Zerstreut begann Sanne, den Tisch abzuräumen. Was war denn heute los? Als sie fertig war, kamen die beiden zurück. Mona wirkte sichtlich mitgenommen, als sie sich wieder setzte.

«Na? Du Arme. Hast du es noch bis zur Toilette geschafft?», fragte Sanne. Mona nickte. «Meinst du, du hast was Falsches gegessen? Irgendwas, was sonst keine von uns hatte? Gestern Abend in der *Fördestube*, vielleicht?»

Mona schüttelte den Kopf. «Da hab ich gar nichts mehr gegessen. Nee, ich hab mir wohl einen Virus eingefangen.»

«Du Ärmste», sagte Kirsten. «Hast du denn sonst noch irgendwelche Symptome?»

«Ja, ich bin so müde, gestern auch schon die ganze Zeit.»

«Dann leg dich doch am besten ein bisschen aufs Sofa», sagte Kirsten. «Ich mach dir einen Tee.»

Mona nickte gehorsam und stand auf. «So langsam könnte das jetzt echt mal wieder aufhören, das kommt und geht jetzt schon seit Wochen.»

«Seit Wochen?», fragte Kirsten und machte den Wasserhahn wieder zu. «Und, ähm ... wann hattest du zuletzt deine Tage?»

Sanne sah Kirsten an, und ihr fiel auf, dass ihre Nase wieder so komisch zuckte. Mona hing elend auf ihrem Stuhl und sagte abwesend: «Weiß ich nicht genau.»

Ohne ein weiteres Wort ging Kirsten zur Garderobe, nahm ihre Handtasche vom Haken und griff hinein. «Hier», sagte sie und hielt Mona eine schmale weiße Verpackung hin.

«Was ist das?»

«Ein Schwangerschaftstest.»

«Was soll ich denn damit?»

«Na, ihn machen, natürlich.»

Mona lachte. «Nein, Quatsch. Das ist ein Infekt, ein hartnäckiger Infekt. Mehr nicht.»

«Klingt für mich nicht danach.»

«Mach ihn doch, Mona», sagte Sanne. «Das stimmt schon: Müdigkeit, morgendliche Übelkeit und so, und wenn dann noch deine Tage überfäl–»

«Ich bin nicht schwanger!», fuhr Mona sie an. «Jetzt hört doch mal auf damit.»

«Mach einfach den Test, dann weißt du Bescheid», sagte Kirsten sachlich.

Mona schien kurz zu überlegen, dann sagte sie: «Aber nur, um euch zu beweisen, dass ich recht hab. Ihr gebt ja sonst doch keine Ruhe.» Sie stand auf und verschwand kurz darauf in der Gästetoilette.

Als die Tür hinter Mona ins Schloss gefallen war, sah Sanne Kirsten an. «Und warum hast du einen Schwangerschaftstest in der Handtasche?»

Kirsten setzte sich seufzend. «Weil ich schwanger werden will und so schnell wie möglich wissen möchte, ob es geklappt hat.»

«Ja? Wollt ihr ein Baby, Bernd und du?» Das waren doch mal gute Nachrichten. Wenn es nach Sanne ging, sollten bitte alle ihre Freundinnen Babys bekommen und dann ihre Hilfe beim Rumtragen in Anspruch nehmen. Sie liebte es, ein schlafendes Baby im Arm zu halten, vor allem diese ganz kleinen, die erst wenige Wochen alt waren ...

«Wir versuchen es schon seit Jahren. Aber es klappt nicht.»

«Oh nein, das wusste ich ja gar nicht.»

Fettnäpfchen. Aber das hatte Kirsten nie erwähnt, davon hörte Sanne zum ersten Mal.

«Wir haben schon so viel hinter uns. Als Zyklusmonitoring nichts gebracht hat und Sex nach dem Kalender, haben wir alle möglichen Untersuchungen über uns ergehen lassen. Beide. Aber anatomisch scheint alles in Ordnung zu sein, zumindest haben sie in der Kinderwunschpraxis nichts gefunden. Jetzt haben wir schon ein paar Inseminationsversuche hinter uns, weil die Chancen da angeblich größer sind als auf dem natürlichen Weg, begleitet von einer Hormonbehandlung, die mich total fertigmacht, aber –» Bisher hatte

Kirsten sachlich geklungen, als spräche sie über jemand anderen, aber jetzt zitterte ihre Stimme. «Ich hab heut Nacht meine Tage bekommen.»

«Oh nein.» Sanne wollte sie in den Arm nehmen, aber Kirsten wehrte sie ab, und im selben Moment kam Mona wieder herein und setzte sich stumm auf einen Stuhl. Sie wirkte etwas blass. «Und?», fragte Sanne. Als Mona nicht reagierte, nahm sie ihr das Teststäbchen aus der Hand und sah auf das kleine Fenster.

Kirsten

Kirsten blickte Sanne über die Schulter. Der Test zeigte genau das Ergebnis, das er hatte zeigen sollen. Allerdings bei ihr selbst. Deshalb hatte sie ihn gekauft, diesen ungefähr tausendsten Frühtest, damit zu guter Letzt endlich zwei Streifen zu sehen waren statt einem.

«Oh, Mona!», rief Sanne. «Du bekommst ein Baby!»

Kirsten musste sich setzen. Sie hielt das nicht mehr aus. Wie viele solcher frohen Nachrichten hatte sie in den letzten Jahren gehört? Wie oft hatte sie der glücklichen werdenden Mutter gratuliert, als wäre ihre Freude ungetrübt, als würde es ihr nichts ausmachen, dass offenbar niemand Mühe hatte, schwanger zu werden, niemand außer ihr?

«Ein Baby, ein Baby», äffte Mona Sannes Tonfall nach und sagte dann mit ihrer normalen rauen Stimme: «Das ist jetzt erst mal ein Plastikstäbchen mit ein bisschen Pipi drauf, weiter nichts. Und das ist garantiert ein Irrtum.»

Sanne und Kirsten sahen sich perplex an.

«Also ...», sagte Sanne, «ich denke schon, dass du dich auf das Testergebnis verlassen kannst.»

Die Haustür fiel ins Schloss, und Fritzi kam in die Küche. Sie roch nach Zigarettenrauch. «So, ich hab mir mal kurz den Kopf durchpusten lassen, tut mir leid, ich weiß auch nicht, was mit mir los war.» Als niemand etwas sagte, fragte sie: «Und ... äh ... was ist hier los?»

Mona deutete mit dem Kinn auf das Teststäbchen. Sanne hielt es Fritzi hin, die nahm es und wurde noch blasser als Mona. «Du bist schwanger?», fragte sie Sanne.

«Nicht ich. Mona.»

«Ach so.» Fritzi ließ sich auf einen Stuhl sinken. «Das ... puh, das ist ja toll! Ich freu mich, Mona.»

«Da seid ihr ja schon zu zweit. Aber freut euch lieber nicht zu früh, ich glaub das noch nicht.»

«Wieso nicht?»

«Auf solche Tests kann man sich doch gar nicht verlassen.»

«Äh, doch, eigentlich schon», sagte Fritzi. «Auf negative Schwangerschaftstests ist nicht unbedingt Verlass, aber wenn da zwei Streifen zu sehen sind, hast du hCG im Blut.»

«Was ist das denn?»

«Ein Schwangerschaftshormon», sagte Kirsten.

Mona sagte nichts.

«Wer ist denn der Vater?», fragte Fritzi.

Mona schwieg weiterhin.

«Mona ...?» Sanne klang besorgt. «Sag bitte nicht, du weißt es nicht.»

«Doch», sagte Mona barsch. «Kann nur Peter sein.»

«Na, ein Glück», sagte Fritzi mit einem Grinsen. «Es beruhigt mich zu hören, dass dein Leben offenbar nicht ganz so wild und gefährlich ist, wie du immer tust.»

«Und selbst wenn es so sein sollte, ich werde dieses Kind nicht bekommen, auf keinen Fall! Habt ihr das jetzt alle kapiert?», rief Mona.

Kirsten hatte das Gefühl, jeden Moment zu platzen. «Nee!», rief sie. «Ich kapier gar nichts! Ich versuche seit Jahren schwanger zu werden, seit *Jahren*! Wir haben schon alles Mögliche probiert. Und du wirst es einfach so, und dann ziehst du nicht mal in *Betracht*, das Baby zu bekommen? Das ist so undankbar! Und vollkommen verantwortungslos!» Ihre Stimme überschlug sich, sie war immer lauter geworden.

«Kannst ja meins haben», sagte Mona pampig.

Kirsten sprang auf. Am liebsten hätte sie Mona eine gescheuert. Mit mühsam kontrollierter Stimme sagte sie: «Willst du dir dein Leben lang die Lippen nachziehen und jeden Mann anmachen, der nicht rechtzeitig wegguckt? Willst du das wirklich? Werd mal erwachsen! Es passiert wahrscheinlich gerade zum ersten Mal was wirklich Bedeutsames in deinem Leben! Du musst dich den Tatsachen jetzt mal stellen.»

Mona stand auf und sagte ganz ruhig: «Da bin ich übrigens nicht die Einzige hier.» Dann verließ sie die Küche, und Kirsten hörte, wie sie die Treppe hochstampfte.

«Was hat sie denn damit gemeint?», fragte Sanne.

«Nichts, vermutlich», sagte Kirsten. «Sie wollte einfach von sich ablenken.»

Wenig später kam Mona die Treppe wieder heruntergepoltert, ihre Reisetasche in der Hand.

«Mona, jetzt beruhige dich doch», sagte Sanne. «Ich glaube, du musst das Ganze erst mal sacken lassen. Und wenn du erst mit Peter gesprochen hast, geht es dir bestimmt besser. Was meinst du denn, wie er reagieren wird?»

«Gar nicht», sagte Mona und stapfte Richtung Haustür.

«Wie, gar nicht?»

«Er wird es nicht erfahren.»

Kurz darauf fiel die Haustür ins Schloss.

DEZEMBER

Sanne

Sie legte das Silberbesteck neben die beiden Teller und betrachtete prüfend den Tisch. Hatte sie irgendwas vergessen? Auf der weißen Tischdecke hatte sie schwarze Leinensets platziert, darauf standen weiße Teller, Weißwein- und Champagnergläser. Sanne hatte weiße Rosen gekauft, und in den alten Silberleuchtern steckten schwarze und weiße Kerzen. Robert, der einen Abend wie jeden anderen erwartete, würde staunen. Sie hatte für heute etwas ganz Besonderes geplant.

Es würde ein Schwarzweiß-Menü geben, extra für ihren Mann mit seinem Schwarzweiß-Faible. Das Zitronengras-Champagner-Süppchen hatte sie gestern schon gemacht, genau wie das Dessert, Joghurtparfait mit Soufflé aus Zartbitterschokolade. Die Blinis mit Kaviar hatte sie auch schon vorbereitet, nur für den Petersfisch mit schwarzem Wildreis aus dem Piemont, Blumenkohl und Kokosschaum musste sie noch mal ein paar Minuten in die Küche. Sich das Menü auszudenken hatte großen Spaß gemacht. Sanne fragte sich, warum sie diese Idee nicht schon eher gehabt hatte. Sie selbst passte natürlich auch ins Bild. Zwar hatte sie blöderweise den Reißverschluss von ihrem kleinen Schwarzen nicht mehr zubekommen, aber die hochhackigen schwarzen Pumps passten noch – wenigstens auf Schuhe war Verlass. Jetzt trug sie eben den knielangen schwarzen Rock und die schwarze Bluse mit weißen Pünktchen. Nicht ganz so fein, aber dafür machte die Bluse ein sehr schönes Dekolleté, und auf dem Gebiet hatte sie schließlich einiges zu bieten.

Die letzten Wochen waren unaufgeregt verlaufen und eigentlich ganz angenehm. Robert war viel unterwegs gewesen, der Dezember war voller Veranstaltungen, und zum Weihnachtsessen von Roberts Hauptauftraggeber war sie diesmal mitgegangen und hatte es sogar ganz nett gefunden. Robert benahm sich so normal, dass sie inzwischen sicher war: Wenn da irgendwas mit einer anderen Frau gelaufen war, dann war es eine einmalige Sache gewesen. Nichts, was ihre Ehe bedrohen konnte. Darum hatte sie endgültig beschlossen, Robert nicht zur Rede zu stellen. Genauer wollte sie es wirklich nicht wissen – besser, sie hatte keine allzu konkrete Vorstellung. Aber eines hatte ihr dieser Schreck klargemacht: Sie wollte um ihren Mann kämpfen und ihre Ehe retten.

Natürlich lag die Phase der wilden Verliebtheit hinter ihnen, da machte sie sich keine Illusionen. Aber liebte man bei der romantischen Liebe nicht ohnehin ein Ideal? Die eheliche Liebe dagegen war vielleicht weniger aufregend, dafür ging sie tiefer, man liebte immer mehr mit der Zeit, die verging, man lernte, sich zu respektieren, den anderen zu lieben, wie er war – war es nicht so? In letzter Zeit waren sie und Robert sich nicht besonders nahe gewesen, aber sie war wild entschlossen, ihren Teil dafür zu tun, dass sich das wieder änderte.

Heute Abend würde sie alle Themen mit Konfliktpotenzial meiden, insbesondere den nächsten Sommerurlaub, Sofies berufliche Zukunft und den Weihnachtsbesuch seiner Mutter.

Stattdessen würden sie mal wieder eine richtige Unterhaltung führen. Sie hatte vor, ihn zuerst nach seiner Arbeit zu fragen – das tat sie viel zu selten, und in Gedanken würde er sicher ohnehin noch dort sein –, und dann würde sie das Gespräch elegant auf ihre gemeinsame Vergangenheit und ihre romantischen Anfänge bringen. Bei der verbalen Annäherung sollte es natürlich nicht bleiben. Sie hatte sich fest vorgenommen, die Leidenschaft in ihrer Beziehung wieder zu entfachen. Schließlich war da mal ein loderndes Feuer gewesen, und ganz war das nie ausgegangen. Und damit sie dabei nicht gestört wurden, hatte sie Sofie nahegelegt, diese Nacht bei ihrer Freundin in Kiel zu verbringen, worüber die viel zu froh gewesen war, um sich zu wundern. Offenbar sollte es so sein: Robert und Sanne allein zu Haus. Wie früher.

Etwas eher als erwartet hörte sie auf dem Kiesvorplatz Roberts Wagen. Sie warf einen eiligen Blick in den Spiegel. Sie trug die Haare hochgesteckt – das mochte Robert gern – und versuchte, eine braune Locke, die sich gelöst hatte, wieder zu befestigen. Es klappte nicht. Auch gut, dann blieb es eben so. Sanne lief in die Küche, um den Champagner aus dem Kühlschrank zu nehmen. Eigentlich hatte sie vorgehabt, ihrem Mann aus dem Esszimmer entgegenzukommen, mit den vor Kälte beschlagenen Gläsern. Aber das schaffte sie jetzt nicht mehr. Sie stand gerade mit der Flasche in der Hand in der Küchentür, als Robert ihr auch schon gegenüberstand. Mist – ihre Pumps lagen im Esszimmer auf dem Boden. So reichte sie ihm nur bis zur Brust.

«Hallo.» Er sah zu ihr herunter und fragte mit einem Blick auf die Champagnerflasche: «Gibt es was zu feiern, hab ich was vergessen?»

Sanne schüttelte den Kopf, ging auf die Zehenspitzen und

reckte ihm den Mund hin, war aber immer noch darauf angewiesen, dass er ihr entgegenkam. Hocherotisch … genau das hatten die Schuhe vermeiden sollen. Seine Lippen berührten ihre, waren aber schon wieder in unerreichbare Höhen verschwunden, bevor Sanne auch nur dazu gekommen war, sie zu spüren.

«Hast dich ja so schick gemacht», sagte Robert.

Sanne lächelte ihn an. «Ich dachte, wir machen uns mal wieder einen schönen Abend.»

«Ist ja toll.» Er drehte sich um. «Ich bringe das nur eben ins Arbeitszimmer.» Er deutete auf die große schwarze Mappe mit seinen Entwürfen. «Bin gleich wieder da.»

Sanne nickte und ging ins Esszimmer, um die Flasche zu öffnen und ihre Pumps wieder anzuziehen. Sie freute sich auf den Abend.

Eine Viertelstunde später saß Sanne immer noch allein im Esszimmer. Sie hatte die Kerzen angezündet und gewartet, dann hatte sie irgendwann unterm Tisch die Schuhe wieder ausgezogen, die doch etwas drückten, und schon mal angefangen, an ihrem Glas zu nippen. Inzwischen war es fast leer.

Robert telefonierte, und sie wollte den Abend nicht damit beginnen, in der Tür zu seinem Arbeitszimmer zu erscheinen und ihm beleidigte Blicke zuzuwerfen. Also wartete sie geduldig. Aber für den Champagner in der Suppe war es bestimmt nicht gut, so lange vor sich hin zu köcheln, und der Reis würde viel zu weich werden, wenn es nicht bald losging.

Endlich hörte sie seine Schritte. Von ihrem Stuhl aus konnte sie sehen, wie er die Küche ansteuerte.

«Hier bin ich», sagte sie und gab sich alle Mühe, ihn weder vorwurfsvoll anzusehen noch so zu klingen.

«Tut mir leid, Willems hat gerade noch mal angerufen, das war wichtig.» Robert setzte sich, ohne etwas zu dem festlich gedeckten Tisch zu sagen.

Sanne lächelte. «Jetzt bist du ja da.» Sie hob ihr Glas in die Höhe, er ebenfalls, und während Robert seinen ersten Schluck Champagner trank, leerte sie ihr Glas.

«Oh, Kaviar», sagte Robert. «Wo kommt der denn her?»

«Aus dem Delikatessenkorb, den dieser Hamburger Kunde von dir Anfang der Woche geschickt hat», sagte Sanne. «Mit Weihnachtsgrüßen.»

«Ah.» Robert nickte und fing an zu essen. «Da hat er ja ausnahmsweise mal eine gute Idee gehabt. Ich hab mich über den heute wieder dermaßen geärgert.» Er schüttelte den Kopf. «Das ist ein Korinthenkacker, das kannst du dir nicht vorstellen. Jetzt will er, dass wir die Entwürfe noch mal komplett überarbeiten, wegen nichts und wieder nichts, und das noch vor Weihnachten. Und das Beste ist – ich hab das Gefühl, der genießt das auch noch.»

«Das tut mir leid.» Sanne schob ein paar verirrte Kaviarkügelchen zusammen. Köstlich.

«Ja, mal sehen, ob das zu schaffen ist. Wenn nicht, dann bedeutet es auf jeden Fall mehr Arbeit zwischen den Jahren ...»

«Ist denn auch irgendwas Erfreuliches passiert heute?», fragte Sanne.

«Nee», sagte Robert, den Blick auf seinen Teller gerichtet. «Auf dem Weg zu der Baustelle in Lütjenburg hab ich ewig im Stau gestanden, und als ich endlich vor Ort war: Bauleiter nicht da, Vorarbeiter komplett überfordert. Wir wollten ja den Giebel mit den Schieferplatten, stellt sich raus: So was haben die noch nie gemacht. Also, ich sag dir ...» Robert legte sein Besteck neben den leeren Teller, griff nach seinem Glas und lehnte sich zurück.

Sanne stand auf. Die Suppe sollte nicht noch länger kochen, sie wollte sie jetzt auf den Tisch bringen. «Bin gleich wieder da.» Sie überlegte, ihm im Vorbeigehen über den Arm zu streichen, ließ es dann aber bleiben. Später.

Als sie kurz darauf wieder zurück war, saß Robert noch in derselben Position am Tisch. Sanne stellte ihm eine der dampfenden Suppentassen hin. «Das ist ein Zitronengras-Champagner-Süppchen», sagte sie und setzte sich wieder.

«Wunderbar», sagte Robert. «Wo war ich? Ach ja, na jedenfalls kam Willems dann irgendwann, der hatte auch im Stau gestanden. Der ist ja nun wirklich vernünftig, hat das Problem gleich gesehen und dann ...»

Während Robert weitersprach, nahm Sanne den Champagner aus dem Kühler und goss sich nach. Sie trank einen Schluck, und noch einen.

Ihre Gedanken mussten abgeschweift sein, denn irgendwann hörte sie Robert sagen: «Sanne!» Sie sah ihn an. Sein Teller war leer. «In der Küche piept was. Sag mal, hast du mir überhaupt zugehört?»

«Das ist der Fisch.» Sie nahm die leeren Teller und stand auf.

In der Küche stellte sie die Teller unsanft auf den Geschirrspüler und sah ärgerlich aus dem Fenster. Das hatte sie sich alles anders vorgestellt. Hörte Robert denn überhaupt nicht mehr auf, von der Arbeit zu reden? Merkte er nicht, dass sie hier etwas Besonderes inszeniert hatte, dass sie heute ausnahmsweise im Esszimmer aßen und zwar vier Gänge vom Allerfeinsten? In Schwarzweiß! Oder wollte er es nicht merken?

Na gut, dann wurde das eben heute kein romantischer Abend. Vielleicht ein andermal. Aber streiten wollte sie sich auch nicht.

Sie öffnete die Ofenklappe und stach mit einem kleinen Messer ganz leicht in den Fisch. Ein, zwei Minuten brauchte er noch. Sie stellte die Platte, auf der der Kokosschaum stand, höher, um ihn noch einmal aufkochen zu lassen, und schob zwei große Teller in den Ofen, als Robert in die Küche kam. Er setzte sich halb auf die Tischkante und betrachtete sie.

«Was?», fragte Sanne.

Er lächelte. Klebte ihr Kaviar an der Backe, oder was?

«Nichts.» Er lächelte immer noch.

Der Kokosschaum begann zu sieden, und sie schlug ihn mit dem Schneebesen etwas auf. «Wann musst du denn morgen los?», fragte sie, ohne ihn anzusehen.

«So gegen Mittag. Meine Mutter will abends mit mir Gans essen gehen. Sie hat überhaupt viel Programm geplant – Sonntag möchte sie mit mir ein bisschen durch die Museen ziehen, und Montagvormittag hab ich dann den Termin mit dieser Potsdamer Baugruppe. Danach komm ich direkt nach Hause.»

«Klingt doch gut. Die Mädels und ich essen auch Gans, aber Sonntagmittag erst», sagte Sanne und nahm den Fisch und die angewärmten Teller aus dem Ofen. «Bis dahin wissen wir sicher auch, was wir mit dem Haus machen.»

Sie hatte Mona, Fritzi und Kirsten von Samstag auf Sonntag zu sich eingeladen, weil sie doch tatsächlich inzwischen den Erbschein erteilt bekommen hatten, und das hieß, dass Isas Schreiben als Testament gültig war. Sie hatten also etwas zu feiern. Es würde ein Wochenende ganz ohne Arbeit und Rumräumerei werden. Aber es gab einiges zu besprechen, denn wenn ihnen gemeinsam ein Haus gehörte, dann waren ein paar Absprachen und Entscheidungen zu treffen.

«Ihr solltet die Immobilie jetzt erst mal schätzen lassen», sagte Robert. «Und die Besitzverhältnisse dann vertraglich festlegen, beim Notar.»

«Ja, ja», sagte Sanne. Diese Herangehensweise war mal wieder typisch Robert. Sie freute sich eigentlich vor allem darauf, zusammen mit den Freundinnen ein bisschen zu überlegen, was man mit so einem Haus Tolles machen könnte. Sie richtete den Blumenkohl neben dem Petersfisch und dem schwarzen Piemont-Reis an und bedeckte Fisch und Blumenkohl mit zwei Löffeln Kokosschaum.

«Tu das nicht so ab, das ist wichtig, Sanne. Damit das alles auch rechtlich Hand und Fuß hat. Und dann ist das Haus bestimmt auch sanierungsbedürftig ...»

«Ja ... wir müssen morgen mal beratschlagen.» Sanne nahm die beiden Teller. «So. Holst du bitte den Weißwein aus dem Kühlschrank?»

Als sie wieder am Tisch saßen und den ersten Bissen aßen, fragte sie: «Fällt dir eigentlich nichts auf?»

Robert sah auf und musterte sie. «Warst du beim Friseur?»

«Nee.» Wenn es nicht so traurig gewesen wäre, hätte sie lachen müssen. «Ganz kalt.»

Robert sah sie fragend an.

«Es hat was mit dem Essen zu tun.»

Er sah wieder auf seinen Teller. «Äh ... es gibt kein Gemüse?»

«Doch ... Blumenkohl läuft eigentlich unter Gemüse.» Langsam wusste sie wirklich nicht mehr, ob sie lachen oder weinen sollte.

«Jetzt weiß ich!», sagte er. «Das ist aus dem Kochbuch, das ich dir geschenkt hab, dieses *Schlemm dich schlank* oder wie das hieß.»

Okay, jetzt war ihr definitiv nach Weinen zumute. Daran hätte er sie wirklich nicht erinnern müssen, dieser Wink mit dem Zaunpfahl hatte ihr schon den Geburtstag verdorben. Das Kochbuch war direkt in die zweite Reihe gewandert, wo sie es nicht ständig sehen musste. Sie schüttelte den Kopf und griff nach ihrem Glas.

«Also, dann weiß ich auch nicht. Gib mir noch einen Tipp.»

Sanne schluckte ihren Ärger runter. «Aber nur einen. Achte mal auf die Farben.»

Er sah auf seinen Teller. «Das hat doch gar keine Farben. Ah! Es ist alles weiß. Und schwarz.»

Sie nickte und wartete ab.

«Äh … Das war noch nicht alles?»

Sie schüttelte langsam den Kopf, aber Robert sah so ratlos aus – da würde wohl nicht mehr viel kommen.

«Ich hab dir ein schwarzweißes Menü gemacht, Mann! Weil du so eine Vorliebe für Schwarzweiß hast.»

«Aah!» Er lachte. «Das ist ja 'ne süße Idee.» Er stieß mit seinem Weinglas an ihres, lehnte sich dann zurück und sah sie an. «Danke, Sanne. Das war alles total köstlich.» Er führte das Glas an die Lippen, hielt dann aber inne und setzte hinzu: «Tut mir leid, dass ich das nicht gemerkt hab. Wirklich.»

Nachdem auch das Joghurtparfait aufgegessen war, ging Sanne Espresso kochen, und als sie mit den duftenden Tassen wieder ins Esszimmer kam, stand Robert am halboffenen Fenster und zündete sich eine Zigarette an. Normalerweise mochte sie das im Haus nicht besonders, aber heute erinnerte es sie irgendwie an früher.

Das Esszimmer war im Schein der Kerzen so gemütlich wie nie, außerdem hatte sie zu viel getrunken und so ein angenehm wattiges Gefühl im Kopf. Noch mehr sollte sie aber lieber nicht trinken. Sie ging zu ihrem Mann und stellte die Tassen auf die Fensterbank.

«Was ich dir immer noch sagen wollte ...» Robert nahm mit den Fingern zwei Stück Würfelzucker und ließ in jede Tasse eins fallen. «... der Willems hat neulich erzählt, dass seine Frau sich mit einer kleinen Catering-Firma selbständig macht und noch jemanden sucht, der ihr hilft.»

Sanne tippte mit der Löffelspitze auf den Zuckerwürfel in ihrer Tasse, der sofort zerfiel, und rührte um. «Und?»

Robert sah sich im Zimmer um und schnippte die Asche dann in Ermangelung eines Aschenbechers auf die Untertasse, was er wahrscheinlich zuletzt im Studium gemacht hatte. «Na, ich dachte, vielleicht wäre das was für dich.» Er setzte sich auf die Fensterbank, sodass sie ungefähr auf Augenhöhe waren.

«Du meinst ...» Sanne verstand nicht ganz. Robert war immer dagegen gewesen, dass sie arbeitete. «... als so eine Art Assistentin?»

«Nein, nein, sie sucht wohl noch jemanden, der mit ihr zusammen Ideen entwickelt, was sie überhaupt anbietet und so. Eher als eine Art Partnerin. Wobei es, glaube ich, nicht unbedingt um eine finanzielle Beteiligung geht, davon war zumindest nicht die Rede, aber viel haben wir darüber auch nicht gesprochen.»

«Und das fändest du gut?»

Robert zuckte mit den Schultern. «Die Frage ist, ob du

das gut fändest. Kannst ja mal mit ihr reden. Ich meine, die Kinder sind groß ... Du langweilst dich doch hier zu Hause.»

Sanne musste lachen.

«Was?», fragte Robert und zog ein letztes Mal an seiner Zigarette, bevor er sie auf der Untertasse ausdrückte.

«Na ja ... du hast mir bisher immer etwas anderes vermittelt.» Sanne schloss das Fenster, draußen war es im Laufe des Tages richtig kalt geworden.

«Ja, als die Kinder klein waren, fand ich es besser, wenn du zu Hause bleibst. Aber alles andere hättest du ja auch gar nicht gewollt.»

«Hm.»

«Oder?»

«Na ja ... Ja, da ist schon was dran.»

«Ich meine, dieses Menü heute Abend hat ja mal wieder gezeigt, was du draufhast.»

«Meinst du echt?»

Robert lächelte. «Meinst du echt?», wiederholte er im selben Tonfall. «Manchmal bist du plötzlich wieder genau die Sanne, die ich mit zweiundzwanzig kennengelernt hab.» Er nahm ihre Hand und zog sie näher zu sich heran. «Weißt du noch, die Nacht in unserem ersten Sommer, als es uns in deinem Zimmer unterm Dach zu heiß geworden ist?» Er legte seine Arme um ihre Taille.

Sanne war kurz sprachlos. Genau daran hatte sie ihn erinnern wollen, das war ihr Plan gewesen.

«Als wir auf der Terrasse geschlafen haben, unter freiem Himmel?»

Sie nickte lächelnd und legte ihre Hände um seinen Hals. Es war eine geradezu magische Nacht gewesen, die sie wahrscheinlich nie vergessen würde. Der Sternenhimmel über ihnen, die warme Luft auf der Haut und sie beide auf einer schmalen Matratze – sie wusste alles noch ganz genau.

Robert sah sie an, wie er sie sehr lange nicht mehr angesehen hatte, und sagte etwas leiser: «Heute ist es draußen leider etwas zu kalt dafür.» Seine Hände wanderten nach unten und strichen über ihren Po, und sie schmiegte sich an ihn.

«Aber hier drinnen ist es ja schön warm», flüsterte sie, ganz nah an seinem Ohr, und streifte mit den Lippen dabei ganz leicht seinen Hals.

Fritzi

Fritzi folgte dem Wegweiser, auf dem *Birksee 2 km* stand. Sie war ziemlich gespannt – sie war noch nie bei Robert und Sanne zu Hause gewesen und sah diesem Wochenende mit einigermaßen gemischten Gefühlen entgegen. Wenigstens war sie heute mal nicht die Letzte, denn diesmal hatte es leider nicht geklappt, Robert vorher noch zu treffen. Eigentlich hatten sie es so machen wollen wie im Oktober, als sie behauptet hatte, mit Anna ins Krankenhaus zu müssen und in Wirklichkeit stundenlang mit Robert im Hotelbett gelegen hatte, während Anna quietschfidel bei ihrem Vater herumhopste. Aber heute hatte Patrick Anna nicht früh genug nehmen können, und so wurde das dieses Mal leider nichts. Sie würden es nachholen, hatte Robert am Telefon gesagt, vielleicht schaffte er es Montag auf dem Rückweg, bei ihr vorbeizuschauen. Dann musste sie nur wieder überlegen, wohin mit Anna, denn solange Robert noch mit Sanne zusammen war, würde sie ihn ihrer Tochter nicht als neuen Mann an ihrer Seite präsentieren. Sie wollte sie nicht irritieren, schließlich litt Anna immer noch unter der Trennung ihrer Eltern, und sie war mit ihren fünf Jahren groß genug, um eine Erklärung einzufordern.

Zum Glück hatten sie sich letzte Woche gesehen, aber das war schon wieder so lange her ... Ein Mal pro Woche schaffte Robert es eigentlich immer, bei ihr vorbeizuschauen, wenn es gut lief, sogar öfter, schließlich hatte er viel in Hamburg zu tun. Wenn es nur nicht immer so kurz wäre. Nach dem Abend mit Mona in der *Fördestube*, an dem Fritzi ihr alles erzählt hatte, hatte sie überlegt, ob sie Robert sagen sollte, dass Mona Bescheid wusste. Aber bisher hatte sie es nicht getan. Mona würde schon den Mund halten, da war sie sich sicher.

Wohl war Fritzi bei diesen ganzen Lügen nicht, aber sie wusste auch nicht, wie es anders gehen sollte, solange Robert keine Tatsachen schuf.

Inzwischen war sie in Birksee angekommen. Sie war seit Jahrzehnten nicht mehr hier gewesen, zuletzt, als Robert und sie noch Kinder gewesen waren. Fritzi bog langsam auf den Kiesvorplatz ein und erschrak. Sie bremste.

In der offenen Haustür standen Robert und Sanne. Sie umarmten sich und wandten ihr dabei das Profil zu. Robert sah halb zu Fritzi hin, drehte den Kopf dann schnell wieder weg und küsste Sanne.

Was sollte das denn? Warum war Robert noch da? Und warum sah er sie an und küsste dann demonstrativ Sanne? Fritzi legte den Rückwärtsgang ein und fuhr davon, so schnell sie konnte. Eine Konfrontation mit dem Ehepaar Brodersen – das brachte sie jetzt nicht fertig. Ein paar hundert Meter weiter bog sie in einen Feldweg ein und stellte den Motor aus.

Was jetzt? Sanne hatte Fritzi nicht bemerkt, da war sie ziemlich sicher, aber Robert hatte sie definitiv gesehen.

Ihr Handy klingelte. Robert.

«Wo bist du?», fragte er.

«Ich bin aus dem Ort wieder raus und in den erstbesten Feldweg rein.»

«Okay. Ich bin gleich da, ich find dich schon.»

Wenige Minuten später parkte sein Wagen neben ihrem. Er stieg aus und bei ihr ein, und trotz aller Irritation angesichts dieser merkwürdigen Situation eben hatte sein Anblick eine so beruhigende Wirkung auf Fritzi, wie sie sonst nichts und niemand hatte.

«Was war das denn?», fragte sie verständnislos.

«Tut mir leid. Ich hab das nur gemacht, damit Sanne dich nicht sieht und du wieder fahren kannst.»

«Warum darf sie mich denn nicht sehen? Sie hat mich doch eingeladen.»

«Ich weiß auch nicht – ein Reflex. Wäre es dir lieber gewesen, dazuzukommen?»

«Nein, aber ...» Sie nahm seine Hand, die ganz warm war, und fühlte sich sofort wieder derartig zu ihm hingezogen – es war schrecklich. «Was machst du überhaupt noch hier? Ich dachte, du wärst längst unterwegs?»

«Ach, es war alles so chaotisch, ich wollte eigentlich schon heute Vormittag los. Was ist denn? Du guckst so traurig.» Er drückte ihre Hand.

Fritzi seufzte. «Ach, ich ... ich dachte irgendwie nicht, dass ihr euch noch so küssen würdet und –»

«Das hab ich doch nur gemacht, damit sie dich nicht sieht.»

«Aber ihr habt doch da schon so gestanden, als ich kam.»

«Ach, Fritzi, das hat doch alles nichts zu bedeuten. Mach kein Drama draus, ja? Wir sehen uns Montag, versprochen.»

Fritzi legte ihren Kopf an seine Schulter.

Er küsste sie aufs Haar. «Willst du dir das wirklich zumuten, das Wochenende bei uns? Du kannst immer noch absagen.»

Fritzi hasste es, wenn er *uns* sagte und damit Sanne und sich meinte. Sie schüttelte den Kopf. Sie wollte das Wochenende nicht absagen – aus verschiedenen Gründen.

«Na gut.» Er legte seine andere Hand an ihren Hals und küsste sie auf den Mund. «Ich muss jetzt leider wirklich los. Wenn du kannst, ruf mich doch mal an.»

Fritzi nickte und nahm seine Hand, aber er ließ sich nicht mehr aufhalten, hatte schon die Autotür geöffnet.

Als er weg und sein Wagen auch im Rückspiegel nicht mehr zu sehen war, suchte Fritzi in ihrer neuen blauen Ledertasche nach ihren Zigaretten und stieg aus. Sie würde noch ein paar Schritte durch den kahlen Wald gehen, der voller Raureif war, bevor sie wieder in das Prachthaus von ihrem Geliebten und seiner Frau fuhr.

Sanne

Kaum hatte Sanne Robert verabschiedet und den Geschirrspüler ausgeräumt, hatte es auch schon an der Tür geklingelt. Jetzt saß Mona bei ihr in der adventlich geschmückten Küche und trank einen Kaffee, während sie selbst noch schnell die Gläser von gestern Abend abtrocknete.

«Gab's was zu feiern?» Mona deutete auf die Champagnergläser.

«Nicht direkt.» Sanne hielt das Glas gegen das Licht und polierte es nach. «Ich fand einfach, wir sollten uns mal wieder einen schönen Abend machen. Projekt Ehewiederbelebung.»

«Ah. Und? Ist das Projekt geglückt?»

«Hmhm.» Sie nickte. Es hatte zwar zwischendurch nicht danach ausgesehen, aber am Ende war es sogar ein sehr schöner Abend gewesen. Sanne stellte das Glas in den Schrank und strich sich lächelnd eine Locke aus dem Gesicht.

«Hattet ihr Sex?», fragte Mona, direkt wie immer.

Wieder nickte Sanne. Sie war so froh und erleichtert, sie musste es einfach jemandem erzählen. «Auf dem Teppich. Im Esszimmer.»

«Nein! Ich dachte die ganze Zeit schon, du wirkst irgendwie so gelöst, geradezu beschwingt.»

Sanne lachte. «Es war wie früher! Ich kann dir gar nicht sagen, wie erleichtert ich bin. Ich glaub, ich hab da aus einer Mücke einen Elefanten gemacht.»

Mona stand auf, ging zum Fenster und sah hinaus. Dann drehte sie sich zu Sanne um und schien etwas sagen zu wollen.

«Hm?» Sanne sah Mona fragend an, als es an der Tür klingelte. Sie warf das Geschirrhandtuch über eine Stuhllehne. «Bin gleich wieder da.»

Als sie kurz darauf mit Kirsten wieder in die Küche kam, stand Mona immer noch am Fenster. Sanne wusste, dass die beiden keinen Kontakt mehr gehabt hatten, seit sie im November in Isas Haus so aneinandergeraten waren, und beobachtete, wie Kirsten auf direktem Wege zu Mona ging und sie etwas steif begrüßte. Sanne war sicher, dass sie Mona um Entschuldigung bitten würde, obwohl Mona genauso viel Grund hatte, sich bei Kirsten zu entschuldigen, wenn man sie fragte. Aber Mona war es nicht gegeben, bei so etwas den ersten Schritt zu machen, während Kirsten zu Hochform auflief, wenn es darum ging, sich zu versöhnen oder füreinander einzustehen. Und genau so war es.

«Tut mir leid, dass ich dich so angeschrien hab, als wir uns das letzte Mal gesehen haben», sagte Kirsten geradeheraus.

«Ist schon gut», sagte Mona leichthin. «Mir tut's auch leid.»

«Na wunderbar», sagte Sanne. «Dann steht einem harmonischen Wochenende ja nichts mehr im Weg.»

Das stimmte natürlich nicht, wie sie sehr wohl wusste – schließlich war Mona, wie sie ihr letzte Woche am Telefon erzählt hatte, immer noch ungewollt schwanger, und Kirsten war immer noch ungewollt nicht schwanger. Und so empfindlich Kirsten verständlicherweise bei dem Thema war, so wenig hatte sich Monas grundsätzliche Haltung geändert, was ebenfalls ihr gutes Recht war. Aber Sanne ging es heute so gut – sie wünschte sich Frieden, Harmonie und ein lustiges Wochenende und hoffte, Kirsten und Mona von ihren Problemen ein bisschen ablenken zu können. Vielleicht konnte sie die beiden ja sogar mit ihrer guten Laune anstecken. Mona und Kirsten standen nebeneinander und wussten offenbar nicht, was sie noch sagen sollten.

«Dann zeig ich euch mal eure Zimmer», sagte Sanne etwas übertrieben schwungvoll. «Kommt!»

Im ersten Stock angekommen, öffnete sie die Tür zu den Zimmern von Alex und Sofie. «Also hier kann jeweils eine von euch übernachten – Sofie schläft heut Nacht bei mir. Und dann gibt es noch das Bett in meiner Kammer.» Sie öffnete die Tür zu ihrem nur zwei Meter fünfzig mal drei Meter großen Zimmerchen, das bis unter die Decke vollgestopft mit Büchern war. Unter dem kleinen Fenster verlief ein langes Brett, das ihr als Schreibtisch diente, daneben lagen zwei

Matratzen übereinander, auf denen mehrere Decken und Kissen in allen Formen und Farben lagen.

«Oh, toll, hier schlaf ich!», rief Mona und stellte ihre Tasche auf dem Bett ab. «Ich bin ja beruhigt, dass es wenigstens hier oben gemütlich ist. Bei den schwarzweißen Räumen unten bekommt man ja einen Kälteschock.»

«Und wo möchtest du schlafen?», fragte Sanne Kirsten, die in der Tür zu Sofies Zimmer stand.

«Mir ist es eigentlich egal, ich glaub, ich bleib gleich hier.»

«Gut.» Sanne nahm den Pullover, der über der Lehne von Sofies Schreibtischstuhl hing, und legte ihn in den Schrank. Die Betten hatte sie alle heute Vormittag schon bezogen, unten im Keller lief schon zum zweiten Mal der Trockner. «Dann geh ich schon mal runter und koche Kaffee und Tee.» Wieder klingelte es. «Ah, da ist ja auch Fritzi, wie schön!»

Mona

Ein weiterer Dominostein landete in Monas Mund.

«Noch ein Stück Schoko-Karamell-Torte? Oder lieber vom Stollen?», fragte Sanne in die Runde.

Mona schüttelte den Kopf. «Ich hatte schon von beidem.»

«Ich nehm noch Stollen», sagte Fritzi und schob ihren Teller in die Mitte des Tisches.

Mona war aufgefallen, dass Fritzi heute stiller war als sonst, und sie fragte sich, ob Robert die Affäre mit ihr beendet hatte. Das würde auch erklären, warum es zwischen Sanne und Robert wieder so gut lief. Sie würde Fritzi nachher mal beiseitenehmen und unter vier Augen mit ihr sprechen. Jetzt hatten sie erst mal ein anderes Thema. «Wollen wir zur Sache kommen?», fragte Mona.

«Welche Sache denn?», fragte Sanne, in der einen Hand ein Lebkuchenherz, in der anderen einen Zimtstern.

«Na, unsere Alten-WG, was sonst?»

«Ach die.» Sanne goss sich noch Tee nach. «Also, mir gefällt die Idee ja immer besser. Und bis es so weit ist, können wir das Haus doch vermieten. An eine nette Familie. Oder noch besser –»

«An eine WG», warf Fritzi ein.

«Genau das wollte ich sagen. An eine Frauen-WG.»

«Hmhm. Und die pflegen uns dann später, wenn wir alt und gebrechlich sind», sagte Kirsten trocken. «Ich reiße euch ja ungern aus euren Tagträumen, aber –»

«Genau!», rief Sanne. «Geniale Idee!»

«Mal im Ernst», sagte Fritzi, «ich finde, wir sollten schon auch darüber nachdenken, das Haus zu verkaufen. Einfach einmal durchdenken, was das bedeuten würde.»

«Du brauchst wohl Geld für Klamottennachschub», sagte Mona grinsend. «Den Pulli hast du doch schon mal angehabt.»

Fritzi warf ihr einen Blick zu, der alles andere als amüsiert war.

«Das können wir nicht machen, das Haus verkaufen!», sagte Sanne. «Wie kannst du so was auch nur vorschlagen?»

«Leute, ich hab leider schlechte Nachrichten», ging Kirsten nun mit energischer Stimme dazwischen. «Als ich beim Amtsgericht war, um den Erbschein zu beantragen, hab ich ja für alles Weitere meine Adresse angegeben. Und jetzt hab ich gestern das hier bekommen.» Sie warf einen amtlich aussehenden grauen Brief auf den Tisch, der bereits geöffnet worden war.

«Von wem?», fragte Sanne.

«Vom Finanzamt.»

Mona trank einen Schluck Kaffee. «Das klingt nicht gut.»

«Das ist auch nicht gut», sagte Kirsten. «Da wir nicht zur Familie gehören, müssen wir nämlich ziemlich hohe Erbschaftssteuer zahlen.»

Sanne schlug sich die Hand vor den Mund.

«Wie viel genau?», fragte Mona.

«Dreißig Prozent vom Verkehrswert der Immobilie.»

«Und wie viel ist das in Euro?», fragte Fritzi.

«Bevor wir das wissen, muss erst mal ein Gutachter kommen, der das Haus schätzt», sagte Kirsten. «Bernd glaubt, dass es bei der Größe und Lage und dem Zustand, den ich ihm geschildert habe, irgendwas unter einer halben Million ist, aber auch nicht weniger als 400 000 Euro.»

«Das hieße also ...» Mona begann, im Kopf grob zu überschlagen. «Für jede so was wie 30 000 Euro Steuern, wobei davon der Freibetrag noch abgeht ...»

«Scheiße», sagte Fritzi. «Das kann ich auf keinen Fall bezahlen.»

Sanne nickte. «Da bist du nicht die Einzige.»

«Ich denke auch, dass wir's damit vergessen können», sagte Kirsten. «Wir müssen verkaufen, es bleibt uns nichts anderes übrig. Oder wir schlagen das Erbe gleich aus.»

Mona rollte mit den Augen. Das könnte Kirsten so passen. Nur, weil sie sowieso keine Lust auf das Haus hatte. «Ihr seid echt so richtige Mädchen. Schon mal was von einer Hypothek gehört? Wenn wir das Haus erben, samt Grundstück, dann können wir es doch beleihen. Wir haben mit dem Haus ja einen Gegenwert. Und von dem Darlehen zahlen wir die Erbschaftssteuer. So macht man das.»

Kirsten schüttelte den Kopf. «Nee, also ohne mich. Ich hab im Leben noch keine Schulden gemacht, und damit fang ich jetzt auch nicht an. Nicht wegen etwas, das ich gar nicht haben will.»

Mona seufzte. «Wir müssen das ja nicht sofort entscheiden», sagte sie. «Jetzt stehen sowieso erst mal die Feiertage an. In diesem Jahr wird nichts mehr passieren, da kommt auch kein Gutachter mehr.»

«Dann können wir uns ja genauso gut ein schönes Wochenende machen», sagte Sanne. «Wie früher. Wenn wir schon alle zusammen sind.» Das Telefon klingelte, und Sanne ging in die Halle.

«Nicht alle», sagte Kirsten betreten. Am Tisch herrschte Stille. Schließlich sprach Mona einen Gedanken aus, der sie schon länger beschäftigte, ohne dass sie ihn bisher in Worte gefasst hätte. «Sagt mal ... habt ihr euch eigentlich mal gefragt, warum Isa überhaupt ein Testament gemacht hat? In ihrem Alter?»

Fritzi

Warum hatte sie es sich eigentlich angetan, hierherzukommen? Überall sah Fritzi Sachen von Robert. Nachdem sie ihre Sachen in Alexanders Zimmer abgelegt hatte und wieder ins Erdgeschoss gekommen war, hatte sie heimlich einen kleinen Rundgang gemacht, und es war unerträglich zu sehen, wie schön er und Sanne es sich hier eingerichtet hatten. Im Erdgeschoss war sie auch auf Roberts Arbeitszimmer gestoßen, in dem sie ihren Geliebten fast physisch wahrnehmen konnte.

«Alles okay, Fritzi?», fragte Mona jetzt am Kaffeetisch. «Willst du noch Tee?» Sie nickte und hielt Mona die Tasse hin, als Sanne aus der Halle zurückkam.

«Das war Sofie, sie hat gefragt, ob sie über Nacht bei ihrer Freundin bleiben kann.»

«Und, kann sie?», fragte Fritzi. Sofie hätte sie gern mal wieder gesehen, denn das letzte Mal war ein paar Jahre her, und Robert sprach viel von seinen Kindern. Nur von seiner Frau nie. Als existierte sie nicht.

«Natürlich kann sie. Sie war zwar letzte Nacht schon bei ihrer Freundin –»

«Damit sie nicht mitbekommt, was Mama und Papa so miteinander treiben», warf Mona ein.

Wie bitte? Fritzi blickte Mona an, aber die sah betont an ihr vorbei.

«Och schade!», sagte Kirsten. «Ich hab Sofie so lange nicht gesehen.»

«Wieso?», fragte Fritzi bemüht beiläufig. «Was treiben Mama und Papa denn miteinander?»

«Vielleicht siehst du sie ja morgen noch», sagte Sanne zu Kirsten und hatte dabei ein Strahlen im Gesicht, als wäre sie frisch verliebt. Was bitte war hier los?

Als Mona ihr den Kaffee hinstellte, sah Fritzi sie erneut fragend an.

Mona hob die Schultern und sah weg. Aber kurz darauf sagte sie: «Ich geh mal eine rauchen. Kommst du mit, Fritzi?»

Fritzi nickte erleichtert. Sicher wusste Mona irgendwas. Im Aufstehen sah sie Kirstens strengen Blick. Worauf bezog der sich jetzt? Egal – Kirsten ging ihr heute auch gehörig auf den Geist.

Kaum waren sie aus der Haustür, fragte Fritzi: «Was sollte denn der blöde Spruch?»

«Könntest du bitte wenigstens warten, bis wir außer Hörweite sind?», zischte Mona und schüttelte ihr Feuerzeug, das in dem kalten Wind keine vernünftige Flamme produzieren wollte.

«Warte, ich hab.» Fritzi holte ihr Zippo aus der Jackentasche und gab erst Mona, dann sich Feuer.

Inzwischen hatten sie die Straße erreicht. Die Büsche und Bäume links und rechts waren mit Schnee bedeckt, der Himmel grau.

«Also?», fragte Fritzi.

«Jetzt wart mal einen Moment, zuerst hab ich eine Frage an dich. Hast du inzwischen mit Robert geredet, oder läuft das noch?»

«Ich hab dir doch gesagt, dass das von ihm ausgehen muss.»

«Er hat die Sache also nicht beendet?»

«Nein!»

Mona nickte. «Aha.»

«Wieso?»

«Der spielt ein ganz schön beschissenes Spiel. Und ich wünschte echt, ich hätte dich da in Isas Flur nicht an seiner Jacke schnüffeln sehen. Dann würde ich jetzt nicht zwischen den Stühlen sitzen.»

«Was ist denn los, verdammt?»

«Robert und Sanne hatten gestern einen total schönen Abend zusammen. Sie hatten Sex auf dem Esszimmerteppich.»

Fritzi schloss kurz die Augen. Sie musste sich irgendwo festhalten.

«Und jetzt denkt Sanne, dass es mit ihrer Ehe wieder aufwärtsgeht», fuhr Mona fort.

«Das glaub ich nicht.» Das konnte nicht sein, bestimmt hatte Sanne das nur erzählt.

«Ist aber so. Du siehst doch, wie glücklich sie ist.»

Das war allerdings wirklich nicht zu übersehen. Und es würde natürlich auch die innige Abschiedsszene erklären, die sie vorhin beobachtet hatte. Fritzi wurde schwindelig. Sie warf ihre Zigarette weg und stützte sich an einem Baumstamm ab.

«Was?», fragte Mona besorgt.

Fritzi schüttelte den Kopf.

«Musst du kotzen? Jetzt sei du bitte nicht auch noch schwanger!»

Es blieb bei dem Schwindelgefühl, und nachdem Fritzi Mona davon überzeugt hatte, dass sie schon mal vorgehen sollte und sie allein lassen konnte, holte sie ihr Handy aus der Jackentasche.

«Du hast mir gar nicht von deinem schönen Abend erzählt», sagte sie ohne Begrüßung, als Robert dranging.

«Von welchem schönen Abend?»

«Na gestern. Von dem besonders schönen Abend mit deiner Frau.» Fritzi schob mit dem Fuß etwas Schnee zusammen.

Robert schwieg.

«Bist du noch dran?», fragte Fritzi.

«Fritzi ...»

«Ja?»

«Es tut mir leid, ich –»

«Was tut dir leid?»

«Na ... dass du das ... Es war keine gute Idee, dass du Sannes Einladung angenommen hast. Ich hab dir von Anfang an geraten abzusagen.» Er klang gequält, aber da konnte sie ihm leider auch nicht helfen. *Sie* quälte das alles auch.

«Wie lange soll denn das noch so weitergehen?», fragte sie.

Robert schwieg.

«Ich hab bisher nie gedrängelt, Robert ...»

«Ich weiß.»

«Aber auf Dauer ...»

«Ja, ich weiß das.» Wieder schwieg er. Fritzi zog noch eine Zigarette aus der Packung in ihrer Tasche.

«Liebst du sie noch?»

«Fritzi, bitte – können wir nicht am Montag drüber reden, wenn wir uns sehen?»

«Es ist nur ...» Sie spürte, dass ihr die Tränen kamen. «Wir haben nie darüber gesprochen, und ich dachte irgendwie immer ... so wie du mit mir bist, kannst du sie doch nicht –» Sie schniefte.

«Fritzi, nicht ... bitte entschuldige, ich weiß, das muss alles schrecklich für dich sein, jetzt in Birksee zu sein und –»

«Und Sanne so strahlen zu sehen!», beendete Fritzi seinen Satz. «Weil sie so happy mit dir ist!», rief sie. «Ich meine ... ihr hattet Sex auf dem Teppich!»

Robert stöhnte.

«Was *soll* denn das?», rief Fritzi.

«Das darfst du nicht falsch verstehen.»

«Was gibt's denn da falsch zu verstehen? Allein die Tatsache, dass du bei ihr überhaupt –» Sie schrak zusammen, denn neben ihr war ein Typ in einer dunklen Cabanjacke aufgetaucht, der unglaublich hellblaue Augen hatte und eine durchsichtige Plastiktüte im Arm hielt, in der Fritzi einen riesigen toten, gerupften Vogel zu erkennen glaubte.

«Tach auch.»

Fritzi nickte nur und sah dem Typen hinterher.

«Alles okay?», fragte Robert.

«Nein.»

Jetzt schwiegen sie beide. Schließlich sagte Robert: «Lass uns Montag reden, ja?»

Aber bis Montag hielt sie das nicht aus, ohne eine vernünftige Erklärung zu bekommen. Wenn er sie jetzt doch nur in den Arm nehmen könnte. Dann wäre alles gut.

Ach Quatsch, schalt sie sich selbst, nichts wäre gut. Aber es würde sich wenigstens gut anfühlen. Besser als das hier jedenfalls.

«Wenn du es in Birksee nicht aushältst, dann fahr doch nach Hause. Sag, dir ist schlecht oder so.»

«Mir ist auch schlecht. Hoffentlich bin ich nicht schwanger.»

Robert fehlten offenbar die Worte.

«Keine Angst», sagte Fritzi. «Das kann gar nicht sein.»

Nicht, dass sie nicht gern noch ein Kind bekommen hätte. Ein Kind mit Robert zu haben wäre das Schönste, was sie sich vorstellen konnte. Aber nicht, solange die Situation nicht geklärt war, da ging sie auf Nummer sicher.

«Hm? Komm, mach das doch, fahr nach Hause.»

Fritzi beschlich der Verdacht, dass Robert die Situation zu brenzlig war – seine beiden Frauen zusammen in einem Haus. «Mal sehen», sagte sie. «Wer weiß, was ich hier noch so erfahre. Vielleicht plant ihr ja schon die Silberhochzeit. Oder ein drittes Kind.»

Robert lachte unfroh. «Ganz bestimmt nicht.»

«Sehen wir uns Montag auch wirklich?»

Warum hatte sie das denn jetzt gesagt? Gab es etwas Unattraktiveres als eine Frau, die so bettelte? Bisher hatte sie es immer geschafft, sich zusammenzureißen, aber so langsam konnte sie einfach nicht mehr.

«Ja. Versprochen», sagte Robert geduldig, und in diesem Moment verfluchte Fritzi die Lage, in die sie sich begeben hatte, mehr denn je. Wie war sie nur da hineingeraten? Sie, die bei Männern immer die freie Auswahl gehabt hatte? Nur hatte sie leider immer nur diesen einen gewollt.

«Ich hab vormittags einen Termin in Potsdam», fuhr Robert fort. «Von da aus komm ich direkt zu dir. Wahrscheinlich gegen drei. Okay?»

«Ja. Ich seh zu, dass Anna noch mit zu einer Freundin geht, das klappt schon.»

Fritzi hasste sich selbst dafür. Montagnachmittag hätte sie endlich mal wieder Zeit für Anna gehabt, nachdem sie das Wochenende schon nicht zusammen verbrachten. Das fiel dann ins Wasser. Aber sie musste Robert sehen. So bald wie möglich.

Als sie wieder in die Küche kam, standen Sanne, Mona und Kirsten um den Mann mit den hellblauen Augen herum, der am Tisch saß und ein Stück Kuchen aß. Auf dem Stuhl neben ihm hockte in seiner Plastiktüte der nackte Vogel, der jetzt von der dunkelblauen Cabanjacke gewärmt wurde, die über dem Stuhl hing.

«Da könnt ihr euch drauf freuen», sagte der Typ. «Bessere Gänse gibt's in ganz Norddeutschland nicht. Das ist 'ne richtig glückliche Landgans, von uns persönlich aufgezogen.» Er setzte den Vogel auf den Tisch, und Fritzi dämmerte, dass es sich um die Gans handelte, die Sanne für sie braten wollte.

Mona, die die ganze Zeit vorgebeugt gesessen hatte, wich

zurück, aber der Blauäugige nahm ihre Hand und drückte ihren Finger in das Brustfleisch.

«Micha!», rief Sanne, woraufhin Fritzi außerdem dämmerte, dass es sich bei dem Typen um den Reitlehrer handelte, mit dem Sanne auf dem Schlossfest geknutscht hatte.

«Da merkt man doch richtig, wie schön fest das Fleisch ist, oder?»

«Hmhm», machte Mona und verzog angewidert das Gesicht.

«Siehste. Das ist 'n richtig schön runder Bauch und eine schön gerundete Brust.»

Sanne kicherte.

«Und achte mal auf die gleichmäßige Porung und den zartrosa Schimmer der Haut –»

«Also», unterbrach Sanne ihn, «ich finde, du hast jetzt genug Werbung für dich gemacht.»

«Für mich?» Micha schob sich das letzte Stück Kuchen in den Mund. «Bis jetzt ging's doch nur um die Gans. Für mich hab ich nicht mal angefangen, Werbung zu machen.» Er lächelte sie an, legte den Kopf in den Nacken und trank seine Kaffeetasse leer.

Mona warf Sanne einen amüsierten Blick zu.

Micha stellte die Tasse ab. «Wir machen heute ein kleines Hoffest mit Freunden des Hauses, und abends mache ich in der Scheune mit den Jungs Musik. Kommt doch noch vorbei, wenn ihr das gute Tier im Ofen habt. Es gibt Glühwein.»

«Was für Musik macht ihr denn?», fragte Kirsten.

«Gitarrenrock», sagten Micha und Sanne gleichzeitig.

«Ah», machte Kirsten.

«Also, wenn ihr mögt – wir würden uns freuen. Wird bestimmt lustig. Außerdem seht ihr aus, als könntet ihr ein bisschen Spaß vertragen», sagte er mit Blick auf Fritzis gerötete Augen und zwinkerte ihr zu.

Sanne

Als Micha aus der Tür war, legte Sanne den Arm um Fritzi. Sie war ihr schon die ganze Zeit so still vorgekommen, und jetzt hatte sie sogar den Eindruck, als hätte sie geweint. «Was ist denn los?»

«Ach ...» Fritzi schüttelte den Kopf. «Ich fühl mich einfach nicht so. Bin gleich wieder da.» Sie ging aus der Küche.

Wieso hatte sie bei Fritzi nur immer das Gefühl, dass sie etwas verschwieg? Schon früher war es immer ein bisschen gewesen, als würde Fritzi ein dunkles Geheimnis mit sich rumtragen. «Weißt du, was los ist?», fragte sie Mona.

Mona zuckte die Achseln. «Sie hat halt schlechte Laune.»

«Das ist allerdings offensichtlich», sagte Kirsten und räumte Michas Kuchenteller in den Geschirrspüler.

«So», sagte Sanne und rieb sich die Hände. «Dann wollen wir mal die Gans vorbereiten.»

«Jetzt schon?», fragte Mona. «Ich denke, wir essen die morgen Mittag!»

«Ja, wir beginnen jetzt auch nur mit den Vorbereitungen. Eine Stunde vorm Schlafengehen kommt sie in die Röhre, nach einer Stunde stelle ich auf 80 Grad, und wer morgen als Erste aufsteht, macht den Ofen aus. Und eine halbe Stunde vorm Essen drehen wir dann noch mal auf 180 Grad.» So hatte sie es die letzten Male gemacht, und die Gans war immer wunderbar saftig und außen schön knusprig gewesen.

«Klingt ja kompliziert», sagte Mona skeptisch.

«Das wird bestimmt köstlich», sagte Kirsten. «Dass du für eine Kochshow arbeitest, ist wirklich absurd, Mona. Noch nie was von der Niedriggarmethode gehört?»

«Äh, nee.»

Kirsten schüttelte belustigt den Kopf.

«Aber das mit dem Gitarrenrock in der Scheune machen wir, oder?», fragte Mona.

Sanne verzog das Gesicht. Sie hatte befürchtet, dass Mona darauf anspringen würde.

«Meinetwegen», sagte Kirsten. «Wenn's uns nicht gefällt, können wir ja wieder gehen.»

«Also, ich weiß nicht ...», sagte Sanne. «Die schrammeln da bestimmt nur ein bisschen rum und wollen ein paar Groupies, die ihnen applaudieren.»

«Na und? Ist doch ihr gutes Recht», sagte Mona.

«Wieso willst du denn nicht?», fragte Kirsten.

Sanne sah sie eindringlich an. Manchmal war Kirsten wirklich begriffsstutzig. «Weil Micha derjenige welcher ist?»

«Derjenige welcher?» Kirstens Gesicht war ein einziges Fragezeichen.

«Micha ist doch ihr Reitlehrer», half Mona Kirsten auf die Sprünge. «Mit dem sie rumgeknutscht hat! Sanne will ihm aus dem Weg gehen.»

«Ach so.» Kirsten wirkte erschrocken.

«Wir haben nicht *rumgeknutscht!*», protestierte Sanne.

«Ja, ja, streit es nur ab», sagte Mona.

«Aber», sagte Kirsten, «du siehst ihn ja offenbar sowieso ab und zu. Er saß doch hier gerade am Küchentisch. Dann können wir doch –»

«Ja, schon», unterbrach Sanne sie. «Er wohnt ja nun mal

ein paar Häuser weiter und betreibt den einzigen Laden hier im Dorf. Sich da komplett aus dem Weg zu gehen, wäre ja unrealistisch.»

«Hmhm», machte Mona.

«Ich geh auch nicht mehr reiten, da wäre es –»

«Ja, weil du dich nicht stark genug fühlst, ihm zu widerstehen, falls er auf dumme Gedanken kommt», sagte Mona.

«Nein!» Sanne fand, dass es ihr heute ganz gut gelungen war, sich vollkommen ungezwungen zu verhalten. Als wäre nie etwas passiert.

«Na, dann kannst du ja genauso gut mitkommen.»

«Klar kommst du mit», sagte Fritzi, die gerade wieder in die Küche kam und aussah wie neu. Erstaunlich, was Make-up bewirken konnte, wenn man damit umzugehen wusste, dachte Sanne. «Ich bin wild entschlossen, mich zu amüsieren», fuhr Fritzi fort, «und zwar nicht allein.»

«Na gut.» Sanne seufzte. «Wenn ihr das alle wollt.» Sie öffnete die Tür zu der kleinen Speisekammer und suchte ein paar Äpfel und Zwiebeln für die Füllung der Gans heraus.

Micha hatte offenbar bemerkt, dass sie ihm in den letzten Wochen aus dem Weg gegangen war, denn er hatte sich seit dem von Mona erzwungenen Treffen auf seinem Hof zurückgehalten und auch nicht mehr versucht, unter vier Augen mit ihr zu sprechen. Und da der «Zwischenfall» jetzt schon eine ganze Weile zurücklag und sie sich nicht ewig benehmen konnte wie ein verlegenes Schulmädchen, sollte sie vielleicht mitgehen. Es war ein Ausrutscher gewesen, genau wie diese Hotelgeschichte von Robert. Aber jetzt hatten Robert und sie wieder zueinandergefunden, und ihre Ehe war wieder in der Spur. Ein Abend mit Micha würde ihr da wohl kaum gefährlich werden.

Kirsten

Kirsten fing an, die Zwiebeln zu pellen, die Sanne ihr auf den Küchentisch gelegt hatte. Sie verstand nicht, was das mit diesem Micha sollte. Wie konnte man nur aus einer Laune heraus seine Ehe derart in Gefahr bringen?

Oder war sie hier diejenige, die komisch war? Immerhin war sie die Einzige in ihrem Kreis, die ein durch und durch konventionelles Leben führte. Was Mona mit ihrem Leben vorhatte, war Kirsten sowieso nicht klar, sie waren einfach zu unterschiedlich und rieben sich ja nicht ohne Grund ständig aneinander. Warum Fritzi ihren Mann verlassen hatte und lieber als Alleinerziehende lebte, begriff Kirsten ebenfalls nicht so richtig, wirklich gut schien es Fritzi damit auch nicht zu gehen. Aber immerhin hatte sie ihre kleine Tochter. Sanne war zwar auch verheiratet, schien darunter aber irgendwie etwas anderes zu verstehen als sie selbst.

Bernd und sie hatten es so gut zusammen. Er war ihr großes Glück. Welche Beziehung überstand schon unbeschadet eine derartige Tortur, wie sie beide sie hinter sich hatten, all die Untersuchungen und Prozeduren, die immer wieder neuen Enttäuschungen? Manchmal beschlich sie allerdings der Verdacht, dass Bernd sie nur deshalb immer wieder auffangen und trösten konnte, weil er selbst nicht im selben Maß enttäuscht war wie sie und sich gar nicht so dringend ein Baby wünschte.

Aber könnte sie ihm daraus einen Vorwurf machen? Wohl kaum. Er versuchte ja trotzdem mit allen Mitteln, ihr diesen Wunsch zu erfüllen. Neulich Abend hatte er ihr vorgeschlagen, dass sie in nächster Zeit öfter mal zusammen wegfahren sollten, damit sie mal rauskam. Am besten jedes Mal, wenn Kirsten Urlaub hatte. Er würde dann schon zusehen, dass er das einrichten konnte. Aber sie sah keine Möglichkeit, überhaupt Urlaub zu nehmen. Schließlich musste sie, so lange der Rektor ausfiel, in den Ferien in seinem Büro nacharbeiten, was sich während des Schuljahrs wegen des laufenden Unterrichts angehäuft hatte. Und es war völlig unklar, wann er wieder gesund sein und das ein Ende haben würde.

Sanne stellte eine Schale mit Äpfeln auf den Tisch. «Kannst du die bitte schälen, Mona? Für die Füllung.»

«Womit reibst du die Gans da ein?», fragte Fritzi, die sich etwas am Rand der Arbeitsfläche eingerichtet hatte und den Nachtisch vorbereitete.

«Mit einer Mischung aus Salz, Pfeffer und Beifuß», antwortete Sanne.

Kirsten hatte die Zwiebeln gepellt, die kleinen halbiert und die großen geviertelt und beobachtete jetzt, wie Mona sich damit abmühte, die Äpfel zu schälen.

«Schneid dir nicht die Finger ab.» Kirsten biss sich auf die Lippe. Wie hatte das denn geklungen? Nicht so lustig, wie sie es gemeint hatte. Mona sagte nichts dazu.

Diese Gereiztheit, die sie in letzter Zeit an sich beobachtete, war ihr selbst ganz zuwider. So hatte sie sich doch früher nicht aufgeführt. Sie war immer diejenige gewesen, die sich um alles kümmerte. Jetzt kümmerte Bernd sich um sie. Während sie damit beschäftigt war, schwanger zu werden und was gegen ihr Zähneknirschen zu unternehmen und ihre Rückenschmerzen loszuwerden, indem sie so ungefähr jeden Tag nach der Schule noch zu irgendeinem Arzt lief.

Sanne setzte sich zu ihnen an den Tisch und begann, die geschälten Äpfel in mundgerechte Stücke zu schneiden. Eine

Zeitlang schwiegen sie, dann sagte Fritzi: «Was du da vorhin gesagt hast, Mona ... wegen Isas Testament?»

Mona nickte.

«Ich hab mich das tatsächlich auch gefragt.»

Kirsten sah auf. Auch sie hatte es erschreckt, wie allein Isa nach der Trennung von Dirk gewesen sein musste, wenn man ihrem Kalender und ihrem Testament glauben konnte. Offenbar hatte sie zu viel Zeit zum Nachdenken gehabt und sich schon viel früher als nötig damit befasst, die existenziellen Dinge zu regeln. Wobei es sich am Ende ja tragischerweise als richtiger Zeitpunkt herausgestellt hatte.

«Sie konnte nie gut allein sein, wisst ihr noch?», sagte Fritzi. «Sie hat dauernd versucht, alle dazu zu bringen, in ihrer Nähe zu sein oder bei irgendwas mitzumachen, auch wenn sie was genäht oder gemalt hat. Sie hat immer mitten im Trubel gearbeitet, in der Küche oder im Wohnzimmer oder auf der Terrasse. Ich seh es noch vor mir. Man kommt nach Hause, und Isa ist irgendwo mittendrin und werkelt.»

«Stimmt», sagte Sanne. «Sie war niemand, der auch mal die Tür hinter sich zumachen muss, der sich mal zurückzieht und stundenlang liest wie ich, zum Beispiel.»

«Dabei ist es doch so schön, Freiräume und Zeit für sich zu haben.» Mona holte tief Luft und atmete hörbar aus.

«Bei dir alles okay?», fragte Sanne.

Mona sah sie an und verzog den Mund. «Du weißt genau, dass nicht alles okay ist.»

Die anderen drei schwiegen.

Kirsten war eigentlich froh, dass das Thema auf Mona kam. Sie fragte sich die ganze Zeit, wie es jetzt mit ihr weiterging. Bisher hatte niemand gefragt, was bei ihr der Stand der Dinge war, und Kirsten traute sich nicht, nachdem sie letztes Mal so laut geworden war – was ihr wirklich leidtat, schließlich hatte Mona die Nachricht, dass sie schwanger war, vollkommen kalt erwischt. Sie hoffte nur …

«Peter und ich hatten … eine kleine Meinungsverschiedenheit», sagte Mona.

«Wieso?», fragte Sanne.

«Na, wieso wohl.»

«Nein, ich meine – du wolltest es ihm ja eigentlich gar nicht sagen …»

«Nee, wollte ich auch nicht. Er hat's aber gemerkt.»

«Echt?»

«Ja. Kunststück, wenn deine Freundin die ganze Zeit kotzen muss. Das Problem ist … Er ist völlig begeistert von der Vorstellung, ein Kind zu bekommen.»

«Ist ja 'n Riesenproblem», sagte Fritzi trocken.

«Ja, für mich schon! *Ich* wusste genau, was ich wollte. Ich hatte auch schon einen Termin für die Abtreibung ausgemacht und die Formalitäten in Angriff genommen. Und dann kam Peter. Ich dürfe das nicht allein entscheiden, er wäre schließlich der Vater, ich müsse das gründlich durchdenken und wenigstens ein Mal mit ihm drüber reden, wie wir das vielleicht doch alles hinkriegen könnten.»

Kirsten hätte am liebsten Bravo gerufen. Schien ein guter Mann zu sein, dieser Peter.

«Na ja. Wo er recht hat …» Sanne strich Zwiebel- und Apfelstücke in eine Schüssel und vermengte sie mit Backpflaumen und getrocknetem Beifuß.

«Ja, ja, ist mir schon klar, dass ihr das so seht. Aber ich weiß jetzt überhaupt nicht mehr, was ich machen soll. Ich meine, es gibt schließlich ein Recht auf Abtreibung. Das ist nicht verboten.»

«Und das ist ja auch gut so», sagte Fritzi.

«Genau. Wenn ich kein Kind will, dann will ich keins. Dann ist dem Kind auch nicht zu wünschen, mich als Mutter zu haben.»

Kirsten ermahnte sich, ruhig zu bleiben und nichts zu sagen.

Schließlich fragte Sanne: «Und nun?»

«Er hat dafür gesorgt, dass ich vor dem Abtreibungstermin noch mal zu meinem Gynäkologen gehe. Und er wollte mit. Wir waren letzte Woche da. Seitdem weiß ich nicht mehr, was ich machen soll.»

«Wieso?», fragte Fritzi.

«Na ja. Der hat einen Ultraschall gemacht, da konnte man schon richtig was erkennen, und ... ich hab das kleine Herz schlagen sehen.»

Kirsten blinzelte, um die Tränen zu verscheuchen, die ihr in die Augen stiegen, aber es nützte nichts.

Sanne

Es hatte wieder angefangen zu schneien. Sanne zog sich die Mütze tief über die Ohren. Sie hatten die Gans vorbereitet und die Soße angesetzt, die jetzt auf niedriger Stufe vor sich hin köchelte, und dann war es plötzlich zehn gewesen und höchste Zeit, sich bei dem Hoffest blicken zu lassen. Sanne ging mit gemischten Gefühlen dorthin, aber sie konnte nicht anders, als sich auf Micha zu freuen. Außerdem wollte sie ihn unbedingt mal spielen hören.

Als sie sich dem Hof näherten, sah Sanne, dass alles weihnachtlich geschmückt war. Quer über den Hof waren drei Reihen leuchtender Sternenlampions gespannt, und um mehrere Eisenkörbe herum, in denen kleine Feuer brannten, hatten sich Menschen mit dampfenden Bechern geschart und unterhielten sich lachend. Sanne erkannte Michas Mutter und seine Tochter Luzie, die mit ein paar Männern zusammenstanden, aber Micha selbst sah sie nicht. In diesem Moment waren ein paar E-Gitarren-Akkorde zu hören und kurz darauf ein Schlagzeug.

Mona drehte sich zu ihr um. «Cool, das ist *Janie's got a gun*!»

«Von Guns N' Roses, oder?», fragte Fritzi.

«Nee, Aerosmith.»

«Wie weihnachtlich.» Sanne musste kichern.

«Sanne!», rief Michas Schwester und winkte von einem kleinen Stand neben dem Eingang zum Hofladen herüber. «Wollt ihr was essen?» Sie deutete auf den Grillrost neben sich, und die vier gingen zu ihr. «Wir haben Würstchen oder hier ... Apfelsuppe mit Speck, die ist sehr zu empfehlen.»

«Ist das Glühwein?», fragte Fritzi und deutete auf einen zweiten dampfenden Topf.

«Ja, selbstgemacht. Guter Wein, wenig Zucker, viele leckere Gewürze. Willst du?»

Fritzi nickte und strich bewundernd über die Girlande aus Fichte, Kirschlorbeer und getrockneten Orangenscheiben, die sich um den Pfeiler des Standes wand.

«Ich nehm von der Suppe, bitte», sagte Sanne und nahm sich ein mit Mandeln besetztes Plätzchen aus einem kleinen Korb.

Als alle etwas zu essen und zu trinken hatten, gingen sie in Richtung der Scheune, in der die Musik spielte. Sanne blieb absichtlich ein Stück zurück – sollten die anderen zuerst reingehen. Im Inneren der Scheune stapelte sich an den Wänden bis unter die Decke das Stroh. Auf ein paar vereinzelt herumliegenden Ballen saß etwa ein Dutzend Leute, die Sanne nicht kannte, zum Teil in ihrem Alter, zum Teil jünger, und ein paar standen um das Feuer herum, das auch hier in einem Eisenkorb loderte.

Auf der nur wenig erhöhten provisorischen Bühne sang Micha in ein Mikro, eine schwarze E-Gitarre vor dem Bauch. Neben ihm stand ein langhaariger, korpulenter, etwas älterer Typ in Lederjacke und mit Stirnband, der ebenfalls E-Gitarre spielte. Die beiden Männer waren eingerahmt von Verstärkern und Boxen, und hinter ihnen saß jemand am Schlagzeug, der vom Eingang aus kaum zu sehen war.

Inzwischen hatte Micha Sanne entdeckt und zwinkerte ihr zu. Er sang das letzte «Run away», zog das Schlussriff in die Länge und ließ es langsam verklingen.

«Wuhuuu», johlte Mona, und die anderen fielen ein und klatschten.

«Ah, die Groupies sind da», stellte der Typ mit Stirnband und Lederjacke nüchtern fest.

«Ich hab euch gesagt, das Haus wird heute voll», sagte Micha grinsend. Er kam von dem niedrigen Podest herunter, streifte sich lässig die Gitarre ab und lehnte sie an einen Strohballen. «Na, ist der Vogel im Ofen?»

Sanne nickte.

«Jungs, kommt mal her.» Micha winkte die anderen herbei, und hinter dem Schlagzeug kam ein Typ mit großer eckiger Brille und grauen Haaren hervor, die im Nacken etwas zu lang waren.

«Das sind Sanne, Mona, Kirsten und ...?» Er sah Fritzi fragend an, und die half ihm auf die Sprünge – Sanne staunte, dass er sich die Namen der anderen überhaupt gemerkt hatte. «Und das sind Axl und Pöni.»

Sanne lächelte den beiden näherkommenden Typen etwas verlegen entgegen, während Mona mal wieder so gar keine Berührungsängste hatte. «Du bist Axl?», fragte sie den Lederjackentypen, der dünne, lange blonde Haare hatte und eine schwere Silberkette um den Hals trug. «Wegen Axl Rose, oder?»

«Nee, ich bin Pöni», sagte der mit tiefer Stimme.

«Dann bist du Axl?», fragte Mona den Grauhaarigen etwas irritiert.

«Ja, aber nicht wegen Axl, sondern wegen Axl. Verstehste?»

«Äh, nein. Eigentlich nicht.»

«Datenverarbeitung, Tabellenkalkulation?»

Sanne stand auf dem Schlauch, und Mona offensichtlich auch.

«Das Computerprogramm», half Kirsten ihr auf die Sprünge und buchstabierte es für sie.

«Ach so!» Mona lachte. «Bist du ein Experte für Excel-Tabellen, oder was?»

«Ja, na ja. Ich kenn mich ganz gut damit aus.» Offenbar war Excel sein Expertenwissen unangenehm.

«Dann verstehst du dich bestimmt gut mit Kirsten hier.»

Kirsten grinste schief. «Ähm», sagte sie und deutete auf den Feuerkorb, «wenn das der Brandschutz sieht, da müsst ihr aber aufpassen. Bei dem ganzen Stroh!»

«Ach», sagte Mona wegwerfend und zeigte ihr breitestes Lächeln. «Der Brandschutz sieht das nicht!»

«Das Lied eben war cool», sagte Fritzi, die nah am Feuer

stand, mit roten Wangen. «Habt ihr noch mehr in der Art drauf?»

Das Ablenkungsprogramm schien schon zu funktionieren, dachte Sanne. Was auch immer es war, das Fritzi so traurig machte.

Micha, der Kirsten gerade etwas ins Ohr geflüstert hatte, streifte sich die Gitarre wieder über. «Aber klar», sagte er und blickte kurz konzentriert auf sein Instrument. Dann spielte er eine ganz klare, schlichte Tonfolge. Er sah auf. «Wie wär's damit?»

«Red Hot Chili Peppers!», rief Fritzi.

«*Under the Bridge*», freute sich Mona.

«Genau. Sollen wir?», fragte Micha, und Mona und Fritzi riefen zustimmend durcheinander. «Jungs?», sagte Micha und bedeutete den beiden anderen mit einem Nicken Richtung Bühne, dass es weiterging.

Sanne hielt ihren Glühweinbecher in die Höhe, um mit den anderen anzustoßen, und als die nicht reagierten, weil sie allesamt erwartungsvoll zur Bühne blickten, wo die Männer gerade die ersten Takte spielten, stieß sie Fritzi an. Sie lächelte und prostete ihr zu.

Sanne lehnte sich an die Strohballen hinter sich und betrachtete Micha. Er sang im Moment nur, es war noch der leisere Anfangspart des Liedes, Gitarre spielte der Typ, der Pöni hieß und aussah wie der mittelalte Axl Rose. Sie beugte sich zu Kirsten hinüber. «Was hat Micha dir denn eben zugeflüstert?»

Kirsten zeigte auf eine Tür neben dem Podest. «Dass direkt hinter der Tür da ein Feuerlöscher hängt.»

«Ah.» Sanne lächelte. «Gut zu wissen.» Nett von ihm, Kirsten zu beruhigen.

Micha sah zu ihr rüber. Der Song hatte Fahrt aufgenommen, und er spielte jetzt Gitarre und sang den Refrain:

I don't ever wanna feel
like I did that day.
But take me to the place I love,
take me all the way,
yeah, yeah, yeah.

Micha drehte sich zur Seite und nickte Pöni zu, der daraufhin ein kleines Gitarrensolo gab.

Fritzi trat einen Schritt näher an Sanne heran. «Also, wie Micha dich anguckt ...!»

«Echt?», fragte Sanne – etwas scheinheilig, wie sie zugeben musste. Entgangen war ihr das nicht.

«Jaha, echt», sagte Fritzi mit zuckersüßer Stimme. «Der ist wirklich gut.»

Sanne grinste. «Ja, oder?»

Fritzi lachte und sah wieder zur Bühne. Als Nächstes spielten die drei *Fight for your right* von den Beastie Boys, und danach hatten sich alle warm geschrien, und Micha forderte Fritzi und Mona auf, zu ihm auf die Bühne zu kommen, wo er ihnen dann eine kleine Trommel und einen Schellenring in die Hand drückte. Das Publikum johlte und applaudierte.

«Los, ihr auch», sagte er dann auffordernd. Sanne und Kirsten sahen sich an, dann zeigte Sanne auf sie beide und sah Micha fragend an. Micha lachte. «Ja, wer sonst? Na los, hopp.»

«Das sagst du sonst nur beim Reiten zu mir», sagte Sanne, als sie neben ihm auf dem Podest stand.

«Das *würde* ich sagen, wenn du noch zum Reiten *kämest*», sagte Micha und stellte ein Mikrophon vor sie beide hin. «So, ihr seid die Backgroundsängerinnen.»

Kirsten kicherte. «Und wenn wir nicht wissen –»

«Das Lied kennt ihr», sagte Micha. «Wenn nicht, fliegt ihr sowieso raus.»

Die Jungs schienen Bescheid zu wissen, denn Excel fing an, die Drums zu spielen. Micha stieß mit einigem Abstand zum Mikro einen Urschrei aus und fing nach einigen weiteren Takten an zu singen:

Please allow me to introduce myself.
I'm a man of wealth and taste.

Das kannte Sanne allerdings, *Sympathy for the Devil* von den Stones. Nach der zweiten Strophe kam zum ersten Mal der Refrain, und danach wusste Sanne, was sie zu tun hatte. «Woo, hoo», sang sie bei jedem Vers der nächsten Strophe im Hintergrund, und Kirsten tat es ihr gleich.

Sanne durchströmte ein Hochgefühl. Das gefiel ihr, sie hätte ewig so weitermachen können. Micha lachte sie an und nickte im Takt, während er weitersang. Auch Kirsten strahlte. Den nächsten Refrain sangen sie gleich zwei Mal hintereinander, und mittlerweile fühlte Sanne sich auf der Bühne wie zu Hause.

Das Lied endete wieder mit einem Gitarrensolo von Pöni. Dann fragte Micha: «Irgendwelche Musikwünsche, die Damen? Kirsten?»

Kirsten schüttelte den Kopf. «Alles gut.»

«Könnt ihr auch *Hey hey, my my?*», fragte Sanne.

«Was ist das denn für 'ne Frage», sagte Micha. «Mann, hast

du 'n guten Geschmack! Excel, hast du die Mundharmonika dabei?»

«Logisch.»

Micha spielte die ersten Gitarrenriffs, und als er anfing zu singen, schmolz Sanne innerlich dahin. Dieser Song war ihr schon immer direkt unter die Haut gegangen, und dass Micha ihn jetzt sang, machte es noch schlimmer. Sie konnte den ganzen Text auswendig und sang mit, vollkommen eins mit der Musik.

Rock 'n' Roll can never die.
There's more to the picture
than meets the eye,
hey hey, my my.

Leider schrie sie auch mitten in Excels beginnendes Mundharmonika-Solo hinein. Ups, sie biss sich auf die Lippe. Gleich durfte sie ja wieder. Die nächste Strophe sangen Micha und sie im Duett, und dann hängten sie noch einen Refrain dran und noch einen und noch einen. Als sie das Stück beendeten, lächelte Micha Sanne an.

Sie war vollkommen beseelt, ihr tat schon das Gesicht weh, so sehr strahlte sie, und ohne nachzudenken, fiel sie ihm um den Hals und drückte ihm einen Kuss auf die Wange. Er nahm sie in den Arm und gab ihr auch einen Kuss auf die Wange, einen ziemlich langen Kuss – als plötzlich mehrere Frauen anfingen zu schreien.

Erschrocken löste Sanne sich aus Michas Arm und sah sich um. Die Tür zum Hof war sperrangelweit offen, und darin stand eine Kuh.

«Die ist nicht angebunden», kreischte Fritzi.

Micha sprang vom Podest und lief durch die Zuschauer – es waren inzwischen deutlich mehr geworden – zur Tür. «Keine Panik, das ist nur Olivia.»

«Dann sind die Groupies ja komplett», brummte Pöni, der direkt vorm Mikro stand.

Micha tätschelte der braunen Kuh den Hals und redete auf sie ein. «Olivia, altes Haus. Konntest der Musik nicht widerstehen, hm? Wie bekommst du nur immer die Tür auf?»

Sanne war ihm hinterhergegangen, während Fritzi und die anderen Abstand hielten. «Ich dachte, die Kühe mögen eure Musik *nicht* –?»

«Ja, die *anderen* Kühe mögen lieber Klassik. Die anderen Kühe kommen auch nicht auf die Idee, den Stall zu verlassen, obwohl die auch nicht angebunden sind. Na ja, Olivia hier hat ihren eigenen Kopf. Und sie hat 'n guten Geschmack. Wie du.» Micha grinste.

Sanne streichelte Olivia ebenfalls das glänzende Fell am Hals und berührte dabei versehentlich Michas Hand. Halb versehentlich.

Micha sah sie an. «Hilfst du mir, sie wieder in den Stall zu bringen?»

«Ich?» Das war ja wohl nicht sein Ernst. «Wär einer von den Jungs nicht besser, ich weiß doch gar n–»

«Doch, doch, du bist mit Pferden ja auch super. Ihr versteht euch schon, von Frau zu Frau.» Wieder grinste Micha. Er schien bester Stimmung zu sein.

«Also!» Sanne holte mit der Hand aus, als wollte sie ihm einen Schlag versetzen, und Micha hob schützend die Arme und sprang lachend zur Seite.

«Ich mach mal die Tür wieder zu», rief er in die Scheune, «dann müsst ihr nicht frieren.»

Und damit standen Micha, Sanne und Olivia auf dem ansonsten menchenleeren Hof.

«Dann aber schnell», sagte Sanne zähneklappernd, «es ist so kalt.»

«Ja, das sagst du so, da kennst du aber Olivia schlecht», sagte Micha. Er redete auf die Kuh ein und versuchte sie durch Schieben dazu zu bewegen, sich in Gang zu setzen, aber Olivia blieb stur. Micha stöhnte. «Mann, ich will weiter Musik machen. Das hat gerad so 'n Spaß gemacht. Los, versuch du mal.»

«Was soll ich denn machen?»

«Red mit ihr!»

Sanne fand das ziemlich bescheuert und schüttelte belustigt den Kopf. «Na gut», sagte sie und fing an, auf Olivia einzureden, als wäre sie ein vernunftbegabtes Wesen. «Das bringt doch nichts, Olivia, hm? Jetzt stehen wir hier draußen rum und erkälten uns.» Das Tier rührte sich nicht. Sanne warf Micha einen Hab-ich's-doch-gesagt-Blick zu.

«Das war auch noch nicht besonders überzeugend», sagte Micha.

Sanne legte der Kuh die Hand auf den warmen Kopf, woraufhin die ihr einen Stüber gab. Sanne wich zurück.

«Also gut, hör zu. Olivia! Ich versprech dir, ich bringe Micha dazu, tagsüber nicht ständig Klassik zu spielen. Aber geh jetzt zurück in den Stall.»

Die Kuh sah sie unbeeindruckt an, als wollte sie sagen: Da musst du dir schon was Besseres einfallen lassen.

Micha räusperte sich. «Und ... wie willst du das machen? Mich dazu bringen?»

«Da fällt mir schon was ein», sagte Sanne und sah dann wieder die Kuh an. «Aber ich mach das nur, wenn du dich jetzt in Bewegung setzt. Und jetzt meine ich im Sinne von *jetzt*.»

Olivia rührte sich nicht.

«Ich würd die Chance an deiner Stelle nutzen», sagte Sanne mit in die Hüfte gestemmten Armen streng. «So schnell kommt so ein Angebot nicht wieder.» Micha nickte ihr anerkennend zu. «Bei drei geh ich da wieder rein», sagte Sanne. «Dann kannst du sehen, wie du zurande kommst. Eins. Zwei – Huch.»

Das Tier hatte sich in Bewegung gesetzt und trabte gemächlich Richtung Stall. Sanne und Micha sahen sich erstaunt an und liefen ihm hinterher. Aber kaum im Stall angekommen, blieb es wieder stehen. Micha rollte mit den Augen und versuchte, die Kuh schiebend dazu zu bringen, noch ein Stück weiterzugehen. Sanne wollte ihm dabei helfen, aber Olivia rührte sich nicht und machte schließlich sogar einen Schritt rückwärts, sodass Sanne einen Stoß bekam, das Gleichgewicht verlor und in die neben der Tür aufgestapelten Strohballen fiel.

«Aua!» Sie rieb sich die Hüfte. Micha schloss schnell die Tür, sodass Olivia nicht erneut entwischen konnte.

«Olivia, ab! Da lang.» Er zeigte mit ausgestrecktem Arm auf die anderen vier Kühe und das Kalb, die das Schauspiel tumb beobachteten. Diesmal gehorchte das Vieh. Micha reichte Sanne die Hände, um ihr aufzuhelfen. Sanne ergriff sie, und Micha zog sie hoch – mit etwas zu viel Schwung, sodass sie gegen ihn prallte.

Sie sah direkt in Michas helle Augen und hatte das Gefühl, gleich in ihnen zu versinken. Seine Lippen waren nur noch wenige Zentimeter von ihren entfernt. Millimeter. Sie könnte sich jetzt mit ihm ins Stroh fallen lassen und einfach – Sanne fuhr zusammen, als hinter ihr ein lautes «Möööö» ertönte. Irritiert sah sie sich nach den Kühen um. In ihren Ohren hatte es wie ein Warnsignal geklungen. Sie musste jetzt gehen, sie musste dieser Situation ein Ende machen, sofort.

«Micha ...»

Er sah sie an. «Hmhm?»

«Ich ... ich mag dich total, aber ...» Sie löste sich von ihm. «Es geht nicht! Robert und ich ... wir finden gerade wieder zueinander und ... Ich will das nicht aufs Spiel setzen!»

Micha nickte. Geknickt, aber offenbar einsichtig. Sanne sah ihn an, wartete, dass er irgendwas sagte. Als er weiter schwieg, ging sie mit einem entschlossenen Nicken an Micha vorbei und auf die Stalltür zu, aber er griff nach ihrer Hand und hielt sie zurück.

«Sanne ... bitte warte. Ich verstehe das, und ... ich akzeptiere es natürlich, aber ich möchte, dass du weißt ...» Er seufzte, es fiel ihm sichtlich schwer, die richtigen Worte zu finden. «Wir kennen uns eigentlich nicht gut genug, um das sagen zu können», setzte er neu an, «aber ... ich fühle mich dir so verbunden. Das klingt bestimmt komisch, aber ich hab das Gefühl, wir beide ... Ich will dir wirklich keine Schwierigkeiten machen, aber du sollst wissen, dass das neulich auf dem Schlossfest mehr als nur ein Kuss für mich war. Ich bin in dich verliebt, seit du zum ersten Mal mit mir gesprochen hast. Du gehst mir nicht aus dem Kopf, es ist furchtbar.» Er lachte verlegen, und sie bekämpfte den Impuls, den einen Schritt auf ihn zuzugehen, ihre freie Hand an seinen Hals zu legen und seinen schönen Mund zu küssen. Endlich wieder.

«Und ich glaube, dass du auch etwas für mich empfindest. Du brauchst mir nur ein Zeichen zu geben», sagte Micha leise, «und –»

Wenn sie ihm noch länger zuhörte, würde sie endgültig die Kontrolle verlieren. Sanne riss sich von Michas Hand los und verließ fluchtartig den Kuhstall.

Mona

Mona legte noch zwei Holzscheite ins Feuer und setzte sich dann wieder auf ihren Strohballen. Ein paar Leute waren schon nach Hause gegangen, und sie wollte auch ins Bett. Ganz im Gegensatz zu Fritzi und Kirsten, wie es schien, denn die hatten inzwischen richtig aufgedreht. Fritzi sang gerade aus vollem Herzen *Ain't no mountain high enough*, im Duett mit Pöni. Sie wirkte auf der Bühne und mit dem Mikro, als hätte sie noch nie was anderes gemacht, und Mona war erstaunt, was für eine tolle Stimme sie hatte. Kirsten saß am Schlagzeug, zusammen mit Excel, der seine Jacke ausgezogen hatte und im T-Shirt einen erstaunlichen Bizeps zur Schau stellte. Ihm schien heiß zu sein. Mona dagegen fröstelte. Sie wollte gerade aufstehen, um zu gucken, ob vielleicht die Scheunentür offen stand, als Sanne sich mit betretenem Gesichtsausdruck still neben sie setzte.

Marvin Gaye alias Pöni und die anderen beendeten ihren Song und brachen in Ermangelung applaudierender Menschenmassen selbst in lauten Jubel aus. Pöni und Excel klatschten sich ab, und Kirsten und Fritzi hakten sich ein. Schien ja euphorisierende Wirkung zu haben, dieses gemeinsame Singen, dachte Mona, vielleicht sollte sie das auch mal probieren.

In diesem Moment kam auch Micha wieder rein. Er schloss

die Tür hinter sich und ging, ohne nach links und rechts zu sehen, auf die Bühne. Dort hängte er sich seine Gitarre um, wandte sich an seine Kumpels und sagte etwas, das sie nicht verstand. Fritzi und Kirsten verdrückten sich an den Rand der Bühne. Mona sah, wie Micha Pöni zunickte.

Mona sah Sanne an. «Alles okay?»

Sanne zuckte mit den Schultern.

«Wollen wir vielleicht bald g–?»

Pöni spielte die unverkennbaren ersten Akkorde von *Should I stay or should I go*. Mona blickte Sanne prüfend an, aber die sah stur ins Feuer. Micha stieß ein «Woo!» aus und fing dann an zu singen.

Darling, you got to let me know:
Should I stay or should I go?

Er sang Sanne direkt an. Und er wirkte ... herausfordernd, fast grimmig.

If you say that you are mine,
I'll be here till the end of time!
So you got to let me know:
Should I stay or should I go?

Mona sah zwischen Sanne und Micha hin und her. Was genau war zwischen den beiden vorgefallen? Jedenfalls konnte ihr niemand erzählen, dass Sanne nicht in Micha verknallt war. Andersrum war es sowieso vollkommen offensichtlich. Schließlich sang Sannes kunstgeschichtlich und philosophisch geschulter Reitlehrer sicher nicht ohne Grund davon, dass «diese Unentschlossenheit ihn fertigmachte» und dass «sie ihn frei lassen soll, wenn sie ihn nicht haben will».

Der Song wurde immer schneller, Micha sang sich geradezu in Rage. Als das Lied zu Ende war und Stille herrschte, sah Sanne endlich auf und Micha in die Augen. Auch in ihrem Blick lag Entschlossenheit. Zu hören war nur das Knacken und Knistern des Feuers. Alle sahen die beiden an.

Als Mona gerade dachte, dass die Luft zwischen Micha und Sanne jeden Moment anfangen würde, Funken zu schlagen, schüttelte Sanne langsam den Kopf. Und dann drehte sie sich um und ging.

Donnerwetter. Mona war beeindruckt. Wenn Micha mit seinem Song eine Antwort hatte provozieren wollen, dann hatte er sie bekommen.

Mona sah ihn an. Als würde er gleich zusammenbrechen, wirkte er nicht – offenbar ein Mann, der die Fassung wahrte, wie auch immer es in seinem Inneren aussehen mochte.

Fritzi winkte den Jungs auf der Bühne, und Kirsten tat es ihr mit etwas verdattertem Gesichtsausdruck gleich. «Ja, dann», sagte Fritzi. «War schön mit euch! Aber sie ist unsere Gastgeberin, also ...»

Fritzi zog Mona im Rausgehen am Ärmel. Mona warf Micha einen mitfühlenden Blick zu, dann gingen sie zu dritt Sanne hinterher und schlossen hinter sich die Tür.

Draußen hatte es inzwischen wieder angefangen zu schneien, feste, eisige Flocken, die Mona im Gesicht brannten.

«Schade, dass der Abend schon zu Ende ist», sagte Kirsten.

«Schon?», fragte Mona. «Es ist halb zwei.»

«Wirklich? Kommt mir überhaupt nicht so vor.»

«Alles okay, Sanne?», fragte Fritzi. «Was hatte das denn

eben zu bedeuten?» Sanne sagte nichts. Aber Fritzi ließ nicht locker. «War im Kuhstall irgendwas? Ich meine, habt ihr euch gestritten?»

«Nein», sagte Sanne abwehrend. «Können wir jetzt bitte einfach nach Hause gehen? Es ist ganz schön kalt geworden, oder?»

«Ja, ist es», sagte Mona. «Könnte ich vielleicht baden, wenn wir zu Hause sind?»

«Klar», sagte Sanne.

Mona drehte sich zu Fritzi um, die hinter ihr ging. «Das war irre, wie du gesungen hast.»

Fritzi strahlte. «Ja, hat auch Riesenspaß gemacht. Aber hab ich nicht ziemlich rumgeschrien?»

«Doch, schon, aber so, dass es gut klang», sagte Mona. «Schreigesang. Eine ganz neue Disziplin. Wie Kurzknutschen.»

«Ha, ha», machte Sanne.

Sie waren zu Hause angekommen, und Sanne schloss die Tür auf.

«Wo kann ich denn baden?», fragte Mona.

«In unserem Badezimmer, ich komm gleich, muss nur schnell den Backofen richtig einstellen.» Sanne lief in die Küche.

«Ich geh schlafen», sagte Kirsten und ging die Treppe hoch. «Gute Nacht.»

«Schlaf gut», riefen Mona und Fritzi, die etwas unschlüssig in der Halle standen. Mona hörte, wie Kirsten oben die Tür schloss.

«In unserer Wanne liegt man super», rief Sanne aus der Küche. «Die hat Robert extra so ausgesucht, dass sie auch für zwei groß genug ist.» Sie klapperte mit irgendwas herum.

Mona sah, wie sich Fritzis Gesichtsausdruck verdüsterte. Klar, dass sie das nicht gerne hörte. Mona seufzte. Es war ein so netter Abend gewesen, dass sie gar nicht mehr an die Affäre von Fritzi und Robert gedacht hatte. Diese ganze Situation *musste* ein Ende haben, und zwar bald. «Fritzi», flüsterte sie, «ich hab das nicht vergessen ... Du musst mit Sanne reden, je eher, desto besser. Wenn du es ihr morgen nicht sagst, tu ich es.»

Kirsten

Obwohl Kirsten als Erste ins Bett gegangen war, kam sie am nächsten Morgen als Letzte in die Küche, in der es mollig warm war. Im Gegensatz zu ihrem Schlafzimmer. Schon beim Aufwachen hatte sie gefroren und daraufhin einfach alles übereinandergezogen, was sie an Oberteilen dabeihatte.

«Hast du bist jetzt geschlafen?», fragte Sanne, die am Herd stand, erstaunt. «Es ist gleich halb zwölf!»

Kirsten nickte. «Ich kann es selbst kaum fassen. Das hat es seit Jahren nicht gegeben.»

Drei der dicken weißen Kerzen auf dem großen, mit Tannenzapfen geschmückten Adventskranz brannten. In der Küche sah es schon wieder nach Arbeit aus, und es roch bereits appetitlich nach Gänsebraten. Alles stand voller Schüsseln und Töpfe, und auf einem großen Teller waren pyramidenartig selbstgemachte, noch nicht gegarte Klöße aufgeschichtet.

«Mach schnell die Tür wieder zu!», rief Mona, die mit Fritzi am Küchentisch saß. Beide hatten Strickjacken an und dampfende Teetassen vor sich stehen. «Die Heizung ist ausgefallen, hier drinnen soll es nicht auch noch kalt werden.»

«Das tut mir so leid», sagte Sanne. «Da lade ich euch alle ein, und dann müsst ihr frieren. Ich hatte nicht gesehen, dass die Pellets schon wieder zur Neige gehen. Das ist eigentlich Roberts Aufgabe.»

«Hier in der Küche ist es doch gut auszuhalten», sagte Fritzi.

«Ja, dem Kachelofen sei Dank.»

Kirsten ging zum Herd, auf dem in einem kleinen Topf eine wunderbar duftende braune Soße vor sich hin köchelte und in einem größeren tiefvioletter Rotkohl.

«Guck mal, Fritzi, hier ist das Chutney, das ich aus den Hagebutten gemacht habe, die du im November in Kiel gepflückt hast.» Sanne hielt ein bauchiges Marmeladenglas in die Höhe.

«Oh toll, darf ich mal probieren?»

«Klar.» Sanne stellte das Glas vor Fritzi auf den Tisch. «Ich finde, es ist ganz gut geworden. Es sind Zwiebeln dran, Ingwer, Feigen, Chilischoten und eine Quitte. Ich hab auch die Soße damit verfeinert.»

Sanne drückte Kirsten eine Teetasse in die Hand. «Möchtest du noch frühstücken? Die Gans ist bald fertig, und die Klöße tu ich auch gleich ins Wasser. Aber vielleicht ein aufgebackenes Croissant?»

Kirsten nahm eine Mandarine aus der Schale neben dem Adventskranz. «Nein, ich bedien mich hier. Sag mal, gibt es diese Pellets nicht auch an Tankstellen? Unsere Nachbarn heizen auch mit solchen Dingern. Soll ich mal losfahren und versuchen, welche zu bekommen?»

«Normalerweise ja, das Problem ist nur: Es ist spiegelglatt draußen.»

Kirsten steckte sich ein Stück Mandarine in den Mund. Das Küchenfenster war vollkommen beschlagen.

«Vielleicht könnte man wegen der Pellets ...», überlegte Sanne laut. «Ah – einen Nachbarn gibt es noch, den ich mal anrufen kann. Bin gleich wieder da.»

Sie verließ die Küche, und kaum war sie draußen, sagte Mona in scharfem Ton zu Fritzi: «Du denkst an das, was wir gestern besprochen haben?»

Kirsten sah sie überrascht an, während Fritzi aufstand, ans Fenster ging und mit dem Unterarm über die Scheibe wischte.

«Fritzi!», sagte Mona fordernd.

«Mona, lass mich in Ruhe», sagte Fritzi ruhig. «Ich mach das auf meine Weise, misch du dich da nicht ein.»

«Ich *misch* mich nicht *ein*, ich bin sowieso mittendrin! Und ich hab keine Lust, mir das noch länger anzusehen. Was glaubst du, was ich mir anhören muss, wenn rauskommt, dass ich Bescheid wusste?! Und rauskommen wird das alles. Hundertprozentig!»

«Äh – würdet ihr mir freundlicherweise verraten, worum es geht?», fragte Kirsten, aber keine von beiden reagierte.

«Du machst alles nur noch schlimmer», sagte Fritzi.

«Für dich vielleicht, aber es geht hier nicht nur um d–»

Die Küchentür ging auf, und Sanne kam wieder rein. «Fehlanzeige. Ich dachte, ein Nachbar am Ende der Straße könnte Pellets haben, hat er aber leider nicht.»

Kirsten versuchte Sannes Blick auf sich zu lenken, als sie direkt wieder zum Herd ging und mit einer Schaumkelle die Klöße ins siedende Wasser gleiten ließ, aber sie guckte nicht und schien auch nicht zu bemerken, dass in der Küche dicke

Luft herrschte. Mona starrte wütend vor sich hin, Fritzi sah weiterhin aus dem Fenster.

Ganz offensichtlich war jetzt nicht der richtige Zeitpunkt, um zu fragen, was genau Fritzi Sanne Monas Meinung nach sagen sollte. Vielleicht versuchte sie besser, ein neues Thema anzuschneiden. Kirsten bemühte sich um einen lockeren Ton. «Hast du eigentlich an deinem Roman weitergeschrieben, Sanne?»

«Na ja ...» Sanne gab den letzten Kloß ins Wasser und drehte sich zu ihren Freundinnen um. «Ich hab ihn ein bisschen überarbeitet, du hattest mir ja tolle Tipps gegeben, aber viel Neues hab ich noch nicht geschrieben.»

Mona stand auf und verließ wortlos die Küche.

«Ich hab mich mal ein bisschen umgehört», sagte Kirsten, «ich könnte, wenn du willst, einen Kontakt zu einem Kollegen herstellen, der auch Autor ist und einen Literaturagenten hat. Natürlich nur, wenn du willst.»

«Wirklich?» Sanne rührte die Soße um. «Das ist ja lieb von dir. Aber ich bin gar nicht sicher, also ... ich glaub, so weit bin ich noch nicht.»

«Ich meinte ja nur erst mal zu dem Kollegen von mir, der letztes Jahr ein Sachbuch veröffentlicht hat. Der könnte dir erzählen, wie du am besten vorgehst, wenn du dann irgendwann so weit bist. Es schadet bestimmt nicht, sich mal mit dem zu unterhalten, und er gibt sicher gern Auskunft.»

«Hmhm ... Mal sehen.»

Diese Reaktion war mal wieder typisch Sanne, dachte Kirsten. Sie hatte so wenig Vertrauen in ihre Fähigkeiten, dabei hatte Kirsten ihren Roman wirklich gut gefunden. Wenn Sanne gar nicht daran weiterarbeitete und das Projekt auch sonst nicht vorantreiben wollte ... zu schade.

Kirsten goss sich Tee nach. Mona war noch nicht wieder in die Küche gekommen, Fritzi starrte immer noch aus dem Fenster, und Kirsten wurde das Gefühl nicht los, dass dieses Gänseessen weniger besinnlich verlaufen würde als geplant.

Mona

«Das Duett mit Pöni gestern war der Hammer», sagte Fritzi, die gerade die Soße in eine vorgewärmte Schüssel füllte, während Kirsten den Tisch deckte. «Ich hab gar nicht gewusst, dass Singen so einen Spaß macht.»

«Finde ich auch», sagte Sanne, die dabei war, die Gans zu tranchieren, und legte eine Keule auf Monas Teller.

«Das war wirklich ein schöner Abend», sagte Kirsten. «Ich hab ja nicht geahnt, dass du eine so tolle Stimme hast, Fritzi.»

Fritzi lächelte. «Danke. Ich glaub echt, ich such mir in Hamburg einen Chor, oder noch besser: eine Band.»

«Das ist aber gar nicht so leicht», sagte Sanne. «Chöre haben oft lange Wartelisten. Kirsten, Brust oder Keule?»

«Dies hier, bitte.» Kirsten deutete auf ein Stück und stellte die Klöße auf den Tisch.

«Ich will eigentlich auch gar nichts Klassisches singen, eigentlich will ich solche Musik machen wie gestern.» Fritzi füllte den Rotkohl in eine zweite Schüssel.

«Dann musst du vielleicht einfach öfter herkommen», sagte Sanne lächelnd und setzte sich. «Vielleicht nehmen Micha, Excel und Pöni dich in ihre Band auf.»

Mona setzte sich ebenfalls. Sie war ziemlich bedient. Fritzi gurrte hier rum und tat, als wäre nichts. Dachte sie, sie könnte alle verarschen? So kannte sie Fritzi gar nicht.

«Lasst es euch schmecken», sagte Sanne und hob ihr Rotweinglas, in dem nur ein kleiner Schluck war, wie bei ihnen allen. Der Glühwein von gestern Abend steckte ihnen noch in den Knochen, aber Sanne hatte darauf bestanden, dass zu einem solchen Festessen ein guter Tropfen gehörte, und sei es nur zum Anstoßen.

Sie fingen an zu essen, und eine Weile herrschte Stille. Die Gans war außen knusprig und innen butterzart und schmeckte einfach phantastisch, erst recht mit der Soße. Mona spürte, dass Kirsten sie ansah, und schon bevor sie etwas sagte, ahnte sie, was jetzt kommen würde. Und da war es auch schon.

«Mona, wie hast du dich denn nun entschieden? Wegen dem Baby? Darf ich das fragen?»

Mona hielt mit der Gabel auf halbem Weg zum Mund inne und sah sie an. «Ich weiß es nicht, Kirsten», sagte sie, so geduldig es ihr möglich war. «Können wir jetzt bitte nicht darüber reden?»

Kirsten nickte und säbelte dann weiter an ihrem Fleisch herum.

«Köstlich, Sanne», sagte Fritzi. «Das ist alles ganz wunderbar.» Mona und Kirsten stimmten ihr zu, und wieder herrschte eine Weile Stille.

«Was war denn da eigentlich mit Micha gestern Abend?», fragte Kirsten schließlich. «War der sauer auf dich?»

Aha, dachte Mona, nachdem sie mit ihren investigativen Fragen bei ihr nicht landen konnte, nahm sie sich Sanne vor.

«Ach, gar nichts», sagte Sanne.

Fritzi kicherte. «*Das* ist jetzt nicht besonders glaubwürdig.» Sie nahm sich einen Löffel von dem Hagebutten-Chutney.

Sanne errötete. «Wieso?»

«Na ja.» Fritzi legte Messer und Gabel hin und erklärte: «Ihr habt zusammen gesungen, seid euch um den Hals gefallen und habt euch abgeküsst, vollkommen high, weil alles so schön war. Dann kam diese Kuh, ihr seid zusammen raus, und als ihr eine Viertelstunde später wieder reinkamt – nacheinander, nicht zusammen –, warst du ganz in dich gekehrt, und Micha wütend.»

«Bist du Sherlock Holmes, oder was?» Mona versuchte Fritzi mit einem Blick deutlich zu machen, dass sie dieses Verhalten ziemlich daneben fand, so wie die Dinge lagen, aber die sah gar nicht zu ihr hin.

Sanne schwieg.

«Ja, hab ich genauso wahrgenommen», sagte Kirsten.

«Ach, das hast du genauso wahrgenommen, ja?» Mona war wirklich schwer genervt, und zwar von Fritzi und von Kirsten.

«So mag das ja ausgesehen haben», sagte Sanne, «aber da ist nichts mehr. Das Schlossfest ist jetzt über drei Monate her, und seitdem haben wir uns kaum gesehen. Das war nur eine kurze Verwirrung.»

«Hmhm.»

«Ich geb ja zu», sagte Sanne, und Mona ärgerte sich, dass sie so defensiv war, «dass mich das eine Zeitlang ziemlich umgetrieben hat, aber ich hab mich jetzt wieder sortiert. Ich hab einen wunderbaren Mann und eine gute Ehe und –»

«Ich glaub ja, da machst du dir was vor», fuhr Fritzi dazwischen. «Mir scheint das mit Micha doch etwas tiefer zu gehen. Und findest du nicht auch, dass das etwas über deine Ehe aussagt, wenn du einen anderen Mann küsst? Ich meine ... vielleicht liegt die beste Zeit von dir und Robert ja auch einfach hinter euch.»

«Fritzi ...», sagte Mona streng. Sie wurde gleich wahnsinnig. War das jetzt Fritzis Art, es Sanne endlich zu sagen, oder was?

Fritzi presste die Lippen zusammen.

«Jetzt benimm dich wie eine Freundin und sag es ihr einfach. Bitte», sagte Mona.

«Wieso? Was soll sie ihr denn sagen?», fragte Kirsten.

«Ja, was soll sie mir sagen?», wiederholte Sanne.

Mona und Fritzi starrten sich an.

«Sag es ihr. Jetzt. Sonst mach ich es.»

Am Tisch herrschte Stille, keine von ihnen aß noch. Dann ließ Fritzi ihr Besteck fallen, stand auf und verließ die Küche, wobei sie Mona einen vernichtenden Blick zuwarf. Natürlich konnte sie sich auch das Türenknallen nicht verkneifen – alles andere hätte Mona auch gewundert.

Sanne sah Mona fragend an. «Dann musst du wohl sagen, was es zu sagen gibt.»

«Nee, muss ich nicht.» Mona stand so entschlossen auf, dass ihr Stuhl umfiel, riss die Küchentür auf und lief Fritzi hinterher, die Treppe hinauf. «Fritzi, komm sofort runter!» Sie stürmte in Alexanders Zimmer, wo Fritzi ihre Sachen zusammenpackte. «Du kommst jetzt runter und redest mit Sanne! Das ist deine Sache, *nicht meine*!»

Fritzi stopfte schweigend ihr Nachthemd in die kleine Reisetasche.

«Du musst jetzt dazu stehen, was du gemacht hast», schrie Mona. «Es ist Zeit, Verantwortung zu übernehmen!»

Fritzi sah sie höhnisch an. «Was für hehre Worte ... das sagt ja die Richtige.» Sie schob Mona beiseite, ging aus der Tür und lief die Treppe hinunter, Mona ihr hinterher.

«Du kannst es doch nicht *mir* überlassen, es Sanne zu sagen!»

«Dann sag's ihr doch nicht! *Ich* hab damit nicht angefangen!»

«Das gibt's doch nicht, diese ganze Scheiße hast du einzig und allein dir zuzuschreiben!» Als Mona, noch auf der Treppe, sah, dass Fritzi tatsächlich an der Küche vorbei und direkt zur Haustür lief, wollte sie die letzten Stufen hinunterspringen, um Fritzi aufzuhalten, denn sie konnte unmöglich diejenige sein, die es Sanne sagte, das brachte sie nicht fertig. Aber Fritzi hatte so ein Tempo drauf, dass sie Mona mit sich riss, und ehe sie sich noch irgendwo festhalten konnte, fiel Mona auch schon die letzten Stufen hinunter und lag auf dem Boden, direkt vor der Küchentür.

Sanne und Kirsten kamen aus der Küche gerannt. «Alles okay? Geht's dir gut?»

Mona rieb sich die Hüfte und kam zum Sitzen. «Ich glaube, ja.»

Auch Fritzi hatte haltgemacht und stand unschlüssig zwischen Treppe und Haustür. Mona sah ihr in die Augen, und dann geschah, womit sie nun überhaupt nicht mehr gerechnet hatte: Fritzi nickte, stellte ihre Tasche ab und sagte: «Gut ... Ich mach's.» Sie half Mona auf. «Ist wirklich alles okay? Kein Ziehen im Unterleib oder so?»

Mona legte instinktiv die Hand auf den Bauch und versuchte, in sich hineinzuhorchen. Sie konnte nichts Ungewöhnliches wahrnehmen.

Sanne streichelte ihr mit beiden Händen die Oberarme. «Komm in die Küche.»

Mona packte Fritzi gröber als beabsichtigt am Unterarm und zog sie mit sich, und dann saßen sie wieder alle am Tisch vor ihren Tellern, auf denen das Essen inzwischen kalt geworden war, alle etwas benommen, als wären sie nach einem Feueralarm, der sich als Fehlalarm herausgestellt hatte, zurück im Klassenzimmer. Nur dass dies hier kein Fehlalarm war.

«Was ist denn nun?», fragte Sanne. «Was soll das alles? Ich hatte hier eigentlich ein feierliches Essen geplant und hab mir echt Mühe gegeben, alles schön zu machen, und jetzt macht ihr hier so einen Aufstand – wieso?»

Sanne sah Fritzi auffordernd an, Mona sah Fritzi auffordernd an. Fritzi senkte den Kopf. Und als Mona gerade dachte, sie würde einen Rückzieher machen, sah sie auf und sagte: «Hast du dich in den letzten Monaten nicht ein Mal gefragt, wer Roberts Geliebte ist? Ob du sie möglicherweise kennst?»

«Wieso ...? Woher weißt du das überhaupt?» Sanne sah kurz zu Mona und dann wieder zu Fritzi.

«Roberts ... *Geliebte*?», fragte Kirsten verdattert.

Fritzi sah sie abwartend an, und tatsächlich schien Sanne eins und eins zusammenzuzählen.

«Du meinst ... *du*?»

«Ja», sagte Fritzi leise, aber klar verständlich.

«Du warst ... die Frau in dem Wellnesshotel?»

Jetzt wirkte Fritzi überrascht. «Im Belvedere? Ja, da waren wir zusammen.»

Mona konnte tatsächlich sehen, wie aus Sannes Gesicht alle Farbe wich, als sie kopfschüttelnd die Augen schloss. Schließlich fragte sie: «Und das ... läuft noch?»

«Ja.»

«Und seit wann?»

Auch diesmal zögerte Fritzi nicht mit der Antwort. «Seit zwei Jahren.»

Sanne erstarrte. Die Stille am Küchentisch war unerträglich, aber wenigstens hielt Kirsten sich zurück, die ihrem Gesichtsausdruck zufolge inzwischen auch grob verstanden hatte, worum es ging.

«Du hast seit zwei Jahren eine Affäre mit meinem Mann?», sagte Sanne tonlos.

Fritzi nickte fast unmerklich.

Sanne schüttelte erneut den Kopf. «Aha. Und hast du vielleicht vor, mir das zu erklären?»

«Sanne ...», sagte Fritzi. «*Was* soll ich denn jetzt sagen? Moralisch bist du natürlich vollkommen im Recht. Ich weiß das. Und glaub mir, ich hab lange versucht, dagegen anzukämpfen.»

Sanne schnaubte, aber Fritzi ließ sich nicht irritieren, als hätte sie diese kleine Rede im Geiste schon öfter gehalten. «Ich weiß, das klingt total bescheuert, aber es tut mir leid, dass es ausgerechnet dein Mann ist. Ich würde mir die Situation auch anders wünschen.»

«Aha», sagte Sanne wieder. «Und jetzt?»

«Also, jetzt, wo du es weißt ... ich denke, ohne Robert darüber zu reden, hat eigentlich keinen Sinn.» Fritzi stand auf.

«*Ohne Robert*? Was soll das denn heißen?»

Fritzi ging zur Tür.

«Du kannst doch jetzt nicht gehen», schaltete Kirsten sich ein und sprang auf, aber Sanne legte ihr die Hand auf den Arm. «Lass sie. Ich will gar nicht, dass sie hierbleibt.»

Kaum war Fritzi aus dem Raum, fragte Sanne Mona in beunruhigend gefasstem Ton: «Und du wusstest das?»

«Noch nicht lange!», sagte Mona. Nun saß sie also doch

allein auf der Anklagebank. «Und seit ich es weiß, versuche ich Fritzi dazu zu bringen, es dir zu sagen.»

Draußen hörten sie den Motor von Fritzis Polo aufheulen, wieder und wieder.

«Seit wann weißt du es denn?», fragte Kirsten.

Mona atmete einmal durch. «Seit dem letzten Wochenende in Kiel.»

«Seit November also?», fragte Sanne nach.

Mona nickte.

«Aber seitdem haben wir mindestens drei oder vier Mal telefoniert! Ich hab dir gestern erzählt, wie schön der Abend mit Robert war! Und du hast nichts gesagt!»

«Ich weiß, Sanne, ich wollte ja, ich war ganz kurz davor, aber –»

Sie sahen zur Tür, denn plötzlich stand Fritzi wieder da, warf einen Blick in die Runde und setzte sich dann in Mantel und Mütze wieder an den Tisch.

Alle sahen sie entgeistert an.

«Ich komm mit meiner Karre den Hang nicht hoch. Dann reden wir eben doch jetzt. Schicksal ...»

Sanne schien abzuwägen und sagte dann mit einer Stärke und einem Stolz, den Mona ihr nie im Leben zugetraut hätte: «Gut. Reden wir.» Sie trank einen Schluck Wein, sah Fritzi dann in die Augen und fragte herausfordernd: «Was ist das mit euch?»

«Liebe.»

Sanne ließ sich keinerlei Empfindung anmerken und fragte weiter: «Wann habt ihr euch zuletzt gesehen?»

«Gestern.»

«Wann gestern?»

«Nachdem er hier losgefahren ist, ganz kurz.»

«Und wozu? Ich meine, was habt ihr da gemacht?»

Fritzi sah kopfschüttelnd in ihren Schoß. «So geht das nicht. Das ist ja ein richtiges Verhör.»

«Tut mir leid, wenn das hier zu hart *für dich* ist», fuhr Sanne sie an. «Also?»

Fritzi seufzte. «Wir haben besprochen, dass wir uns am Montag sehen.»

«Aha. Auf dem Rückweg von Potsdam, oder was?»

Fritzi nickte.

«Macht ihr das öfter so?»

Wieder nickte Fritzi.

«Und dann? Springt ihr schnell ins Bett, bevor er auch schon wieder los muss? Schließlich warten zu Hause Frau und Kinder. Für so was gibt es doch einen Begriff, wie war der noch ... Warte, gleich hab ich's ... irgendwas mit N ...»

Oha. Offenbar wurde Sanne jetzt gemein. Fritzi sagte nichts, aber ihrem verletzten Gesichtsausdruck zufolge war ihre bisher zur Schau gestellte Selbstsicherheit sichtlich angekratzt.

«Was willst du denn von ihm?», fragte Sanne.

Fritzi schüttelte den Kopf, als wollte sie nicht mehr darüber sprechen, aber dann sagte sie doch leise: «Ich liebe ihn. Seit ich dreizehn bin. Ich will nur mit ihm zusammen sein.»

«Du willst, dass er mich verlässt und mit dir zusammen ist?»

Fritzi sah zu Boden.

«Und kommst trotzdem hierher, in unser Haus», sprach Sanne weiter, «und lässt dich von mir bekochen, als wären wir alte Freundinnen?»

«Na ja ... wir *sind* ja alte Freundinnen.»

«Präteritum wäre angemessener», sagte Sanne.

«Was?»

«*Waren* – wir *waren* alte Freundinnen.»

Fritzi nahm das mit einem Nicken zur Kenntnis.

«Ich meine ... du kommst hierher und triffst dich vorher mit meinem Mann? Das ist echt das Letzte», sagte Sanne.

Mona hielt sich raus. Sie war hin und her gerissen. Natürlich hatte Sanne jedes Recht, diese Fragen zu stellen, aber so langsam bekam sie doch Mitleid mit Fritzi. In einer starken Position war auch sie nicht gerade.

Plötzlich schrie Sanne los. «*Warum*, verdammt? Was soll der Scheiß? Das ist *mein* Mann!»

«Den du nur durch mich kennengelernt hast», sagte Fritzi. «*Ich* hab euch einander vorgestellt!»

«Na und? *Mich* hat er geheiratet.»

«Weil du so schnell schwanger geworden bist. Ich hab ihn vor dir gekannt!» Auch Fritzi brüllte jetzt.

«Ich hab ihn vor dir gekannt?», wiederholte Sanne. «Bist du fünf, oder was? Mein Gott!» Sie stand abrupt auf, trat ans Fenster und sah hinaus.

Fritzi sagte nichts, und als das Schweigen endgültig unerträglich wurde, drehte Sanne sich um. «Wenn wir reden wollen, dann müsstest du auch mal was Konstruktives sagen, Friederike von Bernsdorf. Ich habe nämlich immer noch nicht verstanden, wie du mir so was antun konntest.»

«Ich will überhaupt nicht reden.» Fritzi stand ebenfalls auf und sagte klar und deutlich: «Ich weiß nicht, was das bringen soll. Ich liebe Robert, das war schon immer so. Dafür kann ich nichts, und da hilft auch kein Reden.»

Sie ging aus der Küche, und kurz darauf hörten sie die Haustür ins Schloss fallen. Es schien das Wochenende der dramatischen Abgänge zu sein.

Sie sahen Fritzi auf ihrem Weg zum Auto am Küchenfenster vorbeigehen, das inzwischen nur noch an den Rändern beschlagen war. Kurz darauf heulte draußen wieder und wieder Fritzis Motor auf, und sie beobachteten, wie sie auch dieses Mal auf dem vereisten Vorplatz nicht vom Fleck kam.

Kirsten stand auf. «Ich geh mal zu ihr.»

Sanne und Mona hörten die beiden draußen kurz miteinander reden. Als Kirsten wieder reinkam, sagte sie: «Ich will hier nicht Position für jemanden beziehen, aber ich bleib jetzt bei Fritzi. Sie scheint mir ziemlich durcheinander, außerdem hat sie keine Winterreifen. Ich lass sie so nicht fahren, das ist gefährlich. Ich nehm sie in meinem Wagen mit.»

Typisch Kirsten, dieser kleine Vortrag voller rationaler Argumente, dachte Mona. Aber gut, dass sie sich um Fritzi kümmerte.

«Meinetwegen», sagte Sanne.

Als die Haustür ins Schloss gefallen war und sie den Wagen vom Hof fahren hörten, stützte Sanne beide Hände auf den Tisch und schloss die Augen. Dann fuhr sie plötzlich herum und schob mit einem Schrei, der Mona durch Mark und Bein ging, alles vom Tisch, was ihr in die Quere kam. Die Schüssel mit den Knödeln und mehrere halbvolle Teller und Gläser landeten auf dem Boden. Das Glas mit dem Hagebutten-Chutney flog über den Tisch und zersprang schließlich mit einem lauten Krachen auf dem Küchenfußboden, sein dunkelroter Inhalt spritzte auf die Fliesen.

Mona seufzte. Wie es aussah, würde sie noch eine Weile bleiben müssen. Scherben aufsammeln.

Sanne

«Das war's?», fragte Sanne. Nachdem sie alles zusammengefegt und in der Küche durchgewischt hatten, hatte sie Mona das Versprechen abgenommen, ihr jede schmerzliche Einzelheit zu erzählen. Das war schließlich das Mindeste, nachdem sie einen Monat lang geschwiegen hatte. «Mehr weißt du nicht?»

«Mehr hat sie mir nicht gesagt.»

Sanne hatte sich alles so ruhig wie möglich angehört, obwohl sie auf diese Geschichte von der ersten großen Liebe und Jahren der Entsagung nicht gefasst gewesen war. Allerdings klang es nach einer ziemlich einseitigen Liebe, wenn man sie fragte. Im Grunde hatte Fritzi ihr nicht nur die letzten Wochenenden was vorgemacht und die paar Male, die sie in den letzten zwei Jahren Kontakt gehabt hatten, sondern ihr ganzes Leben schon. Seit Robert auf der Bildfläche erschienen war. Sanne hatte vollkommen vergessen, dass es Fritzi gewesen war, die ihn damals in die WG mitgebracht hatte. Und nie hatte sie auch nur den kleinsten Hinweis darauf bemerkt, dass Fritzi in Robert verliebt war. Aber so war es wohl. Und es passte auch alles zusammen: Dass Fritzi nicht bei der Hochzeit gewesen war, dass sie sich fast das gesamte Studium lang immer nur für kurze Zeit auf andere Männer eingelassen hatte und – Sanne stutzte. «Meinst du, Fritzi hat Patrick deshalb verlassen? Wegen Robert?»

Mona zögerte kurz. «Ich glaube, ja. Er war einfach nicht der Richtige für sie. Die Stelle scheint Robert wirklich seit Ewigkeiten zu besetzen.»

«Und nun?», fragte Sanne.

«*Mich* darfst du da nicht fragen. Ich staune, dass du so ruhig bleibst.»

«Erwartet sie, dass ich ein Einsehen habe und Robert an sie abtrete, oder was? Und das mit der Ruhe täuscht übrigens. Ich meine ... dass Robert eine Affäre hat, trifft mich ja nicht völlig unerwartet, auch wenn ich gehofft hatte, dass es vorbei ist. Aber das mit Fritzi, das ist so irreal, das hab ich noch gar nicht begriffen. Und du weißt das wirklich erst seit November, ja?»

Mona nickte.

«Weiß es sonst noch jemand?»

«Ich glaube nicht. Ich hab ja vorher auch keinen Schimmer gehabt. Ich hab Fritzi total abgenommen, dass sie ein zufriedener Single ist. Sie hat uns ganz schön was vorgemacht.»

«Ich meine – mit dem Mann einer Freundin – das ist doch verboten! Wie konnte sie nur?»

«Ja ... Ich spiele ja ungern den Advocatus Diaboli», sagte Mona, «aber Fritzi würde vermutlich sagen: aus Liebe.»

«Ich bin ganz schön sauer auf dich, weißt du das?»

«Auf *mich*? Wie wär's, wenn du mal anfängst, auf deinen Mann sauer zu sein?»

Stunden später, in denen Sanne ziemlich viel geredet hatte, *war* sie sauer auf Robert. Ständig fielen ihr neue Situationen ein, in denen er sie belogen haben musste, in denen rückblickend vollkommen eindeutig war, dass er mit Fritzi telefoniert oder sie getroffen haben musste. Je mehr sie darüber nachdachte, desto realer wurde es – was jedoch nicht hieß, dass es besser zu begreifen gewesen wäre. Hatte Robert an all den Tagungen und Terminen in fernen Städten, die sich in letzter Zeit so gehäuft hatten, in Wirklichkeit gar nicht teilgenommen und sich stattdessen mit Fritzi getroffen? Sanne kam sich so dumm vor. Am liebsten wollte sie Robert nie wiedersehen. Und Fritzi erst recht nicht.

Sie sah aus dem Fenster, vor dem es inzwischen dunkel geworden war.

«Wie spät ist es eigentlich?»

Mona, die in eine Wolldecke gewickelt direkt am Ofen saß, hatte schon länger nichts mehr gesagt. Sie sah auf ihre Armbanduhr. «Halb zehn.»

«*Was*? Wolltest du nicht eigentlich längst los?»

«Ja, eigentlich schon, aber bei dem Glatteis ... Vielleicht fahre ich besser erst morgen und bleib heute bei dir.»

«Kannst du gerne machen.» Sanne erschrak. «Sofie! Sofie wollte schon längst wieder hier sein!» Sie sprang auf. Wo war ihr Handy? Draußen auf der Kommode? Als sie die Tür zur Halle öffnete, war es, als würde sie einen Eisschrank betreten. Da lag es. Zwei Anrufe in Abwesenheit, eine Nachricht. Sanne hörte sie ab. Es war Sofie, die es für sinnvoller hielt, gleich in Kiel zu bleiben, da es draußen so glatt und morgen Schule war, das werde Sanne ja sicher genauso sehen. Vernünftiges Kind.

Sanne ging wieder zu Mona. «Ich muss ja stundenlang monologisiert haben! Wieso hast du denn nichts gesagt?»

«Ich hatte das Gefühl, es ist wichtig, dich reden zu lassen.»

«Bist du neuerdings Therapeutin, oder was?»

«Ich kam mir ein bisschen so vor, ja.» Mona lächelte.

Plötzlich hatte Sanne eine Idee. «Sag mal ... kann ich vielleicht für ein paar Tage mit zu dir kommen? Ich will Robert im Moment nicht sehen!»

«Ja, meinetwegen.»

«Ah, gut. Danke.» Sanne drehte sich um. «Dann ruf ich jetzt Sofie an.»

«Was willst du ihr denn sagen?»

«Weiß ich noch nicht. Dass ihre Eltern eine Krise haben? Was noch sehr positiv ausgedrückt ist.»

Mona nickte. «Das könnt ihr wahrscheinlich sowieso nicht verheimlichen, gerade vor ihr nicht.»

Während Sanne mit Sofie telefonierte, beobachtete sie, wie Mona die Treppe hochging und kurz danach, eine Matratze neben sich herziehend, wieder herunterkam. Als nächstes fing sie an, in der Küche Stühle beiseitezuschieben.

Sofie war aufgedrehter Stimmung, außerdem redete ihre Freundin ständig dazwischen, sodass sie sich bei der Information, dass Sanne für ein paar Tage mit zu Mona fuhr, nicht viel zu denken schien, und mehr sagte Sanne ihr für den Moment dann auch gar nicht.

Als sie aufgelegt hatte, sagte Mona: «Ich schlaf in der Küche, sonst frier ich mich tot. Solltest du vielleicht auch machen.»

Eine halbe Stunde später lagen sie neben dem Ofen auf ihren Matratzen, und durch die Ritzen der eckigen Klappe fiel der glühende Schein des Feuers. Sanne beobachtete das tanzende Muster auf ihrer Bettdecke. Sie würde noch lange nicht schlafen können. Es war, als wäre ihr ganzer Körper im Alarmzustand.

«Du?», hörte sie leise Monas raue Stimme.

«Hm?»

«Ich hab nachgedacht. Und ich glaub, ich mach das nicht.»

«Was denn?»

«Das mit der Abtreibung», sagte Mona. «Das mach ich nicht.»

Fritzi

Von Roberts Wagen war nichts zu sehen. Fritzi stand am Fenster ihrer winzigen Altbauwohnung in Hamburg-Eimsbüttel und sah auf die Straße hinunter. Aber sie wusste auch gar nicht, ob ihre Verabredung noch galt. Sie hatten noch nicht miteinander gesprochen, seit die Situation bei Sanne eskaliert war, und sie hatte keine Ahnung, was bei ihm los war. Vielleicht würde er überhaupt nie wieder auf der Suche nach einem Parkplatz an ihrem Haus vorbeifahren.

Sie hatte die ganze Nacht kaum geschlafen, war nur ein, zwei Mal für höchstens eine halbe Stunde weggedämmert. Kirsten hatte sie am Vortag nach Hause gebracht, und Fritzi hatte Anna in Empfang genommen und als Mutter funktioniert, so gut es ging. Kind gebadet, Abendbrot gemacht, vorgelesen, gesungen. Anschließend hatte sie den ganzen Abend überlegt, ob sie Robert anrufen sollte oder nicht. Nichts hätte sie lieber getan, aber sicher hatte Sanne längst mit ihm gesprochen. Bestimmt wusste er, was am Sonntag passiert war, und war sauer auf sie, weil sie die Katze aus dem Sack gelassen hatte. Dabei hätte sie das nie getan, wenn Mona nicht gewesen wäre. Sie fragte sich, was in Mona gefahren war, sich derart einzumischen, ausgerechnet sie, die bisher noch nie ein Problem mit außerehelichen Affären gehabt hatte. Gut möglich, dass Mona ihr alles verdorben hatte, ihr ganzes Lebensglück.

Wenn sie nur wüsste, was Robert eigentlich wollte. Bisher war sie sich so sicher gewesen, dass er nur sie liebte, dass seine Ehe am Ende war und die Zeit für sie spielte. Aber seit heute fürchtete sie, dass es vielleicht ganz anders war, dass Robert überhaupt nicht vorhatte, Sanne jemals zu verlassen. In der Nacht war sie fast verrückt geworden. Von einem Extrem ins andere war sie gefallen: Im einen Moment gab sie sich der Hoffnung hin, dass durch die jüngsten Ereignisse endlich etwas in Bewegung geriet, dass Robert Sanne verließ und zu ihr käme, dass sie für immer zusammenbleiben würden. Und dann wieder war sie überzeugt, dass genau das Gegenteil geschähe, dass Sanne ihn vor die Wahl stellte, er sich für seine Ehefrau entschied und Fritzi allein zurückblieb. Nach all den Jahren, in denen sie unglücklich verliebt gwesen war, jetzt, wo sie endlich fast am Ziel ihrer Träume war.

Gegen fünf Uhr morgens war sie so verzweifelt gewesen, dass sie schließlich zu Anna ins Bett gekrabbelt war und sich auf der kleinen Matratze in einer eigentlich sehr unbequemen Körperhaltung an sie geschmiegt hatte. Annas Gegenwart, ihre Wärme und ihr regelmäßiger Atem hatten sie etwas beruhigt, sodass sie tatsächlich kurz eingeschlafen war – bis um sieben der Wecker geklingelt hatte und sie wieder in den Alltagsmodus verfallen war. Cornflakes machen, Zähne putzen, Haare bürsten, Zöpfe flechten, Anna in die Vorschule bringen. Und seitdem stand sie hier am Fenster, schon wieder am Rande eines Nervenzusammenbruchs.

Es durfte einfach nicht vorbei sein mit Robert. Es war, als hätte ihr Leben überhaupt erst richtig begonnen, seit sie zusammen waren, als wäre sie erst jetzt richtig sie selbst geworden. Noch nie hatte sie ein so tiefes Glücksgefühl empfunden, wie sie es an Roberts Seite spürte. Sie hatte Patrick schon nach dem ersten Treffen mit Robert verlassen. Es wäre ihr unmöglich gewesen, nach diesem ersten Kuss und der Verliebtheit, in die er sie erneut gestürzt hatte, weiter mit Patrick zusammen zu sein. Obwohl überhaupt nicht absehbar gewesen war, was daraus werden würde, ob überhaupt mehr daraus werden würde.

Aber es war mehr daraus geworden, sehr viel mehr.

Fritzi wollte sich gerade vom Fenster abwenden, um zu gucken, ob sich noch irgendwo eine Zigarette fand, als sie unten einen Wagen einparken sah, der aussah wie der von Robert. Sie öffnete das Fenster, um erkennen zu können, wer ausstieg. Er war es tatsächlich! Sie rannte zur Tür, drückte den Summer und wartete, und endlich kam er die Treppe hoch – sportlich und strahlend wie immer.

Fritzi beschlich ein Verdacht.

Oben angekommen küsste er sie, sah ihr fröhlich in die Augen, und in seinem «Na?» schwang diese gewisse eindeutige Vorfreude mit. Jetzt war Fritzi sicher. Er wusste es noch nicht.

«Deine Schläfen werden grau.» Fritzi strich mit dem Zeigefinger sanft von seiner Stirn über die Wange bis zum Mund, und er drückte einen Kuss darauf. Sie legte den Kopf auf seine nackte Brust und schloss die Augen. Einen kleinen Moment noch, dann würde sie es ihm sagen. Nur jetzt noch nicht.

Was Sanne wohl damit bezweckte, dass sie ihm verschwieg, was vorgefallen war? Wollte sie einfach weitermachen, als wäre nichts geschehen? War sie heimlich bereits ausgezogen und hatte gar nicht mehr vor, überhaupt noch mal mit ihm zu reden? Oder wollte sie Robert nicht am Telefon konfrontieren, sondern erst, wenn er wieder zu Hause war? So oder so war es besser, wenn Robert vorbereitet war. Andernfalls würde er Fritzi später vermutlich Vorwürfe machen. Sie musste es ihm jetzt sagen, ob sie wollte oder nicht.

«Was würdest du eigentlich sagen, wenn Sanne dich auch betrügt?»

Robert lachte. «Ausgeschlossen.»

«Angenommen, doch.»

Robert setzte sich auf, sodass Fritzi nichts anderes übrig blieb, als dasselbe zu tun. «Das kann ich mir nicht vorstellen. Warum fragst du denn so was?»

Fritzi zog die Bettdecke ein Stück höher. «Weil es so ist. Am Wochenende ... da ist alles eskaliert, Robert. Mona hat rausgefunden, dass wir beide zusammen sind, und dann ist rausgekommen, dass Sanne dich auch betrügt.»

«*Was?*», fragte Robert und starrte sie an.

«Es tut mir leid, Liebling, ich konnte das nicht verhindern, ich –»

«Soll das heißen, Sanne weiß Bescheid?»

«Na ja, sie weiß, dass wir seit zwei Jahren zusammen sind, ja. Aber das muss ja nicht heißen –»

«Und sie hat das geglaubt?», unterbrach er sie. Sein Blick machte ihr langsam Angst. Fritzi nickte.

Robert schlug die Decke zurück, setzte sich auf den Bettrand, hob seine Unterhose und sein T-Shirt vom Boden auf und zog beides an. Dann stand er auf, zog auch seine Hose an und trat ans Fenster. Quälend lange sah er hinaus, ohne ein Wort zu sagen.

Fritzi sah sich erneut nach Zigaretten um, konnte aber keine entdecken. Endlich drehte Robert sich um. «Wie hat sie reagiert?», fragte er.

«Wütend», sagte Fritzi. «Wütend auf mich.»

Robert nickte. Dann sagte er: «So sollte das nicht laufen.»

«Ich weiß.» Wobei sie nicht genau wusste, wie es seiner

Vorstellung nach hätte laufen sollen. «Ich habe auch wirklich versucht –»

«Entschuldige dich nicht, ich hätte dich nie in so eine Situation bringen dürfen. Euch beide. Ich ... weiß einfach nicht, was ich machen soll.»

Fritzi schwieg. So etwas hatte er noch nie gesagt.

«Willst du nicht wissen, mit wem Sanne dich betrügt?»

«Sanne betrügt mich nicht.»

«Äh ... doch.»

Robert schüttelte den Kopf.

«Wie kannst du dir da so sicher sein? Ich weiß ja sogar, wer es ist.»

«Ja?», fragte er herausfordernd. «Wer denn?»

«Ihr Reitlehrer.» Fast hätte Fritzi wieder gekichert. Es war einfach zu bescheuert.

«Was denn für ein Reitlehrer?» Er überlegte kurz. «Micha, oder wer? Der sein Glück jetzt als Bio-Bauer versucht. Der mit den O-Beinen.»

So viel Abwertung in so wenigen Worten – das schaffte nur jemand, der eifersüchtig war, dachte Fritzi. Aber das musste nicht zwangsläufig bedeuten, dass Robert Sanne noch liebte. Vielleicht war es auch nichts weiter als eine Trotzreaktion.

«*Der*, ja?», fragte Robert nach.

«Genau der.»

«Ha!» Er lachte.

«Wie gut kennst du ihn denn?»

«Na, ich bin schließlich in Birksee aufgewachsen, und er auch. Das glaub ich keine Sekunde.»

«Ist aber so!» So langsam reichte es ihr. Ging es denn hier nur um Robert und Sanne und Micha? *Sie* war auch noch da.

«Ach, das behauptet Sanne bestimmt nur.» Robert drehte sich wieder zum Fenster und Fritzi den Rücken zu.

«Nein, tut sie nicht! Ich hab die beiden am Wochenende doch zusammen erlebt.»

«Wieso? Was soll das heißen?»

«Na, er saß bei euch in der Küche, er hat die Gans vorbeigebracht. Und dann hat er uns zu seinem Hoffest eingeladen, wo er mit ein paar Freunden Musik gemacht hat. Micha und Sanne haben zusammen gesungen.»

«Na dann.» Robert knöpfte fahrig sein Hemd zu. Er zog sich das Jackett über, stopfte die Krawatte in die Tasche und sah sich nach seinen Schuhen um.

«Fährst du jetzt, oder was?», fragte Fritzi.

«Ja, ich muss los. Nach diesen Neuigkeiten kannst du kaum erwarten, dass ich noch die Ruhe hab, mir einen schönen Tag mit dir zu machen.»

«Aber ... was ist denn jetzt mit *uns*?»

«Ich weiß es nicht.»

Fritzi atmete einmal durch. Es hatte jetzt keinen Sinn, ihn auf irgendwas festnageln zu wollen. Aber der Gedanke, ihn jetzt gehen zu lassen und schon wieder mit dieser Unsicherheit allein zu sein, war unerträglich.

«Es gibt noch ein Problem», sagte sie. Ein Problem, das ihr jetzt gerade ganz gelegen kam. «Mein Auto steht noch bei euch. Kirsten hat mich gestern nach Hause gebracht, weil es so glatt war. Kannst du mich mitnehmen?»

Robert stutzte. «Du meinst, ich soll jetzt, in dieser Situation, nachdem meine Frau erfahren hat, dass ich eine Geliebte habe, zusammen mit dieser Geliebten zu Hause vorfahren? Hältst du das für eine gute Idee?»

Fritzi wäre ihm am liebsten an die Gurgel gesprungen. War

das Absicht, dass er jetzt all diese Reizworte benutzte, *meine Frau, zu Hause*, die er sonst meistens ganz gut zu vermeiden wusste?

«Tatsache ist: Ich brauche mein Auto», sagte sie, so sachlich es ihr möglich war, «und es wäre jetzt gerade noch Zeit, hin- und zurückzufahren, bevor ich Anna abholen muss. Wie wollen wir es denn sonst machen? Willst du es mir später vorbeibringen und mit öffentlichen Verkehrsmitteln zurück?»

Robert überlegte kurz. «Na gut. Ich lass mir was einfallen. Dann aber schnell.»

Sanne

10 Tage später, 24. Dezember

Sanne nahm das Blech mit dem zweiten Schwung aufgebackener Brötchen aus dem Ofen und kippte sie in den Korb. «Wer möchte noch?»

Robert nahm sich eins. «Ich hab schon mit Gerd telefoniert. Er hat die Tannen gestern geschlagen und hilft mir nach dem Frühstück, unsere herzutragen. Ist wohl ein richtiges Prachtstück, gleichmäßig gewachsen und fast drei Meter hoch.»

Sannes Schwiegermutter lächelte zufrieden. «Das passt ja zu der prächtigen weißen Weihnacht, die wir dieses Jahr haben.»

«Dann wird das Schmücken wohl länger dauern», sagte Sanne und schenkte Helga von dem weißen Tee nach, auf dem sie neuerdings bestand. «Hoffentlich schaff ich das alles, ich hab noch so viel für das Essen heute Abend vorzubereiten.» Außerdem hatte sie noch keine Geschenke eingepackt, und im Weihnachtszimmer war auch noch einiges zu tun. Sie hatte einfach nicht genug Zeit gehabt, schließlich war sie vorgestern erst aus Hamburg zurückgekommen.

«Beim Baumschmücken helf ich dir, Mama», sagte Sofie und strich Kirschmarmelade auf ihr Mohnbrötchen. Sanne lächelte ihr zu. Sie war im Moment wirklich ein Schatz.

«Das ist lieb. Wenn ich trotzdem nicht rechtzeitig fertig werde, komme ich nachher vielleicht nicht mit in die Kirche.»

«Kommt gar nicht in Frage», sagte Helga. «Ich helfe dir natürlich bei den Vorbereitungen. Ich war hier schließlich lange genug zu Hause und kenne mich aus.»

«Wann genau landet Alex noch mal?», fragte Sofie.

«Kurz vor zwei», sagte Robert und versuchte vergeblich, den Kopf seines Frühstückseis aufzufangen, der ihm vom Löffel geglitten war. «Ich fahr gegen Viertel vor eins los. Willst du mit zum Flughafen?»

«Mal sehn.»

Sanne freute sich wahnsinnig auf Alex. Drei Monate war er jetzt schon im Internat, so lange war sie noch nie von ihm getrennt gewesen. Er war ihr Lichtblick an diesem seltsamsten aller Weihnachten.

Sie hatte Robert versprochen, wenigstens für die Weihnachtsfeiertage wieder nach Birksee zu kommen, er hatte nicht eher lockergelassen. Als er am Montag in das leere Haus zurückgekommen war, hatte er sie angerufen und sich sofort mit ihr treffen wollen, um zu reden, aber Sanne war es gelungen, das Gespräch ein paar Tage aufzuschieben. So hatte sie Gelegenheit gehabt, bei Mona erst mal zu sich zu kommen. Als sie sich dann schließlich getroffen hatten – in

Hamburg, auf neutralem Boden –, war Robert wohl davon ausgegangen, sie am Ende gleich wieder mitnehmen zu können. Aber da hatte er sich geschnitten. Anfangs hatte er ihr sogar Vorwürfe wegen Micha gemacht und genau wissen wollen, was zwischen ihnen vorgefallen war. Dem hatte sie allerdings sofort einen Riegel vorgeschoben. Sie hatte sehr klar gesagt, dass sie hier von *einem einzigen* Kuss sprachen, damit er ja nicht glaubte, man könne eine zwei Jahre andauernde Affäre damit vergleichen. Aber so ganz leuchtete Robert offenbar nicht ein, was er da angerichtet hatte. Zwei Jahre, in denen er sie immer wieder belogen, ihr ständig Dinge verheimlicht und sie hintergangen hatte – das war zu viel. Zu viel, um einfach so zur Tagesordnung überzugehen, zu viel, um es verzeihen zu können. Schließlich hatte sie nachgegeben, wenigstens über Weihnachten zu kommen, wegen Söfchen und Alex. Heiligabend ohne ihre Kinder, das konnte sie sich nicht vorstellen, genauso wenig, wie die Kinder sich ein Weihnachtsfest ohne Robert hätten vorstellen können.

Aber direkt nach den Feiertagen würde sie mit ihnen reden. Es ging nicht anders. Sofie wusste bereits, dass ihre Eltern in einer Krise steckten, schien jedoch beschlossen zu haben, die Sache zu behandeln, als wären sie einfach kindisch und sie selbst die einzige Erwachsene weit und breit. Nur Helga sollte nichts davon wissen, darum hatte Robert sie gebeten. Und so war es eigentlich auch Sanne lieber. Das fehlte noch, dass Helga ihr mit schlauen Ratschlägen in Sachen Eherettung kam.

«Na, das Ei ist aber ...», sagte Helga, beendete den Satz jedoch nicht. Sanne rang den Impuls nieder, aufzuspringen, um ihr ein neues, perfektes Ei zu kochen. Vor wenigen Jahren hätte sie das noch gemacht – stets bestrebt, es allen recht zu machen. Aber das war vorbei. So vorbei wie ihre Ehe.

Sanne stellte den Geschirrspüler an und legte die übrig gebliebenen Brötchen in den Brotkasten.

«Ich geh dann mal zu Gerd rüber», rief Robert aus der Halle, und kurz darauf fiel die Haustür ins Schloss.

Wenn seine Mutter nicht hinguckte, verhielt Robert sich Sanne gegenüber zurückhaltender. Möglicherweise deutete das auf ein gewisses Schuldbewusstsein hin. Wäre Helga jetzt in der Küche gewesen, wäre er bestimmt reingekommen und hätte seiner Frau einen Kuss gegeben, einfach zu Demonstrationszwecken. Aber Helga war oben, sie hatte sich angeboten, die Betten zu machen, und so blieb Sanne dieser falsche Kuss erspart.

Sie blies die Kerzen am Adventskranz aus, öffnete das Fenster und sah Robert über den schneebedeckten Vorplatz gehen. Und sie sah noch jemanden. Auf der etwas höher gelegenen Straße näherte sich hinter den kahlen Bäumen von links jemand in dunkler Cabanjacke, mit Wollmütze und Stiefeln. Micha hatte die Hände in den Taschen, den Blick auf den Boden geheftet. Auch Robert in seinem schicken Mantel, mit dem akkurat geschlungenen Schal und wie immer in Schuhen, die für das Wetter vollkommen ungeeignet waren, sah zu Boden. Sie gingen immer weiter aufeinander zu, Robert deutlich größer als Micha, Micha deutlich kräftiger. Offensichtlich hatte bisher keiner den anderen wahrgenommen. Als Robert die Straße erreichte und Micha sah, war der nur noch wenige Meter von ihm entfernt. Micha schien abzuwarten, denn er verlangsamte seinen Schritt, während Robert seinen eher beschleunigte.

Sanne sah, wie er ganz dicht vor Micha stehenblieb und ihm drohend mit dem Finger auf die Brust tippte. Sie lauschte angestrengt, um zu verstehen, was er sagte, konnte aber nichts hören. Dann ging er weiter, an Micha vorbei, in Richtung von Gerds Haus am Ende der Straße. Micha drehte sich langsam nach ihm um, und es gelang Sanne, einen Blick auf sein Gesicht zu werfen. Er wirkte verdutzt – oder amüsiert?

«Was willst du denn machen?», rief er Robert hinterher. «Mir 'n Pferdekopf unter die Bettdecke legen, oder was?»

Robert machte eine wegwerfende Armbewegung, ohne sich noch einmal umzudrehen, und verschwand aus Sannes Blickfeld.

Was hatte Robert denn zu Micha gesagt? *Lass meine Frau in Ruhe, sonst mach ich dich fertig?* Nein, das war nicht sein Stil. Aber irgendeine Drohung war es ja wohl gewesen.

Micha drehte sich um und sah dabei zu ihrem Haus hinüber. Sanne duckte sich schnell unter die Fensterbank, aber zu spät – für den Bruchteil einer Sekunde waren sich ihre Blicke begegnet.

«Liebes, wo bewahrst du denn die Handtücher auf? Die konnte ich nirgends finden.» Helga war in die Küche gekommen. «Was machst du denn da?»

«Nichts, ich ...» Sanne stand auf. «Handtücher sind im Einbauschrank im Flur.»

«Ach. Ich fand es immer ganz praktisch, die Handtücher direkt im Bad zu haben.» Helga nahm ein Geschirrtuch und begann, damit die Chromteile der Kaffeemaschine zu polieren.

Sanne ignorierte das geflissentlich. Es ging doch nichts darüber, an Weihnachten die Schwiegermutter zu Besuch zu haben. Zumal, wenn die heimlich der Überzeugung war, dass die Angetraute ihres Sohnes alles falsch machte und ohnehin eigentlich nicht gut genug für ihn war.

Helga legte das Geschirrtuch wieder beiseite und lächelte zufrieden. «Aber du wirst schon wissen, was du tust, Liebes ...»

Sanne seufzte. Das konnte man nun auch wieder nicht behaupten. Nicht mal im Hinblick auf die Handtücher. Von ihrem Leben ganz zu schweigen.

Drei Stunden später hatte sie die Geschenke eingepackt, die kleinen Kartoffeln gekocht, die sie nachher zum Lammkarree nur noch in heißer Butter schwenken musste, und die Marzipan-Rosinen-Füllung für den Bratapfel vorbereitet. Jetzt war das Weihnachtszimmer dran. Aus Gründen der Tradition hatte Sanne das Weihnachtsoratorium aufgelegt und die Lautstärke aufgedreht. Das war schon immer so gewesen, das gehörte so, auch wenn das «Jauchzet, frohlocket» dieses Jahr in ihren Ohren klang wie blanker Hohn.

Die Tanne, die einen wunderbaren Duft verbreitete, stand mitten im Wohnzimmer, sodass sie schon von der Halle aus zu sehen war. So hatten es Roberts Eltern früher immer gemacht, und so wollte er es auch dieses Jahr gerne haben. Viele Möbel gab es ja nicht, die im Weg gewesen wären. Sofie stand neben der Tanne auf der Leiter, und Helga hielt ihr den Karton mit den Kerzenhaltern hin.

«Es sind gar nicht mehr so viele da, Söfchen, verteile sie mal lieber etwas sparsamer», riet Helga. «Wir brauchen auch noch welche für die andere Seite.»

Sanne nahm den Deckel von einer der beiden großen Kisten, in der sie den Weihnachtsschmuck aufbewahrte. Wenn sie das alles noch an den Baum hängen wollten, waren sie morgen noch nicht fertig. Sie musste eine Auswahl treffen. Die Zeiten, in denen die Kinder darauf bestanden, ungefähr fünftausend selbstgebastelte Sterne plus dreihundert aus Fimo gebrannte Tannenbäume selbst aufzuhängen, waren ja nun vorbei.

«Was meint ihr? Die alten bunten Holzanhänger und Strohsterne oder lieber rote, goldene und grüne Glaskugeln?»

«Welche Farben haben die Kerzen?», fragte Sofie.

«Rot.»

«Dann die bunten Anhänger und rote Glaskugeln.»

«Gut.» Sanne nahm einen winzigen Holzschlitten voller stecknadelkopfgroßer Geschenke aus dem Karton, dessen Band sich in einer kleinen rot-silbernen Trommel verfangen hatte, und legte ihn auf den Tisch. Außerdem waren da ein blaues Schaukelpferd, ein weiß-goldener Engel, diverse rotgemusterte Sterne und noch vieles mehr.

Sofie ging mit einigem Abstand um den Tannenbaum herum, um ihr Werk zu betrachten. «Ich glaube, die Kerzenhalter sind jetzt gleichmäßig verteilt. Darf ich schon mal die Spitze dranmachen?»

Sanne nickte. «Muss in einer der Kisten da sein.» Sie deutete auf den Stapel neben der Tür. Sofie fand den alten goldenen Stern aus Metall und Draht sofort und setzte dem Baum die Spitze auf. «Mama, ich würde nachher gern Alex mit abholen, aber ich hab dein Geschenk noch nicht fertig», sagte sie, als sie die Leiter wieder hinunterstieg. «Ist es okay, wenn ich noch ein bisschen hochgehe?»

«Mach nur, wir schaffen den Rest schon allein», sagte Helga anstelle von Sanne und versetzte einen der Kerzenhalter. Als sie Sofies Blick sah, sagte sie: «Ja, nun. Das war gefährlich, viel zu nah an dem Zweig darüber!»

Nachdem Sofie gegangen war, schmückten Sanne und Helga weiter den ausladenden Baum und lauschten dabei dem Chor, ohne viel zu reden.

Nach einiger Zeit kam Robert herein. «Toller Baum!» Er legte ihr von hinten die Hände auf die Schultern. Sanne atmete einmal tief durch und ließ es geschehen. «Habt ihr sehr schön gemacht.»

Sie drehte den Kopf zu ihm um und warf ihm einen warnenden Blick zu. Wenn er so dick auftrug, würde selbst Helga auffallen, dass irgendwas nicht stimmte.

«Kann ich dir noch mit irgendwas helfen, bevor ich Alex hole?»

Sanne verkniff sich einen Kommentar, aber Helga lächelte ihren Sohn an und sagte: «Danke, du Lieber, wir sind ja schon fertig. So, Kinder ...»

Roberts Hände wanderten auf Sannes Hüfte.

«... ich lege mich ein Stündchen hin, damit ich heute Abend durchhalte. Und wenn ich wieder aufstehe, dann decke ich den Kaffeetisch. Du brauchst dich um nichts zu kümmern, Sanne.»

Sanne nickte. «Mach das, schlaf gut.»

Kaum war Helga draußen, nahm Sanne Roberts Hände, löste sie von ihrer Hüfte und drehte sich zu ihm um. «Übertreib es nicht! Glaubst du, ich merke nicht, dass du das nur machst, wenn Helga zuschaut?»

«Ich mache es gern auch, wenn sie nicht guckt.» Robert lächelte.

Sanne schüttelte den Kopf. Der Mann hatte Nerven. Versuchte er auf diese plumpe Weise, ihre Ehe zu retten? In dieser

Situation? Offenbar hatte sie bei ihrem Gespräch in Hamburg nicht deutlich genug gemacht, dass sie Abstand brauchte und nur wegen der Kinder bereit war, über Weihnachten auf heile Familie zu machen.

«Robert … das ist nicht fair», sagte sie lahm. «Du kannst nicht einfach tun, als wäre nichts gewesen.»

«Aber … du hast doch auch –» Er unterbrach sich, und Sanne warf ihm einen vernichtenden Blick zu. Robert nahm eine silberne Kugel aus der Kiste, die auf dem Sideboard stand, und drehte sie in den Händen. «Können wir nicht versuchen, das alles hinter uns zu lassen und noch mal neu zu beginnen?»

«Wie stellst du dir das denn vor?»

«Schsch … nicht so laut!»

Aber Sanne scherte sich nicht darum. «Sag mal, spinnst du? Erstens habe ich *nicht auch*! Ich habe es dir doch erklärt, ich habe ein Mal einen andern geküsst, *ein* Mal! Du hast über zwei Jahre immer wieder mit einer anderen geschlafen, mit einer Freundin von mir! Und du hast ihr gesagt, dass du sie liebst!»

«Jetzt schrei doch nicht so, Mensch. Ich wollte das ja auch gar nicht vergleichen …»

«Ach nein?»

«Nein, ich … Sanne …»

«*Was* willst du?», fragte Sanne aggressiver als beabsichtigt. Sie bemühte sich um einen ruhigeren Ton. «Einen Neuanfang? Fritzi verlassen und mit mir neu beginnen? Ist es das, was du willst?»

Robert nickte. «Natürlich.»

«Das finde ich überhaupt nicht natürlich. Ehrlich gesagt könnte ich es besser verstehen, wenn du deine Ehe aufs Spiel gesetzt hättest, weil du Fritzi liebst. Weil es einfach nicht anders ging.»

Robert schwieg. Sanne wartete ab.

Schließlich sagte er: «Ich will nicht, dass wir uns trennen, ich möchte unsere Ehe retten.»

Sanne schnaubte leise. «Ja, das wollte ich bis vor kurzem auch.»

«Und jetzt nicht mehr?», fragte Robert.

«Wie stellst du dir das denn vor? Wie könnte ich dir je wieder vertrauen?» Sie sah ihn abwartend an, aber Robert schwieg erneut. «Hast du überhaupt eine Erklärung dafür, wie es dazu kommen konnte?», fragte sie.

Robert setzte sich aufs Sofa. «Ich kann dir keine plausible Erklärung geben, ich hätte ja selbst nie gedacht, dass ich zu so etwas fähig bin. Aber ... unsere Bedürfnisse und Interessen sind so unterschiedlich. Das war doch früher nicht so. Wir haben ja kaum noch miteinander gesprochen. Mit Fritzi ist das anders. Jetzt guck nicht so verletzt, du wolltest es doch wissen. Ich wollte dir nie weh tun, es ... ich bin da so reingerutscht.»

«Oh, bitte! Geht's noch klischeehafter? Ich fang gleich an zu schreien!»

«Du schreist bereits.»

«Ein Klischee hast du ausgelassen. Du hast vergessen zu sagen: Es hat absolut nichts mit dir zu tun.»

«Ich hatte nicht vor, das zu sagen.»

«Was soll das denn heißen? Gibst du mir Mitschuld daran, dass du mich mit Fritzi betrogen hast, oder was?»

«Nein, so würde ich es nicht formulieren.»

«Weißt du was?», rief Sanne. «Ich will gar nicht wissen, wie du es formulieren würdest! Wir bringen jetzt Weihnachten hinter uns, und übermorgen, wenn deine Mutter wieder weg ist, rede ich mit den Kindern.»

«Nein, das machst du nicht!»

«Wenn du willst, besprechen wir vorher, was wir ihnen sagen, du kannst auch gern dabei sein, aber ich muss mit ihnen reden, und ich werde ihnen keine Lügen erzählen.»

«Kann das nicht warten? Warum denn jetzt schon?»

«Weil ich nach Weihnachten erst mal in Isas Haus ziehe. Und zwar mit den Kindern. Ich brauch jetzt Abstand.»

Robert öffnete den Mund, wollte offenbar Einspruch erheben, überlegte es sich dann aber anders. Er sah aus dem Fenster. «Für wie lange?»

«Weiß ich noch nicht.»

«Und dann?»

Sie zuckte die Achseln.

Robert sah so traurig aus, dass sie fast Mitleid bekommen hätte, wenn sie nicht so wütend gewesen wäre.

Sofie kam herein. «Papa, kannst du mir mal bei dem Geschenk für Mama helfen?» Robert nickte und stand auf.

«Ach, und haben wir noch irgendwo Tesa?», rief Sofie, schon wieder in der Halle.

«Guck mal in der Küchenschublade.» Sanne begann, die halbleeren Kartons zusammenzusammeln, um sie wieder in den Keller zu bringen. Damit das Wohnzimmer auch aufgeräumt und festlich war an diesem schönsten aller Weihnachten ...

Kirsten

26. Dezember

Kirsten wuchtete einen schweren Koffer aus Sannes Volvo.

«Was hast du denn alles mitgenommen? Du scheinst dich ja auf einen längeren Aufenthalt einzurichten.»

«Ich will einfach, dass die Kinder und ich es gemütlich haben. Sie sollen sich wohl fühlen, wenn sie morgen kommen. Und ich möchte die Zeit mit den beiden genießen so gut es unter diesen Umständen geht, ehe Alex wieder nach England fährt. Außerdem will ich nicht ständig nach Birksee fahren müssen, weil ich noch irgendwas brauche.» Sanne griff nach einem Korb mit Lebensmitteln und Küchenutensilien und der Tasche, aus der ihr Manuskript ragte. «Danke noch mal, dass du mir hilfst.»

«Du weißt aber, dass es keine Dauerlösung sein kann, dass du in Isas Haus wohnst? Noch haben wir unser Erbe nicht angetreten, und vielleicht wird es dazu auch nicht kommen.»

«Ja, ja», sagte Sanne, die an der Apfelrosenhecke stehen geblieben war. «Guck mal, wie schön das aussieht.» Sie deutete auf die von Raureif überzogenen Hagebutten.

Kirsten nickte gleichgültig. Sie konnte diesem Winter wenig abgewinnen, ihr machte er nur Scherereien, und die Kälte setzte ihr zu. «Nein, Sanne, nimm das bitte ernst! Ich hab gesagt, dass ich meinen Teil von der Erbschaftssteuer nicht zahle, und das meine ich auch so! Ich habe das Geld dafür nicht, Bernd und ich haben schon genug Schulden wegen all der Behandlungen, die von der Krankenkasse nicht übernommen werden. Ich will nicht auch noch ein Haus an der Hacke haben, das ist einfach zu viel. Ich hab da auch gar keinen Kopf für!»

Sanne sah sie etwas verwundert an, woraus Kirsten schloss, dass sie mal wieder etwas zu heftig reagiert hatte. Wie so oft in letzter Zeit.

«Das ist mir alles klar, Kirsten. Wir müssen das noch mal in Ruhe besprechen.» Sie zog den Hausschlüssel aus ihrer Tasche. «Im Moment weiß ich einfach nicht, wohin ich sonst soll. Ich brauche Abstand zu Robert, um rauszufinden, was ich jetzt machen soll. Und Sofie geht doch sowieso hier zur Schule.»

Kirsten schloss für einen Moment die Augen und sah dann den Koffer an, der noch auf der Straße stand. In letzter Zeit fühlte sie sich so kraftlos, die kleinste Aufgabe überforderte sie. Am Tag vor Heiligabend hatte sie Bernd einmal derart angefahren – dabei hatte er nur ganz harmlos gefragt, wie sie sich den Ablauf der Feierlichkeiten vorstellte. Sie hatte es nicht gewusst, sie war gedanklich einfach noch nicht so weit gewesen, es gab wahnsinnig viel anderes, das vorher noch erledigt werden musste. Der arme Bernd konnte ja gar nichts dafür. Es machte sie einfach fertig, dass sie ihre Erwartungen an sich selbst nicht erfüllen konnte. In vieler Hinsicht.

Sanne war die Stufen zur Haustür hochgegangen und wollte gerade den Schlüssel ins Schloss stecken, als die Tür plötzlich von innen aufging und Dirk herauskam, Isas Exmann. Sein Blick wanderte von Sanne zu Kirsten und dann zu Sannes Koffer.

«Was soll das denn werden?», fragte er barsch.

«Wir … ich … wollte …», stammelte Sanne.

«Und was machst *du* hier?», fragte Kirsten genauso barsch

zurück. Sie nahm alle Kraft zusammen und trug den Koffer die Stufen hoch. Entschlossen schob sie Sanne beiseite und trat vor, sodass sie direkt vor Dirk stand, den sie inzwischen für einen ziemlich gerissenen Typen hielt. Dass er jetzt hier auftauchte, konnte nichts Gutes bedeuten.

«Ich hab ein paar Sachen geholt, wenn ihr gestattet.»

«Nein, das gestatten wir nicht!», sagte Kirsten angriffslustig. «Was denn für Sachen?»

Dirk lachte missmutig. «Ich wüsste nicht, was euch das angeht.»

Kirsten fiel auf, dass er mehrere Schallplatten im Arm hielt sowie ein kleines Bild. «Ist das etwa ...» Kirsten versuchte, das Bild von vorne zu sehen. «... die Nolde-Zeichnung?»

«Sag mal, geht's noch?», fragte Dirk. «Das ist mein Eigentum.»

«Das sieht Isas Testament aber anders.»

«Ja ja, ich hab schon gehört – das aus heiterem Himmel aufgetauchte Testament», sagte Dirk. «Wie praktisch für euch. Aber wohl dem, der Freunde beim Gericht hat, sage ich nur.» Er lachte sein J. R.-Ewing-Lachen. «Das Haus könnt ihr vergessen. Isa und ich waren zum Zeitpunkt ihres Todes noch nicht geschieden, und das macht mich per Gesetz zum Alleinerben.»

Sanne und Kirsten sahen sich an. Dann sagte Kirsten: «Träum weiter!», und drängelte sich an Dirk vorbei ins Haus. Überrumpelungstaktik. Sie bedeutete Sanne mit einem Blick, dasselbe zu tun, aber die zögerte. Dabei war es so wichtig, jetzt schnell zu handeln.

«Das Haus gehört jetzt uns», sagte Kirsten. «Per Gesetz. Und das Bild da auch. Und wenn du es mitnimmst, ist das Diebstahl.» Sie griff nach Sannes Hand, zog sie zu sich rein und wollte die Tür schließen, aber Dirk, das Bild noch in der Hand, bekam einen Fuß dazwischen.

«Damit kommt ihr nicht durch! Ich bin Anwalt, ich hetz euch meine besten Kollegen auf den Hals!», schrie er.

«Mach das», rief Kirsten. Wenigstens half Sanne ihr jetzt dabei, die Tür zuzudrücken.

«Au! Bist du wahnsinnig? Mein Fuß! Du blöde, frigide Kuh, was glaubst du eigentlich, wer du bist?» Dirk hatte den Fuß aus der Tür bekommen und hüpfte draußen jaulend herum.

Die Tür war zu.

Sanne

«Er ist weg!», rief Sanne begeistert. «Du bist ein Genie, Kirsten! Ich wäre glatt wieder gefahren und hätte ihm das Haus überlassen. Ich wusste gar nicht, dass du dermaßen einschüchternd sein kannst! Aber wahrscheinlich muss man das als Lehre– Was ist denn los?»

Kirsten war an der geschlossenen Haustür entlang nach unten gerutscht, alle Farbe war aus ihrem Gesicht verschwunden.

«Du zitterst ja.» Sanne war vollkommen überrascht. Wo kam das denn her? Sie kniete sich neben ihre Freundin, die leise schluchzte.

Sanne setzte sich an Kirstens Seite und nahm sie in den Arm. «Schsch ... ist ja gut. Tief durchatmen ...»

Aber offenbar konnte sie nicht tief durchatmen, sich nicht beruhigen. Das Schluchzen steigerte sich immer mehr, Kirsten schien kaum Luft zu bekommen, es war ein regelrechter Weinkrampf. Sanne war ratlos.

«Ich …», brachte Kirsten schließlich hervor, «ich kann nicht mehr, ich …»

Sanne nickte und strich Kirsten über den Kopf. «Ist ja gut.»

Kirsten legte weinend die Hände vors Gesicht. «Mein Herz rast so. Mir geht's nicht gut.» Wieder schluchzte sie.

Mit einem Mal war Sanne vollkommen fokussiert. Kirsten brauchte einen Arzt. Sie zog ihr Handy aus der Tasche, ohne den Arm von Kirsten zu lösen, und suchte in den Kontakten mit einer Hand nach der privaten Telefonnummer von Christian, einem guten Freund von Robert, der all die Jahre in Kiel ihr Hausarzt gewesen war. Zum Glück ging er sofort ans Telefon. Er war zu Hause und versprach, gleich zu kommen.

Kirsten zitterte so sehr, sie musste hier von der Tür weg. «Schaffst du es aufzustehen?», fragte Sanne, aber Kirsten reagierte nicht. «Komm, ich helf dir.»

Als Kirsten schließlich in zwei Wolldecken gewickelt auf dem Sofa lag, immer noch weinend, drehte Sanne schnell alle Heizkörper im Erdgeschoss auf und kochte Tee. Das Haus war vollkommen ausgekühlt – sie hätten im November daran denken müssen, die Heizung anzulassen. Ein Wunder, dass die Leitungen nicht eingefroren waren. Das mit Kirsten machte ihr wirklich Angst. Sie war immer so gefasst und stark. In einem solchen Zustand hatte Sanne sie noch nie erlebt.

Sie hatte kaum Bernd in Lübeck angerufen und ihm die Lage erklärt, als es auch schon an der Tür klingelte und Christian hereinkam.

«Ihr kennt euch nicht, oder?», fragte Sanne, als sie ins Wohnzimmer kamen.

Christian, genauso groß wie Robert, aber glatzköpfig und braungebrannt, schüttelte den Kopf. «Glaube nicht.» Er streckte Kirsten die Hand hin und stellte sich vor, und sie nahm sie und wischte sich mit der anderen die Tränen aus dem Gesicht.

«Darf ich?», fragte Christian und deutete auf den Rand des Sofas. Kirsten nickte, ihr liefen schon wieder neue Tränen übers Gesicht. Christian sah ihr in die Augen und während er Puls und Blutdruck kontrollierte, fragte er freundlich: «Was ist denn los?»

«Ich ...» Kirsten schluchzte erneut. «Ich kann ... nicht aufhören zu weinen.»

Christian sah Sanne an. «Sie hyperventiliert. Hast du mal eine Papiertüte?»

«Ja, natürlich.» Warum hatte sie daran nicht selbst gedacht? Schnell lief sie in die Küche.

«Schön hier reinatmen», sagte Christian kurz darauf zu Kirsten. «Genau so ... ganz ruhig.»

Sanne brachte beiden eine Tasse Tee und setzte sich zu ihnen. Christian leuchtete Kirsten in die Augen und horchte sie ab. «Hatten Sie in letzter Zeit viel Stress?», fragte er dann. «Gab es außergewöhnliche Belastungen, die Sie zu verkraften hatten?»

Kirsten nickte, und wieder schüttelte es ihren ganzen Körper.

«Was hat sie denn?», fragte Sanne.

«Das sieht mir nach einer akuten Belastungsstörung aus. Im Volksmund nennt man es Nervenzusammenbruch.»

«Und was kann man da machen?»

Christian sah nachdenklich aus. «Momentan leider nicht viel. Wenn sie sich etwas erholt hat, sollte sie der Sache in jedem Fall auf den Grund gehen. Hat sie jemanden zum Reden?»

«Ja, mich. Und ihren Mann.»

Christian nickte. «Gut. Sie kann mich auch jederzeit anrufen, um einen kurzfristigen Termin auszumachen.» Er wandte sich wieder an Kirsten, die ins Leere starrte, und legte ihr eine Hand auf den Unterarm. «Ruhen Sie sich aus. Versuchen Sie sich in den nächsten Tagen zu erholen.» Kirsten reagierte nicht. «Wenn Sie möchten, kann ich Ihnen ein leichtes Beruhigungsmittel hierlassen.»

«Ja, bitte», antwortete Kirsten mit schwacher Stimme.

«Bewegen Sie sich an der frischen Luft, wenn Sie möchten, das wird Ihnen guttun.»

«Gut», sagte Kirsten matt.

In der Diele sagte Christian zu Sanne: «Schick sie mal zu mir, wenn es ihr etwas besser geht. Man sollte so was nicht auf die leichte Schulter nehmen. Vielleicht hilft es, wenn sie sich ein paar Tage ausruht, vielleicht ist es damit aber auch nicht getan. Wenn sich ihr Zustand nicht von allein bessert, müsste man über eine Medikation und psychologische Hilfe nachdenken.»

«Wirklich?», fragte Sanne erschrocken.

«Ich kann das auf den ersten Blick nicht beurteilen, du kennst sie besser. Aber so ein Nervenzusammenbruch ist ein Alarmsignal des Körpers, das man ernst nehmen sollte.»

«Natürlich.»

«Kommt ihr Mann gleich?»

«Ja, der müsste bald hier sein.»

«Gut. Apropos: Wie geht es Robert? Wann treffen wir uns mal wieder zu viert? Das haben wir ewig nicht gemacht.»

«Ja, äh … ganz okay.» Sanne lächelte verlegen. «Kannst dich

ja mal bei ihm melden.» Ob Christian das mit Fritzi wusste? Hatte Robert sich ihm anvertraut?

«Das mache ich», sagte er fröhlich. «Und dann verabreden wir was.»

Sie verabschiedeten sich herzlich, und Sanne ging wieder zu Kirsten, die ihr mit verquollenen Augen entgegensah. «Hast du Bernd angerufen?»

«Ja. Er müsste bald hier sein.»

«Gut.»

«Und du? Hast du die Beruhigungstablette genommen?»

Kirsten nickte. «Hoffentlich schlafe ich davon nicht ein.»

«Und wenn schon.» Sanne strich ihr über den Kopf. Kirsten machte die Augen zu.

Als Sanne sicher war, dass sie tatsächlich eingeschlafen war, ging sie in die Küche und zog einen Stuhl vom Tisch, um sich hinzusetzen. Sie hielt inne, als sie sah, was auf dem Stuhl lag. Der Hagebuttenkranz, den Fritzi bei ihrem vorletzten Treffen geflochten hatte.

Ohne zu überlegen, griff Sanne danach und ging durch den Flur und aus dem Haus direkt zur Mülltonne, knallte das Ding hinein und ließ den Deckel herunterfallen. Das wollte sie hier nicht haben, sie wollte überhaupt nicht mehr an Fritzis Existenz erinnert werden. Als sie sich umdrehte, sah sie auf der anderen Straßenseite Bernd aus einem Auto steigen.

Mit besorgter Miene kam er auf sie zu und drückte sie kurz. «Wie geht es ihr?»

«Sie schläft. Der Arzt hat ihr eine Beruhigungstablette gegeben.» Sie berichtete ihm, was Christian gesagt hatte.

Nachdem Bernd einen Blick auf die schlafende Kirsten geworfen hatte, gingen sie in die Küche.

«War es sehr schlimm?», fragte er.

«Na ja, es war ziemlich erschreckend, das kam so plötzlich. Ist so was schon mal passiert?»

«Nein, nein. Aber es wundert mich nicht. Sie war so reizbar in letzter Zeit, hatte so eine kurze Zündschnur. Sie ist einfach vollkommen überlastet mit dieser Vertretung des Rektors. Und – dann ist da noch die Sache mit dem Kinderwunsch, weißt du das?»

Sanne nickte.

«Das raubt ihr die letzten Kräfte. Sie will es sich nicht eingestehen, aber ich glaube, sie hat die Hoffnung verloren, dass es noch was wird mit einem Baby. Und trotzdem besteht sie drauf, dass wir es mit allen Mitteln weiter probieren.»

«Adoptieren wollt ihr nicht, oder?»

«Ich kann mir alles vorstellen, ich will nur, dass Kirsten glücklich ist. Ist sie aber nicht. Sie ist ja kaum noch sie selbst. Adoptieren will sie nicht, sie meint, sie muss das selbst schaffen.»

«Schaffen?», fragte Sanne verwundert.

Bernd zuckte mit den Achseln. «So sieht sie das.»

Sanne schüttelte den Kopf, und eine Zeitlang schwiegen beide. Schließlich fragte sie: «Was können wir denn tun?»

«Gar nichts. Sie lässt sich ja nicht helfen.» Um Bernds Mund zuckte es, als müsste nun auch er weinen, aber er bekam sich wieder in den Griff. «Sie tut immer so, als sei alles bestens, dabei ist sie so verbissen ... ich komme gar nicht mehr an sie ran. Langsam hab ich wirklich Angst um sie.»

Sanne gelang es im Gegensatz zu Bernd nicht, sich zusammenzureißen. Die Tränen schossen ihr in die Augen und liefen ihre Wangen hinab. Überall Kummer und Schmerz. Was für ein Weihnachten.

FEBRUAR

Fritzi

Fritzi nahm das große Paket entgegen, das die Nachbarin aus dem vierten Stock für sie angenommen hatte.

«Überlegen Sie doch mal, ob Sie sich nicht eine Packstation einrichten, das ist sehr praktisch», sagte die mit Blazer und Jeans bekleidete Mittdreißigerin.

Fritzi nickte. Die Botschaft war angekommen. Offenbar fiel es im Haus langsam auf, wie häufig sie etwas bestellte. Aber immerhin hatte sie schon lange nichts Großes mehr gekauft, wie Fernseher oder Designersofas. Sie beschränkte sich auf Klamotten, Taschen und Schuhe. Nur kaufte sie davon viel zu viel. Sie bedankte sich bei der Nachbarin und kehrte zurück in ihre Wohnung.

Sie deponierte das Paket erst mal im Kinderzimmer, um sich nicht auch noch von Robert eine Bemerkung einzufangen, wenn er aus der Dusche kam. Anna hatte bei Patrick übernachtet, der sie jetzt sicher gerade in den Kindergarten brachte. Und wie immer in letzter Zeit hatte Robert in den Nächten, in denen Fritzi allein war, bei ihr geschlafen. Dass Anna ihn offiziell kennenlernte, wollte Fritzi noch immer nicht, schließlich waren die Verhältnisse weiterhin ungeklärt. Sie und Robert befanden sich in einer Art Schwebezustand, und sie genoss es, nun mehr Zeit mit ihm verbringen zu können. Aber unter Druck setzen wollte sie ihn nicht. Fritzi schloss die Tür zum Kinderzimmer und ging in die Küche, wo sie den Wasserkocher anstellte und Kaffee in die Cafetière häufte. Ihr war selbst klar, dass ihr Online-Shopping inzwischen ziemlich extreme Ausmaße angenommen hatte. Dabei brauchte sie eigentlich schon längst nichts mehr. Sie und Anna hatten mehr als genug zum Anziehen im Schrank, für ihre Tochter war sogar für mindestens die nächsten zwei Kleidergrößen im Voraus gesorgt. Aber jedes Mal, wenn Fritzi Anna ins Bett gebracht hatte und sich wieder vor ihr Laptop setzte, landete sie wie ferngesteuert wieder auf denselben drei, vier Shopping-Seiten, und ehe sie sich's versah, hatte sie auch schon wieder etwas bestellt. Einiges schickte sie zwar zurück, aber trotzdem gab es zu viele Rechnungen, die noch nicht bezahlt waren. Und sie hatte auch keinen Schimmer, wovon sie sie bezahlen sollte. Fritzi goss den Kaffee auf und ließ ihn etwas ziehen. Der Himmel hinter dem Küchenfenster war blau, es schien ein schöner Tag zu werden.

Robert trat von hinten an sie heran, strich ihr langes Haar zur Seite und küsste sie in den Nacken. Sie drehte sich zu ihm um, wollte ihm die Arme um den Hals legen, aber er war schon am Küchenschrank und nahm zwei Tassen heraus. «Ich bin etwas spät dran, ich nehm einfach einen Apfel mit. Aber einen Kaffee trinken wir noch zusammen.»

Aha. Fritzi drückte langsam das Kaffeepulver hinunter. Daran, dass er die Ansagen machte, hatte sich nichts geändert. Dabei hatte sich die Situation jetzt, wo Sanne Bescheid wusste und sogar ausgezogen war, doch entscheidend verbessert. Robert und sie sahen sich zwar öfter und vor allem länger am Stück denn je, aber es hatte sich etwas verändert.

Er war unruhig und in Gedanken oft woanders. Ihr war nicht ganz klar, was er eigentlich wollte. Über Sanne sprach er nach wie vor nicht. Bisher hatte sie immer gezögert, ihn von sich aus darauf anzusprechen, wie es mit ihnen weitergehen sollte. Das musste von ihm kommen. Aber das Thema ewig auszuklammern, war absurd und die ganze Situation nach wie vor schwer zu ertragen.

Robert stand wieder neben ihr, stellte die zwei Tassen auf die Arbeitsplatte und goss Kaffee ein. Fritzi strich langsam mit der Hand über seinen Rücken und sah ihn an. Er lächelte und gab ihr noch einen Kuss.

«Was steht bei dir heute so an?», fragte er, lehnte sich an die Spüle und nippte an dem heißen Kaffee.

«Die Fotos für den *Wohnen-am-Wasser*-Artikel nachbearbeiten, Anna abholen und dann mit ihr zum Ballett. Und bei dir?»

«Arbeiten. Hab ziemlichen Zeitdruck im Moment, wird sicher ein langer Tag.»

«Willst du nicht ein paar von deinen Sachen herholen?», fragte Fritzi. «Dann können wir den Tag noch gemeinsam ausklingen lassen, und du fährst morgen direkt von hier los. Ins Büro brauchst du von hier aus doch auch nicht viel länger. Und deine Baustellen sind größtenteils sowieso in Hamburg. Ich rede mit Anna, wir müssen uns nur darüber verständigen ... was genau ich ihr sagen kann.»

Robert schüttelte den Kopf. «Noch nicht.»

Fritzi nickte. Immerhin machte das *noch* Hoffnung. *Noch* war er nicht so weit, *noch* war seine Ehe nicht offiziell beendet. Und ohne dieses Zwischenstadium ging es wahrscheinlich nicht. Neulich hatte sie geträumt, dass sie schwanger war, von Robert, ein unglaublich intensiver Traum. Als sie aufgewacht war und Robert neben sich gesehen hatte, war sie einen Augenblick lang vollkommen glücklich gewesen. Sie hatte eine Weile gebraucht, bis sie auseinanderdividiert hatte, was Traum war und was Wirklichkeit. Noch bis in den Vormittag hinein hatte sie das Gefühl wachrufen können, dass schon alles gut werden würde. Was ihr im Moment ziemlich schwerfiel.

Robert trank seinen Kaffee aus, stellte seine Tasse ab, nahm ihr ihre aus der Hand und umarmte sie. Während sie ganz still standen, atmete Fritzi ein und atmete aus und versuchte, seine Gegenwart zu genießen, solange er noch da war. Als er sie nach einer Weile wieder losließ, sagte er: «Ich will dir einfach nichts versprechen, was ich am Ende vielleicht nicht halten kann.» Er küsste sie, strich ihr über die Wange und wandte sich zum Gehen.

Was sollte das denn schon wieder heißen? Das war ja sehr ehrenvoll, aber hieß es nicht auch, dass er sich nicht sicher war, was er wollte? Sie fühlte sich wie ein vertröstetes Kind.

Robert kam mit seinen vornehmen schwarzen Schuhen in der Hand zurück, setzte sich auf einen Stuhl und zog sie an. «Wir werden ja sehen, wie sich die Sache entwickelt», sagte er und band die Schuhe zu. «Gib mir einfach noch ein bisschen Zeit, ja?»

Fritzi sagte nichts dazu, ihrer Meinung nach war bereits genug Zeit verstrichen, und es war ihr auch nicht klar, worauf er jetzt noch wartete. Als Robert wenig später aus der Tür war, holte sie das Paket aus Annas Zimmer. Sie legte es auf den Küchentisch und öffnete es. Als sie den Karton aufklappte, sahen sie ein Paar hochhackige graue Wildlederstiefel an und eine Handtasche aus dem gleichen Leder. Darunter lag ein dunkelblaues, langärmliges, figurbetontes Kleid, das ungefähr das zehnte dunkelblaue, langärmlige, figurbetonte Kleid in ihrem Schrank sein würde. Unschlüssig sah sie auf die Sachen, als das Telefon klingelte. Sie ging in den Flur.

Eine Frauenstimme meldete sich und teilte ihr mit, dass in dem Gospelchor, bei dem sie sich auf die Warteliste hatte setzen lassen, ein Platz frei geworden war. Fritzi notierte sich Zeit und Ort und bedankte sich. Nachdem sie aufgelegt hatte, sah sie in den Spiegel neben der Garderobe und schnitt sich selbst eine Grimasse. Warum genau hatte sie es noch mal für eine gute Idee gehalten, mit lauter anderen weißen Frauen afroamerikanische Kirchenlieder singen zu wollen? Bestimmt waren die alle viel älter als sie, trugen bunte, wallende Gewänder und machten einen auf total enthusiastisch. Absurd. Am besten, sie sagte direkt wieder ab.

Sanne

Sanne öffnete die obere Tür des kleinen Badezimmerschranks. Sofie und sie hatten sich im Bad bisher nur behelfsmäßig eingerichtet, weil Sanne sich gescheut hatte, Isas Sachen wegzuräumen. Aber jetzt hatte sie sich ein Herz gefasst und war dabei, von der Zahnbürste bis zur Sonnencreme alles in den Müll zu schmeißen. Sie brauchten den Platz, und lebendig wurde Isa davon, dass ihre Sachen hier noch herumstanden, auch nicht wieder. Nachher würde Mona vorbeikommen, dann wollte sie fertig sein.

Sanne legte ein Päckchen Pflaster zur Seite und sah auf das Haltbarkeitsdatum einer Packung mit Dragees. Gerade abgelaufen. *Johanniskraut*, las sie, *Stärkt die Nerven und aktiviert die Lebensfreude*. Das hätte sie mal eher finden sollen. In den letzten Wochen hätte sie das gut gebrauchen können.

Nachdem sie rund um Weihnachten so entschlossen gewesen war, so sicher, dass Abstand genau das Richtige war und dass sie Robert nicht sehen wollte, war sie genau am Silvesterabend, den sie bei Mona in Hamburg verbracht hatte, in ein tiefes, dunkles Loch gefallen. Sie hatten sich entschieden, Silvester zu zweit zu Hause zu bleiben, mit viel leckerem Essen und diversen DVDs. Nicht mal Mona war nach Feiern und Ausgehen zumute gewesen, und Peter war mit seiner Frau irgendwo eingeladen gewesen. Sie hatten *Tatsächlich … Liebe* gesehen, und schon bei der Hochzeitsszene fing Sanne an zu heulen, und dann hatte sie ungefähr für die nächsten zwei Stunden nicht mehr aufgehört, nicht mal um Mitternacht. Mona hatte ihr Bestes getan, sie aufzuheitern, was ihr bestimmt nicht leicht gefallen war – schließlich sah auch ihre Zukunft plötzlich ganz anders aus, als sie noch bis vor wenigen Wochen gedacht hatte –, aber gebracht hatte das nichts.

Nachdem die Schule wieder angefangen hatte und Sanne vormittags in Isas Haus einsam und allein war, einsamer, als sie sich je gefühlt hatte, begriff sie langsam, welche Konsequenzen eine Trennung von Robert für sie haben würde. Sie würde allein aufwachen, allein den Tag verbringen – womit auch immer, wenn niemand da war, dessen Wäsche sie waschen, für den sie einkaufen und kochen konnte. Sie würde allein essen und allein ins Bett gehen. Ihre Kinder würden zu den Scheidungskindern gehören, statt zu den wenigen glücklichen, deren Eltern auch am Ende der Schulzeit noch zusammen waren. Robert und sie würden bei den Hochzeiten ihrer Kinder keine gemeinsamen Sketche aufführen, sie würden nicht zusammen alt werden und sich nicht gemeinsam an ihren Enkeln freuen – sie würden sich überhaupt nie wieder gemeinsam an etwas freuen. Sie würden keine Silberhochzeit feiern. Ihr war klargeworden, dass sie nicht nur Robert zu verlieren drohte, sondern ihr gesamtes Leben als Familie.

Und die Ersatzfamilie, auf die sie hätte zurückfallen können, ihre ehemaligen Mitbewohnerinnen, gab es auch nicht mehr. Mona hatte gesagt, dass sie sich bei Fritzi nicht mehr gemeldet hatte, und die sich auch nicht bei ihr. Und Sanne sprach sowieso nicht mehr mit Fritzi. Dieser unfassbare Vertrauensbruch hatte alles in die Luft gesprengt. Von ihrer Freundschaft waren nur noch Trümmer übrig.

Und auch sie selbst war ein Wrack. In den letzten Wochen hatte sie oft Mühe gehabt, sich wenigstens aufzuraffen und anzuziehen, wenn Sofie aus der Schule kam. Wenn überhaupt, dann hatte sie zum Essen irgendwas auf den Tisch gebracht, das weit unter ihrem üblichen Standard war. Trotz aller Versuche, nicht allzu verquollen auszusehen und sich nicht zu sehr gehenzulassen, hatte Sofie natürlich gemerkt, wie es Sanne ging, und sie hatten viel geredet. Nur Fritzis Namen hatte sie nie laut ausgesprochen, sie hatte getan, als würde sie die Frau nicht kennen, mit der Robert eine Affäre hatte. Sofie, die ohnehin schon latent wütend auf ihren Vater war, dessen gutgemeinte Strenge sie immer als Tyrannei empfunden hatte, bezog klar für ihre Mutter Position. Aber sie war in letzter Zeit wieder so anhänglich, wie sie es als kleines Mädchen gewesen war. Und sie telefonierte häufig mit ihrem Bruder, der nach den Weihnachtsferien wieder nach England zurückgekehrt war. Sanne wusste nicht, was genau die beiden am Telefon besprachen, aber sie war froh, dass sie einander hatten. Auch sie vermisste Alex im Moment sehr. Wobei es wahrscheinlich gut war, dass wenigstens eines ihrer Kinder ihr Elend nicht hautnah mitbekam. Nach Weihnachten hatte sie ein langes Gespräch mit ihm geführt. Er hatte ganz anders reagiert als Sofie, viel nüchterner, irgendwie beinahe lebenserfahren, hatte gesagt, er wolle, dass sie glücklich sei, und wenn sie sich dafür von Robert trennen müsse ... Sie war ganz gerührt gewesen, aber auch verwirrt. Manchmal fragte sie sich, wie ihre Kinder Robert eigentlich sahen.

Unschlüssig blickte sie in den vollgestopften Badezimmerschrank. Wozu sollte sie das jetzt alles einzeln in die Hand nehmen? Am besten, sie warf einfach alles weg. Sie fegte mit der Hand alle Fläschchen, Röhrchen und Packungen in die Mülltüte, als ihr Handy klingelte. Es war Robert.

«Wie geht es dir?», fragte er, nachdem sie sich gemeldet hatte.

«Geht. Was gibt's?»

«Ich wollte fragen, ob du heute Abend mit mir essen gehst.»

«Nein, Robert, ich geh heute Abend nicht mit dir essen. Und morgen auch nicht.» Sie setzte sich auf den Korbstuhl neben der Badewanne.

«Aber warum denn nicht? Wir müssen doch mal in Ruhe reden.»

«Nein, müssen wir nicht. Reden hilft gerade nicht.»

«Was hilft denn?»

«Abstand.» Wieso wollte er das nicht verstehen?

«Sanne ... Was soll denn das bringen?»

«Dass ich mir darüber klarwerde, was ich will?»

«Aber das weiß man doch. Du kannst doch nicht wollen, dass unsere Ehe am Ende ist! Du willst doch, dass wir weiter eine Familie sind, oder nicht?» Nach einer kurzen Pause fügte er mit weicherer Stimme hinzu: «Und ich hatte letzte Woche auch den Eindruck, dass du *mich* willst.»

Sanne schwieg. Letzte Woche hatte er vormittags, als Sofie in der Schule war, unangekündigt vor der Tür gestanden. Er hatte sie in einer trostbedürftigen Stimmung erwischt – was keine Kunst war, denn in dieser Stimmung war sie wochenlang gewesen –, und sie hatte sich ihm buchstäblich an die Brust geworfen. Es hatte keine drei Minuten gedauert, bis sie sich auf dem Sofa gegenseitig die Kleider vom Leib rissen. Und: Ja, sie hatte es auch gewollt. Aber es war ein Fehler gewesen. Oder vielleicht kein Fehler ... aber auch kein Neuanfang, wie Robert zu hoffen schien. Für Sanne hatte es sich eher wie ein Abschied angefühlt.

«Robert ...», sagte sie. «Das ändert aber nichts.»

«Nein?», fragte er traurig.

Sanne schwieg.

«Wenn es wegen Micha ist ...», sagte Robert schließlich.

«Es ist wegen dir, Robert. Wegen dir und Fritzi, falls du das immer noch nicht verstanden hast.»

«Du willst doch nicht wirklich alles aufgeben, was wir uns aufgebaut haben. Jetzt, wo bei mir endlich alles so gut läuft. Die Kinder sind groß, wir können ausgehen, reisen, wir könnten es jetzt wieder so gut haben miteinander.»

In Sanne rührte sich rein gar nichts bei dieser Aufzählung.

«Übrigens haben die Rotarier angefragt, ob ich bei ihnen Mitglied werden möchte.» Er klang stolz.

Sanne schüttelte ungläubig den Kopf und schnaubte genervt in den Hörer. Wer war dieser Mann? Glaubte er wirklich, sie *damit* ködern zu können? Wie schlecht kannte er sie eigentlich?

«Kommst du denn ohne mich zurecht?», fragte Robert. «Ich meine, wie stellst du dir das in Zukunft vor, du hast ja nicht mal einen Beruf.»

«Robert, es reicht. Ich lege jetzt auf. Dieses Gespräch ist sinnlos.» Bevor er noch ein Wort sagen konnte, drückte sie das Gespräch weg.

Ja, sie hatte keinen Beruf, das wusste sie selbst, und das machte ihr Angst, große Angst sogar. Mona hatte ihr zwar etwas Geld geliehen, damit sie Robert darum in dieser Situation nicht bitten musste, das würde jedoch nicht ewig reichen. Und das Finanzielle war sicher kein Grund, eine Ehe fortzuführen, die eigentlich schon keine mehr war.

Sie zog die Mülltüte zu sich heran, um sie zu verknoten, und ihr Blick fiel auf eine Tablettenschachtel, die ganz oben lag. *Dialopram*, las sie, *Zur Behandlung depressiver Erkrankungen*. Sie griff nach der Packung, öffnete sie und nahm den Beipackzettel heraus. Nachdem sie ihn auseinandergefaltet hatte, überflog sie den Absatz, in dem stand, in welchen Fällen die Tabletten nicht eingenommen werden durften, und las dann weiter.

> Besondere Vorsicht bei der Einnahme von Dialopram 20 mg Filmtabletten ist erforderlich:
>
> Suizidgedanken und Verschlechterung Ihrer Depression
> Wenn Sie depressiv sind, können Sie manchmal Gedanken daran haben, sich selbst zu verletzen oder Suizid zu begehen. Suchen Sie unverzüglich einen Arzt oder ein Krankenhaus auf, wenn Sie zu irgendeinem Zeitpunkt Gedanken daran entwickeln, sich selbst zu verletzen oder sich das Leben zu nehmen.

Sanne starrte auf den Zettel. Hatte Isa denn Depressionen gehabt? Womöglich Selbstmordgedanken? Isa, die immer voller Pläne gewesen war und so kreativ und gesellig wie kaum jemand, den sie kannte?

Ihr schoss Isas Eintrag in das WG-Notizheft durch den Kopf, in dem sie neulich noch einmal geblättert hatte: *Wo seid ihr denn alle? Falls ihr mich sucht, ich hab mich im Kanal ertränkt.* Das war natürlich nicht ernst gemeint gewesen, ein Witz, wie sie sie damals gemacht hatten, das hieß gar nichts, es war ja auch viel zu lange her. Aber wenn nun die Trennung von Dirk sie in eine Depression gestürzt hatte? Funktionierte das so? Vielleicht hatte Isa das Alleinsein einfach nicht ertragen. Sanne fühlte sich schrecklich bei dem Gedanken daran, wie wenig sie in Isas letzten Lebensmonaten über ihre Freundin gewusst hatte. Warum hatte sich Isa ihr nicht anvertraut? Natürlich hatte Sanne alles Mögliche um die Ohren gehabt, mit dem Umbau und dem Umzug. Erst im Nachhinein war ihr aufgefallen, dass Isa sich gar nicht mehr gemeldet hatte in den Wochen und Monaten vor ihrem Autounfall. Sanne schoss ein Gedanke durch den Kopf. Und wenn ... es vielleicht gar kein Unfall gewesen war? Möglicherweise war Isa absichtlich viel zu schnell in die Kurve und gegen den Baum gefahren. Und hatte vorher ihr Testament gemacht.

Mona

Mona zog ihre Jacke aus und gab sie Sanne, die sie an die Garderobe hängte. Sie nahm ihre schwarze Hornbrille ab – die Kontaktlinsen waren ihr neuerdings unangenehm – und putzte sie mit Hilfe ihres Halstuchs.

«Du hast ja schon einen kleinen Bauch!», rief Sanne begeistert.

«Ja … ist nur die Frage, ob das an der Schwangerschaft liegt oder an denen hier.» Mona setzte die Brille wieder auf und holte eine große Packung Pralinen aus ihrer Tasche. «Offiziell mein Gastgeschenk, aber ich schaff sie sonst auch allein.»

«Nix da.» Sanne löste das rosa Band, nahm den Deckel ab und sah Mona überrascht an. «Da fehlen ja welche.»

«Ja … ähem. Sorry.»

Sanne lachte. «Und? Konnte man gestern beim Ultraschall sehen, was es wird?»

Mona schüttelte den Kopf. Sie fand den Gedanken, dass da ein Mensch in ihr heranwuchs, immer noch ein bisschen gewöhnungsbedürftig, um nicht zu sagen, unheimlich.

«Ach, ich habe es geliebt, schwanger zu sein», sagte Sanne. «Beide Male.»

«Ja?», fragte Mona zweifelnd. «Und warst du eigentlich auch immer so müde?»

«Nö, eigentlich nicht. Ich sag's ja ungern, aber ich war damals halb so alt wie du.»

Mona schnitt ihr eine Grimasse. «Wahrscheinlich kannst du dich nur nicht mehr daran erinnern. Altersbedingt.»

Sanne grinste. «Wollen wir uns raussetzen? Vielleicht geht das schon. Heute ist so ein schöner Tag. Ich koch uns einen Tee.»

Als sie wenig später in Jacken und Decken gehüllt auf der Terrasse saßen, lag tatsächlich schon der Vorfrühling in der Luft. Die Sonne strahlte von einem eisblauen Himmel herab, und der Garten sah viel gepflegter aus als beim letzten Mal. Offenbar hatte sich Sanne alle Mühe gegeben, nicht nur das Haus gemütlich und wohnlich zu gestalten, sondern auch den verwahrlosten Garten auf Vordermann zu bringen. Sanne wandte ihr Gesicht der Sonne zu und schloss die Augen, was Mona nutzte, um sich noch eine der Pralinen zu nehmen, die sie mit nach draußen gebracht hatte. Von Schokolade und Sex konnte sie im Moment einfach nicht genug bekommen. Es war wirklich an der Grenze zur Peinlichkeit.

«Wie geht es Peter?», fragte Sanne, das Gesicht immer noch der Sonne zugewandt.

«Gut. Er denkt schon über Vornamen nach.»

Sanne blies in ihren dampfenden Teebecher. «Der scheint die Situation ja angemessen ernst zu nehmen. Aber einen Heiratsantrag hat er dir noch nicht gemacht?»

Mona grinste vielsagend.

«Nee!», sagte Sanne.

«Doch.»

«Und das sagst du erst jetzt?»

«Das hätt ich dir schon gleich erzählt.»

«Wie denn?», fragte Sanne.

«Och, so ganz nebenbei. Beim Abendessen.» Schließlich kannte er sie gut genug, um zu wissen, dass sie bei zu viel Romantik die Krise bekam. Tausend rote Rosen, die aus einem Hubschrauber herabregneten, oder so was – das war nichts für sie. Viel zu pathetisch angesichts von etwas so Profanem wie der Ehe.

«Was hat er denn gesagt?»

«Na, was wird er wohl gesagt haben?»

«Und wie hast du reagiert?»

«Ich hab ihn darauf hingewiesen, dass er bereits verheiratet ist», sagte Mona. «Und dass ich keine Lust habe, die nächste Ehefrau zu sein, die er betrügt. Ich bin überhaupt keine Ehefrau.»

«*Das* hast du gesagt? Das war aber nicht, was er hören wollte.»

«Wer weiß. Vielleicht doch. So konnte er nämlich geheimnisvoll gucken und sagen: *Bald nicht mehr.*»

«Bald nicht mehr *was*?»

«Hab ich auch gefragt. Bald nicht mehr verheiratet. Es hat sich nämlich herausgestellt ...» Mona steckte sich eine Praline in den Mund. «... dass er seine Frau endgültig verlassen hat. Und die hat es wohl sogar ganz gut aufgenommen. Sie hat sich offenbar schon seit ein paar Wochen den Kopf darüber zerbrochen, wie sie ihm sagen soll, dass sie beruflich in die USA gehen will.»

«Nee!»

«Doch.»

«Was ist die von Beruf?»

«Chirurgin.»

«Echt? Und hätte das faktisch nicht sowieso das Ende ihrer Ehe bedeutet? Peter kann doch als Schauspieler nur im deutschsprachigen Bereich arbeiten.»

«Ja, eben. Manchmal fügen sich die Dinge wie von allein.»

«Das Leben schreibt doch die besten Geschichten», sagte Sanne. Sie wollte sich noch eine Praline nehmen und hielt dann mitten in der Bewegung inne. «Aber der Hund ...»

Mona sah sie ungläubig an, und dann prusteten sie beide los.

Als sie sich wieder beruhigt hatten, sagte Sanne: «Und dann hast du den Heiratsantrag doch noch angenommen.»

«Nein. Natürlich nicht.»

«Wieso denn nicht?»

«Hab ich doch schon gesagt, ich bin keine Ehefrau. Der Mann regrediert in der Ehe.»

«Bitte was?»

«Er entwickelt sich zurück. Er sucht in der Frau die Mutter. Nein, danke.»

«Woher willst *du* das denn wissen?»

«Ich hab Augen im Kopf.» Und darauf, die Erfahrung selber zu machen, konnte sie wirklich verzichten.

«Wie hat Peter das aufgenommen?»

«Er hat gesagt, ich werde ihn trotzdem nicht los.» Mona musste lachen, als sie an seinen Gesichtsausdruck dabei dachte.

«Und wollt ihr zusammenziehen?»

«Er ist jetzt meistens bei mir, ich weiß allerdings noch nicht, ob mir das auf Dauer so gefällt. Aber fürs Erste ist es eigentlich ganz schön. Übrigens, apropos Wohnsituation – meine Schwester ist ja nun offiziell unsere Anwältin, und sie hat von Dirks Anwalt ein Schreiben bekommen, in dem er Anspruch auf das Haus erhebt.»

«Oh nein. Dirk ist doch echt das Letzte. Und jetzt?»

Mona nickte. «Mira sagt, seine Behauptung, die Scheidung wäre zum Zeitpunkt von Isas Tod noch nicht durch gewesen, muss rechtlich geprüft werden. Wenn er recht hat, dann ist er wegen des neu aufgetauchten Testaments zwar nicht Alleinerbe, wie er behauptet, aber er hat Anspruch auf einen Pflichtteil. Brigitte übrigens auch, aber die will ja gar nichts. Ich frage mich nur, warum er nicht eher versucht hat, an das Haus zu kommen. Gleich nach dem Unfall.»

«Ich schätze, das hat er. Brigitte und er haben sich doch so gestritten, wahrscheinlich ging es dabei genau darum.»

«Ja, aber wieso hat er es nicht mit juristischen Mitteln versucht?»

«Wir können Brigitte ja mal darauf ansprechen. Ich weiß

nur, dass er nach Isas Tod für mehrere Monate ins Ausland gegangen ist. Das Ganze muss ihn sehr mitgenommen haben, er hat ja kein Herz aus Stein.»

«Na ja, da bin ich mir nicht so sicher.» Mona nahm noch eine Praline. «Also, wenn ihm ein Pflichtteil zugesprochen wird, müssen wir uns jedenfalls irgendwie mit ihm einigen. Und da stellt sich die Frage: Worum geht es ihm eigentlich? Um das Haus? Oder braucht er Geld?»

«Ich schätze, es geht ihm darum, Ärger zu machen», sagte Sanne. «Oh, guck mal.» Sie stand auf und ging über die Terrasse. «Hier kommen schon die ersten Krokusse! Ich hab mir überlegt, dass ich aus dem Rasen vielleicht eine Blumenwiese mache, mit lauter bunten Wildblumen. Wie findest du das?»

Mona nickte abwesend. Sie konnte nicht ganz nachvollziehen, dass Sanne wegen solch alltäglicher Dinge wie Blumen oder schönem Wetter immer wieder derart in Begeisterung ausbrach.

«Auszahlen können wir Dirk nicht», sagte Sanne und setzte sich wieder. «Wir kriegen ja nicht mal die Erbschaftssteuer zusammen.»

«Wie gesagt, man könnte eine Hypothek aufnehmen. Das Hauptproblem ist jetzt erst mal Dirk. Und das nächste Problem ist, dass wir vier uns irgendwie einigen müssten, was wir mit dem Haus machen. Wir sind ja nun im Moment sehr weit davon entfernt, irgendwann eine Alten-WG gründen zu wollen. Mit Fritzi redet offenbar überhaupt niemand, und Kirsten hat sowieso kein großes Interesse an der Sache.»

Sanne seufzte. «Vielleicht war es von Anfang an eine Schnapsidee, wieder eine WG zu gründen. Schade, eigentlich.»

«Was würdest du denn machen, wenn wir das Haus nicht bekommen?»

«Zu Robert zurückgehen?»

«Wirklich? Überlegst du das?»

«Nein … ja, ich … ich kann mir im Moment nicht vorstellen, wieder mit ihm zusammenzuleben, aber ich bin auch immer noch durcheinander. Ich brauche noch Zeit. Ich sehe nur überhaupt nicht, wie ich beruflich auf die Beine kommen soll. Und ohne eigenes Geld geht ja gar nichts.»

«Robert hat dich aufs übelste hintergangen, was ihm auch klar sein dürfte. Und er verdient gut, Sanne, er muss dich unterstützen. Schließlich hast du ihm zuliebe dein Studium nicht wieder aufgenommen.» Sanne nickte, wirkte aber alles andere als überzeugt. «Das ist mal das eine», fuhr Mona fort, «aber was das Berufliche angeht – ist das nicht eigentlich sowieso ein Thema? Unabhängig davon, was mit Robert wird?»

«Wie, das Berufliche? Ich hab keinen Beruf.»

Mona atmete einmal durch. Manchmal hatte sie den Eindruck, Sanne *wollte* so abhängig und unselbständig sein. «Sannchen. Du kannst aber was. Und daraus kann man einen Beruf machen. Und jetzt frag nicht: *Was kann ich denn?* Dann hau ich dich.» Sie sah sie drohend an.

Sanne lachte halbherzig. «Also gut. Ähm … also, ich kann kochen.»

Mona nickte. «Weiter. Und sag nicht …»

«Ich weiß, ich weiß. Ich kann … na ja, ich versuche mich im Schreiben. Und ich vermisse kleine Kinder in meinem Leben. Vielleicht könnte ich was mit Kindern machen.»

Mona nickte ermutigend. «Na, wunderbar. Das ist doch ein Anfang. Das sind alles Dinge, über die du mal genauer nachdenken könntest.» Sie trank ihre Tasse aus, dann lehnte sie sich zurück und zog die Decke wieder um sich. «Hast du diesen Menschen mit dem Agenten mal angerufen, von dem Kirsten erzählt hat?»

Sanne schüttelte den Kopf.

«Mach das doch mal.»

«Mach ich, Coach.»

Mona lächelte. Dann sagte sie leise: «Oh.»

«Was denn?»

Sie legte sich die Hand auf den Bauch. «Ich glaub, ich hab gerade was gespürt.»

«Hat es sich bewegt?»

«Kann das sein?»

«Ja, in der Mitte der Schwangerschaft … klar.»

Mona horchte in sich hinein. Sie wollte es am liebsten gleich noch einmal spüren, dieses leichte Flirren. Wie Schmetterlingsflügel.

Sanne

Sanne hatte, sobald Mona abgefahren war, ihr Laptop aufgeklappt und sich damit auf das große Sofa unter dem Blütenzweige-im-Sturm-Gemälde gesetzt. Monas kleines Coaching hatte ihr Mut gemacht, und es gab ein, zwei Dinge, denen sie direkt nachgehen wollte.

Etwa eine Stunde später hörte sie Sofie durch die Haustür kommen, die nachmittags mit dem Bus nach Birksee gefahren war, um noch ein paar Klamotten zu holen. Sanne hatte inzwischen in Erfahrung gebracht, dass die Ausbildung zur

Erzieherin drei Jahre dauerte, dass in dieser Zeit drei längere Praktika zu leisten waren und dass anschließend auch die Möglichkeit bestand, Grundschulkinder nach Ende des Unterrichts zu betreuen – eine Idee, die ihr besonders gut gefiel. Aber drei Jahre mit Azubi-Gehalt, das würde nicht einfach werden. Außerdem hatte sie «Literaturagentur» gegoogelt, dann allerdings vor der Vielzahl der Ergebnisse kapituliert, weil es ihr unmöglich schien, seriöse Agenturen von fadenscheinigen Angeboten zu unterscheiden.

«Hi», sagte Sofie, ein Joghurt in der Hand, und knipste die Stehlampe neben dem Sofa an. «Warum sitzt du denn im Dunkeln?»

«Ich hab gar nicht gemerkt, dass es dunkel geworden ist. Hast du die Jacke gefunden, die dir gefehlt hat?»

Sofie nickte, setzte sich auf den pinkfarbenen Teppich und begann, das Joghurt zu essen.

«Mama?»

«Hm?»

«Glaubst du eigentlich, dass Papa immer noch mit dieser anderen Frau zusammen ist?»

Sanne seufzte. Es fiel ihr so schwer, mit Sofie über dieses Thema zu sprechen. «Das ...» *Das glaube ich nicht*, wollte sie sagen, ließ es dann aber bleiben. Sie hatte absurderweise immer noch den Impuls, Robert vor Sofie zu verteidigen. Sie sah ihren Vater sowieso schon so kritisch, und Sanne hatte sich in den letzten Jahren immer gewünscht, die beiden hätten ein besseres Verhältnis zueinander. Aber die Wahrheit war: Sie wusste nicht, ob Robert noch Kontakt zu Fritzi hatte. Im Grunde traute sie ihm inzwischen alles zu.

«Ich weiß es nicht», sagte sie. «Warum fragst du?»

«Nur so.»

Sanne sah sie forschend an.

Sofie saß im Schneidersitz auf dem Teppich und kratzte mit dem Löffel die letzten Joghurtreste zusammen. «Es kann ja auch sein, dass ihr jetzt eine längere Auszeit nehmt und später dann wieder zusammenkommt.»

Sanne stand vom Sofa auf, setzte sich neben Sofie und nahm sie in den Arm. «Das kann sein, Mäuschen. Aber versprechen kann ich es dir leider nicht.»

Sofie ließ sich kurz drücken, rückte dann aber ein Stück ab. «Bei deinem Reitlehrer ist es ja auch so gekommen.»

«Was?», fragte Sanne erschrocken. Sie hatte Sofie nie von Micha erzählt. Natürlich nicht. Er war für sie nur Sannes Reitlehrer. Mehr war er ja auch gar nicht. Und nicht mal das war er mehr.

«Der ist wieder mit der Mutter seiner Tochter zusammen. So eine verrückte Rothaarige. Die ist jetzt zu ihm gezogen.»

Es war, als hätte sie einen elektrischen Schlag bekommen. Sanne räusperte sich. «Wirklich», sagte sie.

Sofie nickte. «Als ich an der Bushaltestelle saß, kamen die beiden vorbei, und Micha ist kurz stehen geblieben und hat gefragt, wie's geht. So: *Lange nicht gesehen*, und so.»

«Ah. Zusammen mit der Rothaarigen, ja?»

Sofie nickte. «Hand in Hand. Ich hab ihm gesagt, dass wir jetzt erst mal wieder in Kiel leben. Das war doch okay, oder?»

«Ja, natürlich», sagte Sanne matt.

«Sonst hab ich nichts erzählt, den Rest kann er sich ja denken. Er sieht ja, dass Papa noch da wohnt. Weil sein Auto vorm Haus steht und so.»

Sanne stand auf und ging aus dem Zimmer. Das Hoffest war erst zwei Monate her. Der Abend, an dem sie Micha *nicht* geküsst hatte. Weil sie ihre Ehe retten wollte. Die dann am nächsten Tag in ihre Bestandteile zerfallen war. In ihre *drei* Bestandteile.

Und ausgerechnet jetzt, wo sie getrennt war, hatte Micha sich wieder mit seiner Ex versöhnt. Was für ein Timing.

Nicht, dass sie drauf und dran gewesen wäre, Micha in die Arme zu sinken, dafür war sie viel zu sehr mit sich selbst beschäftigt und damit, zu begreifen, was ihr und Robert passiert war, wo ihre Liebe hin war. Aber sie hatte in den letzten Wochen immer wieder an Micha denken müssen. An dem Abend im Kuhstall hatte er unmissverständlich klargemacht, dass der Kuss damals auf dem Schlossfest kein Versehen gewesen war, dass er das wiederholen wollte und noch viel mehr, dass es ihm ernst war. Und jetzt war er mit einer anderen zusammen? Da hatte er ja wirklich keine Zeit verschwendet. Sollte einer die Männer verstehen. Andererseits ... sie hatte ihm schließlich einen Korb gegeben.

«Alles okay, Mama?», rief Sofie aus dem Wohnzimmer, und Sanne merkte, dass sie vor dem offenen Kühlschrank stand und hineinstarrte, ohne etwas wahrzunehmen. Sie schloss die Kühlschranktür und sammelte sich kurz, dann ging sie wieder zu Sofie ins Wohnzimmer.

Nachdem sie gegessen hatten und Sofie nach oben gegangen war, nahm Sanne ihr Telefon, eine Tafel Schokolade und ein Glas Rotwein mit ins Wohnzimmer, zündete ein paar Teelichter an und setzte sich wieder aufs Sofa vor ihr Laptop. Sie nahm die Notizen zur Hand, die sie sich vorhin gemacht hatte, und las sie sich noch einmal durch. Wie gut, dass Mona sie ein bisschen angestupst hatte. Sanne wollte auch den anderen Ideen noch nachgehen. Sie hatte sich fest vorgenommen, Robert wegen dieses Kollegen zu fragen, dessen Frau irgendwas mit Catering vorhatte und noch Hilfe suchte. Nur wollte sie im Moment nicht mit Robert sprechen. Aber Kirsten könnte sie mal anrufen und sie bitten, ihr die Nummer von ihrem Kollegen zu geben, der schon ein Buch veröffentlicht hatte.

Sie hatte in letzter Zeit öfter mal mit Kirsten telefoniert. Deren Nervenzusammenbruch hatte nicht nur ihr und Bernd einen Schreck eingejagt, sondern auch Kirsten selbst. Sie hatte versprochen, in Zukunft darauf zu achten, dass sie sich nicht zu viel zumutete, und sich Ruhepausen zu gönnen. Sanne fürchtete allerdings, dass sich nicht allzu viel ändern würde. Sie kannte Kirsten einfach schon zu lange und wusste, wie sie tickte. Sie griff nach dem Telefon, und Kirsten meldete sich sofort, da sie am Schreibtisch saß und Klassenarbeiten korrigierte. Als Sanne nach dem Kollegen mit dem Literaturagenten fragte, war Kirsten Feuer und Flamme.

«Ja! Ich hab die Nummer gleich hier. Kai Brockmann heißt er, Gemeinschafts- und Erdkundelehrer, der hat so ein lustiges Sachbuch über die Sprache und das Verhalten auf dem Schulhof geschrieben und das Ganze mit dem Tierreich verglichen, vielleicht hast du mal davon gehört. Scheint sich ziemlich gut zu verkaufen. Hier, ich sag dir die Nummer.»

Sanne notierte sie sich. «Und du meinst, den kann ich einfach anrufen?»

«Ja, ja, der ist total nett. Hast du denn weitergeschrieben?»

«Noch nicht. Geht im Moment irgendwie nicht. Ist der Artikel eigentlich angekommen?» Sanne war in einer Zeitschrift auf einen Bericht darüber gestoßen, dass Yoga und Meditation dabei helfen konnten, nach einem Zusammenbruch oder bei chronischer Erschöpfung Kraft und Energie wiederzufinden. Es waren verschiedene Yoga-Schulen vorgestellt worden, und Sanne hatte Kirsten den Artikel rausgerissen und ihn ihr geschickt.

«Ja, der ist angekommen. Ich hab auch reingeguckt, nur … Ich weiß, du meinst es gut, Sanne, aber das ist nichts für mich, wirklich.»

«Aber es täte dir bestimmt gut», sagte Sanne, die vor ihrem Umzug nach Birksee regelmäßig zum Yoga gegangen war und es geliebt hatte. «Das kann gar nicht anders sein!»

«Ehrlich gesagt, halte ich das für ziemlichen Modequatsch. Aber ich hätte auch sowieso gar keine Zeit dafür.»

«Jeder sollte täglich zwanzig Minuten meditieren», zitierte Sanne einen Spruch, den sie mal irgendwo gelesen hatte, «es sei denn, man ist zu beschäftigt. Dann sollte man täglich zwei Stunden meditieren.»

«Sehr witzig.»

«Im Ernst, Kirsten. Das ist kein Modequatsch, Yoga gibt es doch seit Jahrhunderten, wenn nicht Jahrtausenden.»

«Gib es auf, Sanne, ich würde mich da bestimmt nicht wohl fühlen, wenn ich mir schon vorstelle, was da wahrscheinlich für Leute sind …»

«Ich kann ja mitkommen», sagte Sanne. «Wenn man zu zweit ist, ist es fast egal, wie die anderen sind.»

«Ich weiß nicht. Übrigens habe ich bereits eine Entscheidung getroffen, über die du dich freuen wirst. Ich hab die Vertretung des Direktors abgegeben.»

«Wirklich? Ist ja toll! Zu wann?»

«Ganz kurzfristig, zum Halbjahreswechsel, also praktisch jetzt. Bernd hat so lange auf mich eingeredet, bis er mich so weit hatte.»

Sanne war richtiggehend erleichtert. Das war ein großer Schritt für Kirsten, und es war ihr sicher nicht leichtgefallen, die Aufgabe abzugeben. Das dürfte die Arbeit, die sie zu tun hatte, auf ein Normalmaß zurückschrauben. Sie fragte sich, wie es Bernd gelungen war, Kirsten dazu zu bringen.

Nachdem sie sich verabschiedet hatten, wählte Sanne aus Sorge, den Mut wieder zu verlieren, direkt die Nummer von Kai Brockmann. Als der Anrufbeantworter ansprang, zögerte sie kurz, überwand dann aber ihre Scheu und hinterließ eine Nachricht.

Sie trank einen Schluck Rotwein und musste an das Gespräch mit Sofie denken, an ihre Frage, ob Robert und Sanne vielleicht später wieder zusammenkämen. Und daran, was sie von Micha erzählt hatte. Was wohl passiert wäre, wenn Sanne an dem Abend des Hoffestes anders reagiert hätte? Wenn sie dem Wunsch, ihn zu küssen, nachgegeben hätte, statt das Ganze abzubrechen, weil sie ihre Ehe retten wollte. Wenn sie das mit Fritzi nur einen einzigen Tag vorher erfahren und damals schon gewusst hätte, dass ihre Ehe es nicht wert war, gerettet zu werden! Micha und sie hätten ein Paar werden können.

Aber dafür war es nun zu spät. Jetzt war er wieder mit der Mutter seiner Tochter zusammen. Und sie war allein. So allein wie Isa, die am Ende offenbar niemanden mehr gehabt hatte, der ihr nah gewesen wäre. Nicht zuletzt, weil Sanne nicht gemerkt hatte, was mit ihr los war. Sie schüttelte den Kopf, um die düsteren Gedanken wieder loszuwerden. Sie atmete tief durch, aß ein Stück Schokolade und trank einen Schluck Wein.

Sie hatte ihren beunruhigenden Fund, das Medikament, das sie in Isas Badezimmerschrank entdeckt hatte, bisher für sich behalten. Mona oder Kirsten wirkten zur Zeit beide so viel gelöster und glücklicher als noch vor ein paar Wochen, das wollte sie nicht gleich wieder zunichtemachen. Außerdem wollte sie der Sache erst weiter nachgehen. Sie klappte ihr Laptop auf, googelte «Dialopram» und klickte einen Lexikoneintrag an. Dort stand, dass es sich um einen hochdosierten, rezeptpflichtigen Stimmungsaufheller handelte, der gegen Depressionen und Angstzustände verschrieben wurde. Sanne überflog den Artikel und las dort weiter, wo es um die Nebenwirkungen ging.

Als seltene Nebenwirkung kann das sogenannte Serotonin-Syndrom auftreten. Hohes Fieber, Verwirrung, Zittern und kurze, ruckartige Zuckungen einzelner Muskeln können Anzeichen dieses Syndroms sein. Falls ein Patient solche Symptome beobachtet, muss er unverzüglich seinen Arzt informieren. Das Serotonin-Syndrom kann im Extremfall zu Herzrhythmusstörungen und zum plötzlichen Herztod führen. Eine Wechselwirkung mit anderen Medikamenten kann dieses Risiko deutlich erhöhen.

Sanne sah in die flackernde Flamme eines Teelichts. Vielleicht war es auch kein mit Absicht herbeigeführter Unfall gewesen, kein Selbstmord. Vielleicht war plötzlich dieses Syndrom aufgetreten, und Isa hatte unter Medikamenteneinfluss die Kontrolle über den Wagen verloren. Wenn da nicht die Tatsache wäre, dass Isa zuvor ihr Testament gemacht hatte ... Sanne sah noch einmal auf den Beipackzettel, und ihr Blick fiel auf den Satz:

Die gleichzeitige Gabe von Dialopram und Johanniskrautpräparaten ist zu vermeiden.

Ein Johanniskrautpräparat hatte sie doch auch im Schrank gesehen. Eigentlich hatte sie Johanniskraut für ziemlich harmlos gehalten, offenbar konnte es in Kombination mit diesem Medikament jedoch gefährlich sein. Aber ob Isa die Medikamente gleichzeitig genommen hatte, würde sie nicht mehr herausfinden können. Sanne las noch einmal weiter oben nach:

> Bei Depressionen tritt die stimmungsaufhellende Wirkung nach etwa zwei Wochen ein, jedoch entfaltet sich die volle Wirksamkeit oft erst nach zwei bis vier Wochen andauernder Behandlung.

Wie lange Isa das Dialopram schon genommen hatte, ließ sich ja vielleicht herausfinden. Sanne klappte ihr Laptop zu und ging nach oben.

Die Schachtel lag noch auf dem Waschtisch im Bad. Sie nahm die zwei Blisterfolien mit den kleinen rosa Tabletten heraus. Es fehlten genau dreizehn. Sie rechnete nach. Wenn Isa, wie es in der Packungsbeilage stand, zwei am Tag genommen hatte, dann hatte sie das Medikament seit einer knappen Woche eingenommen. Da hatte die Wirkung höchstwahrscheinlich also noch nicht eingesetzt …

Sanne sank in den Korbstuhl und verbarg das Gesicht in den Händen. Warum hatte Isa nur nichts gesagt? Wie hatte es sein können, dass Sanne als eine ihrer engsten Freundinnen – oder sogar die engste, nur war ihr das nicht richtig klar gewesen – nicht gewusst hatte, wie es Isa ging? Vielleicht hatte Sanne zu sehr in ihrer eigenen Welt gelebt. Sie hätte sich viel öfter bei Isa melden sollen, sie hätte doch was merken müssen, schließlich kannte sie sie schon so lange. Hoffentlich, hoffentlich war es ein Unfall, hoffentlich war Isa nicht so verzweifelt gewesen, dass sie sich das Leben nehmen wollte … Aber einsam und depressiv war sie in jedem Fall gewesen. Darauf deutete alles hin.

Sofie kam ins Bad, Sannes Handy am Ohr. «Ja, ich geb sie Ihnen.» Sie hielt Sanne das Telefon hin und flüsterte: «Herr Brockmann oder so?»

Sanne nickte und griff nach dem Apparat und meldete sich.

«Kai Brockmann hier», meldete sich eine sympathisch klingende Männerstimme. «Sie hatten mir auf den Anrufbeantworter gesprochen.»

«Genau», sagte Sanne, «tut mir leid, dass ich so spät noch …»

«Gar kein Problem. Ich hab schon mit Kirsten geredet, weiß also grob, worum es geht.»

«Ah, gut.» Das erleichterte Sanne, denn sie hatte sich noch gar nicht überlegt, was genau sie ihn fragen sollte.

«Sie möchten vor allem wissen, wie man sein Manuskript an den Verlag bringt, nicht?»

«Ja … so weit bin ich zwar noch gar nicht, aber …»

«Also zunächst mal würd ich heute ohne Agent gar nichts mehr machen.»

«Aha. Warum?»

Kai Brockmann erzählte ihr von tonnenweise unverlangt eingesandten Manuskripten, die in den Verlagen eingingen, was nicht besonders ermutigend klang, und ging dann zu Themen wie Vorschusszahlung und Honorarstaffel über. Sanne betrachtete Sofie, die sich mit Hingabe die Haare bürstete. Eigentlich war das, was Kirstens Kollege ihr da erzählte, meilenweit von dem entfernt, was ihr im Moment half oder sie interessierte. Sie versuchte zaghaft, ihn zu unterbrechen, was er jedoch gar nicht mitzubekommen schien. Sofie fing an, sich die Zähne zu putzen, und Sanne stand auf und ging aus dem Zimmer, während der offenbar ziemlich erfolgreiche Autor darüber redete, dass ohne Marketingmaßnahmen heutzutage überhaupt nichts mehr lief. Als Sanne wieder auf dem Sofa angekommen war und einen Schluck Rotwein getrunken hatte, versuchte sie noch einmal, ihre Frage loszuwerden.

«Äh, wenn ich Sie mal kurz ... also, mir ginge es vor al–»

«Entscheidend ist natürlich, dass die Art des Marketings der Zielgruppe entsprechend ausgewählt wird. Wenn zum Beispiel, wie bei meinem Buch –»

Sanne beschloss, etwas bestimmter aufzutreten. «Wenn ich Sie da mal unterbrechen dürfte», sagte sie lauter. Er hielt inne. «Sie haben sich also mit Ihrem Manuskript, als es fertig war, als Erstes an eine Agentur gewandt, ja? Nicht an einen Verlag?»

Nach einer kurzen Pause sagte Kirstens Kollege: «Ja. Aber nicht erst, als es fertig war. Ich hatte ungefähr die Hälfte geschrieben.»

«Ah. Und darf ich fragen, wie Sie Ihre Agentur gefunden haben? Ich wüsste gar nicht, an wen ich mich wenden soll. Was man im Internet findet, ist ja nicht immer seriös.»

Sanne schrieb sich den Namen seines Agenten sowie einige andere Kai Brockmann zufolge renommierte Agenturen auf und schaffte es dann, das Gespräch zu beenden, indem sie sich wiederholt herzlich bedankte.

Als sie aufgelegt hatte, schloss sie kurz die Augen. Sein Fachchinesisch hatte sie komplett überfordert. Ihr war das alles zu viel. Ihr Roman war noch lange nicht so weit, dass sie sich getraut hätte, ihn jemandem vom Fach zu zeigen. Und es sah im Augenblick auch nicht danach aus, als würde sich das bald ändern, weil sie zum Schreiben weder Zeit noch

Energie hatte. Außerdem war ihr im Moment nicht danach, an einem lustigen Roman weiterzuschreiben. Denn ihr Leben war gerade nicht besonders lustig.

APRIL

Kirsten

Den Körper schwer werden lassen ... Spüren, wo der Körper Kontakt hat mit der Unterlage ... Die Augen schließen ... Und die Augen im Geiste noch einmal schließen ...»

Kirsten hörte auf die angenehm ruhige Stimme der Lehrerin, die sie nach ihrer nachmittäglichen Yoga-Stunde in die Tiefenentspannung führte. In den ersten zwei, drei Tagen der Woche hatte sie sich innerlich noch ziemlich gegen diesen Yoga-Meditations-Workshop gesträubt, zu dem Bernd und Sanne sie mit vereinten Kräften überredet hatten. Anfangs hatte das bei ihr auch alles überhaupt nicht funktioniert, dieses *Das Gewicht des Körpers der Erde überlassen, in sich hineinspüren, an gar nichts denken*. Leicht fiel es ihr immer noch nicht. Ständig drängten sich Gedanken an irgendeine Aufgabe, irgendein Problem dazwischen. Aber inzwischen ging es schon etwas besser, sie merkte jetzt eher, wenn ihre Gedanken dabei waren, abzuschweifen, und konnte sie wieder zurückholen. Die Techniken, die sie in den Meditationsstunden gelernt hatte, halfen dabei, zur Ruhe zu kommen. Und das war ein angenehmes Gefühl, das ihr tatsächlich Energie verlieh, genau wie Sanne es prophezeit hatte. Allerdings hatte Kirsten das ihr gegenüber bisher noch nicht so richtig zugegeben.

«Spürt, wie sich die Bauchdecke weich im Auf und Ab des Atems bewegt ...» Sie konzentrierte sich auf das Ein- und Ausatmen und versuchte, ihre Bauchdecke zu spüren. «Euer ganzer Körper ist in diesem Moment tief gelöst ... Ihr könnt euch auf euren Atemwellen ausruhen ... Wie auf einer Luftmatratze wogt ihr im Auf und Ab des Atemflusses ... Im Kommen und Gehen des Atems überlasst ihr euch dem Rhythmus eures Lebens ...»

Der warme Klang des Gongs holte Kirsten wieder zurück. Sie öffnete die Augen und brauchte eine Weile, um sich zu orientieren. Sie sah die weiß gestrichene Decke, ließ den Blick nach links wandern, über die Backsteinwände und bis zu Sanne, die neben ihr auf einer Matte lag, die Augen noch geschlossen. Kirsten war so tief versunken gewesen, dass es ihr nur langsam gelang, ins Hier und Jetzt zurückzukehren. Es waren Schulferien. Sie befanden sich in der Holsteinischen Schweiz, auf Gut Panker, in einem der renovierten ehemaligen Wirtschaftsgebäude, und dies war die letzte Stunde ihres einwöchigen Yoga-Workshops. Morgen würde Bernd sie abholen, und in der nächsten Woche fuhr sie mit dem Orchester in die Toskana.

Ihre Nachbarin zur Rechten setzte sich auf, aber Kirsten blieb noch einen Moment still liegen. Durch die offenen Fenster war Vogelgezwitscher zu hören, nichts als Vogelgezwitscher.

«Ihr könnt ruhig noch ein bisschen nachspüren», sagte die Lehrerin. «Gegen sechs gibt es auf der Terrasse der *Olen Liese* einen Abschluss-Smoothie, und ich würde mich freuen, wenn wir uns da noch sehen und voneinander verabschieden können.»

Als Sanne kurz darauf die Tür zu ihrem gemeinsamen Hotelzimmer aufschloss, fiel Kirsten schlagartig etwas ein, das sie endgültig zurück in die Realität beförderte. Sie stieß Sanne in die Seite. «Mensch! Das Urteil! Da hab ich gar nicht mehr dran gedacht.»

Heute entschied das Amtsgericht Kiel darüber, ob Isas Haus zu hundert Prozent an die Erbengemeinschaft von Bernsdorf/Brodersen/Rathgeb/Wagner ging oder ob Dirk ein gesetzlicher Pflichtteil zustand. Eigentlich hatten sie alle drei bei der Entscheidung dabei sein wollen – Mona, Sanne und sie, denn Fritzi war nach allem, was geschehen war, im Moment außen vor. Aber dann hatte sich herausgestellt, dass der Gerichtstermin mit der Yoga-Woche kollidierte, und Sanne und Kirsten hatten beschlossen, den Kurs bis zu Ende zu machen und Mona allein hingehen zu lassen.

«Stimmt», sagte Sanne. «Ich hab auch nicht mehr dran gedacht. Da kannst du mal sehen, wie gut wir hier abschalten.» Sie warf ihr Handtuch auf den kleinen roten Ohrensessel neben ihrem Bett und nahm ihr Handy vom Nachtisch. «Zwei Anrufe in Abwesenheit, von Mona. Sie hat auch eine Nachricht hinterlassen, warte ...» Sie hörte ihre Mailbox ab.

Kirsten blickte aus dem Fenster. Das Zimmer lag im zweiten Stock, und man konnte über die hellgrünen Salzwiesen bis zur tiefblauen Ostsee blicken. Sie sah wieder zu Sanne, deren Gesichtsausdruck sich gerade zusehends veränderte, von erwartungsvoll zu enttäuscht.

Sanne ließ das Handy sinken. «Mist.»

«Was?»

«Dirk steht tatsächlich ein Pflichtteil zu.»

«Och nee.»

Sanne setzte sich aufs Bett. «Damit hatte ich nicht gerechnet. Ich hab diese ganze Entscheidung irgendwie für eine Formalität gehalten. Die beiden waren schließlich getrennt.» Sie betrachtete geknickt ihr Handy. «Mona sagt, wir müssen jetzt schnell überlegen, wie wir auf das Urteil reagieren wollen. Sie macht auf dem Rückweg nach Hamburg einen Abstecher zu uns.»

«Sie kommt hierher?»

«Ja, sie ist schon unterwegs.»

«Das ist doch gut. Dann überlegen wir in Ruhe, was wir machen. Wir finden schon eine Lösung.»

Sanne nickte.

Kirsten wunderte sich über sich selbst. Sie hatte nicht gedacht, dass sie selbst auch enttäuscht sein würde. Aber für Sanne war es noch viel schlimmer, schließlich lebte sie in dem Haus, und nach allem, was sie ihr diese Woche erzählt hatte, hatte Kirsten nicht den Eindruck, dass sie vorhatte, noch mal zu Robert zurückzukehren.

Nachdem sie geduscht und sich umgezogen hatten, verließen sie ihr Hotelzimmer und gingen die Treppe hinunter. Draußen war die Luft noch lau und duftete nach Blüten. Das Aprilwetter hatte in diesem Jahr schon im März begonnen und wochenlang angehalten, aber jetzt war endlich Frühling. Die Bäume entlang der ruhigen Straße zwischen dem Gästehaus und dem Restaurant blühten, und rechts von ihnen erstreckte sich eine der großen Weiden, auf denen Pferde grasten.

Sie hatten sich gerade auf der Terrasse der *Olen Liese* niedergelassen und jede einen hellgrünen Smoothie in Empfang genommen, als Kirsten Monas Mazda an dem Restaurant vorbeifahren und ein kleines Stück weiter parken sah. In weißen Jeans und einem langen roten Oberteil, das den deutlich sichtbaren Bauch bedeckte, kam Mona auf sie zu. Kirsten zog sich das Herz zusammen. Mona musste jetzt im siebten Monat sein. Ihre Haare trug sie wieder etwas länger, die Lippen waren wie immer leuchtend rot, und sie strahlte. Kirsten lächelte. Aus Mona war offenbar doch noch eine glückliche Schwangere geworden, und sie stellte fest, dass sie sich darüber freuen konnte.

Mona

«Uuh, nee.» Mona stellte Sannes Glas zurück auf den Tisch. «Das sieht nicht nur aus wie püriertes Gras, das schmeckt auch so.» Sie winkte die Kellnerin heran. «Habt ihr auch Virgin Mary?» Die junge Kellnerin sah sie fragend an. «Bloody Mary ohne Wodka?», setzte Mona hinzu. Das Mädchen versprach nachzufragen.

«Jetzt erzähl doch mal», sagte Sanne. «Wie war es denn? Hast du mit Dirk gesprochen?»

«Nee, der war gar nicht da. Aber da war so ein Typ, der ihm ähnlich sah, der hat ständig telefoniert. Kann das sein Bruder gewesen sein?»

«Möglich», sagte Sanne. «Vielleicht hat er den geschickt, statt selbst hinzugehen. Feigling. Was machen wir denn nun? Muss ich jetzt etwa ganz schnell raus aus dem Haus? Und wohin soll ich dann überhaupt?» Eine Hummel flog laut surrend einmal um Sannes Kopf herum und dann weiter. Sanne sah ihr verdattert hinterher.

«Zu Robert willst du nicht zurück?»

Sanne senkte den Kopf. «Nein, im Moment nicht», sagte

sie leise. «Und ich glaube auch nicht, dass sich das noch mal ändert.»

Mona nickte. Sie hatte schon beim letzten Gespräch mit Sanne den Eindruck gehabt, dass es darauf hinauslaufen würde. «Und hast du ihm das schon gesagt?»

Sanne schüttelte den Kopf. «Vorher brauche ich einen Plan. Robert ist eigenmächtige Entscheidungen von mir nicht gerade gewohnt. Ich hab keine Ahnung, wie er reagiert, und ich hab ja so gut wie nichts. Nicht, dass ich mit Sofie ins Mutter-Kind-Heim muss oder so ...»

«So weit wird es schon nicht kommen», sagte Kirsten und sog mit ihrem dicken Strohhalm die letzten Smoothie-Reste ein. Sie hatte etwas Farbe bekommen, und Mona fand, dass sie eine ungewohnte Ruhe ausstrahlte, wie sie da so saß und zuhörte und trank – bei anderen Menschen ein durchaus normaler Vorgang, aber an Kirsten war er in den letzten Monaten nicht zu beobachten gewesen. Sie erinnerte Mona jetzt wieder an die Kirsten auf dem Foto in Isas Küche, auf dem sie so zufrieden in die Runde blickte.

«Nein, so weit wird es nicht kommen», sagte Mona und überlegte, ob sie jetzt schon mit ihrer Überraschung rausrücken sollte. Sie beschloss, die beiden noch ein bisschen zappeln zu lassen. Strafe musste sein, schließlich hatten sie ihr in letzter Minute abgesagt, weil sie lieber Yoga machen wollten.

«Wie war denn die Urteilsbegründung?», fragte Kirsten.

«Also, ähm ... Die Ehe war noch nicht rechtskräftig geschieden, also steht Dirk ein Pflichtteil zu. Und da nur Dirk und Isas Mutter erben, beträgt der fünfzig Prozent.»

«Was?», fragte Kirsten. «So hoch? Und wir werden überhaupt nicht berücksichtigt? Trotz des Testaments?»

Mona schüttelte den Kopf. Okay, das war unglaubwürdig, das hätte sie sich vorher besser überlegen sollen. Sie war froh, dass in diesem Moment tatsächlich eine Virgin Mary vor sie auf den Tisch gestellt wurde.

«Können wir denn überhaupt noch irgendwas dagegen unternehmen?», fragte Kirsten. «Berufung einlegen, oder was weiß ich?»

«Willst du das denn? Ich hatte bisher den Eindruck, du wärst froh, wenn wir das Haus nicht bekommen.» Mona konnte sich das Grinsen kaum noch verkneifen.

«So kann man es nun auch wieder nicht sagen. Mir hätten nur die finanziellen Verpflichtungen Angst gemacht, die damit einhergehen. Und ich würde gern auch im Alter mit Bernd zusammenleben, wenn es euch nichts ausmacht. Aber wer sagt denn, dass bis dahin keine Männer in der WG zugelassen werden?» Kirsten lächelte kurz. «Außerdem war es ja Isas letzter Wille, ich hätte das Projekt schon nicht platzen lassen.»

Mona grinste. «Das wollte ich hören.» Sie nippte an ihrer Virgin Mary und sah die beiden über den Rand ihres Glases hinweg an. Sanne hielt den Kopf gesenkt. Sie sah wirklich unglücklich aus. Zeit, sie zu erlösen.

«Ich muss euch nämlich was sagen ...»

Sanne sah auf.

«Wir haben das Haus bekommen! Zu hundert Prozent.»

«*Was?*», fragte Sanne ungläubig.

«Die Richterin hat gesagt, dass zum Zeitpunkt von Isas Tod alle Voraussetzungen für die Aufhebung der Ehe gegeben waren. Sie hatte die Scheidung beantragt, und sie lebten getrennt. Deshalb steht Dirk kein Pflichtteil zu. Und Brigitte hat offiziell auf ihres verzichtet. Das Haus gehört uns.»

«Mona!», rief Kirsten und knuffte sie in den Oberarm. «Wie kannst du uns so verschaukeln?»

«Na, wenn ihr mich so sitzenlasst! Allein hat das Gewinnen vor Gericht gar keinen Spaß gemacht. Ich konnte euch gar nicht um den Hals fallen, als das Urteil verkündet wurde.»

Sanne sprang auf und umarmte Mona. «Tut mir leid! Kommt nicht wieder vor, versprochen.» Sie setzte sich auf den Stuhl neben Mona und nahm ihre Hand. «Ah, ich bin so froh! Du kannst dir nicht vorstellen, wie erleichtert ich bin.»

«Ich auch», sagte Kirsten. «Das ist gut. Und gerecht.»

Mona lächelte zufrieden. Sie hatte gehofft, dass Kirstens Widerstand in sich zusammenfallen würde, wenn sie das Haus tatsächlich verloren glaubte. Aber vielleicht hatte sie auch gar nicht so viel dagegen gehabt, wie es den Anschein erweckt hatte. Schließlich hatten all ihre Gespräche zu dem Thema vor Kirstens Zusammenbruch stattgefunden, und damals musste es ihr viel schlechter gegangen sein, als ihre Freundinnen geahnt hatten. «Ich freu mich, dass du dabei bist!», sagte Mona.

«Allerdings ...» Kirsten räusperte sich. «Zwei Dinge wären da ja noch zu klären. Da ist einmal das Problem mit der Erbschaftssteuer, und dann die Sache mit Fritzi.»

«Punkt eins sollte eigentlich kein Problem sein», sagte Mona. Sie spürte einen kleinen Tritt und legte instinktiv die Hand auf ihren Bauch, der jetzt im siebten Monat schon so groß war, dass sie keine Ahnung hatte, wie er noch zwei Monate weiter wachsen sollte. Als sie merkte, was sie tat, rief sie: «Ach, jetzt mach ich das doch!»

«Was denn?», fragte Kirsten.

«Mir die Hand auf den Bauch legen. Ich hatte mir so fest vorgenommen, nicht so eine Schwangere zu werden.»

«Wieso das denn nicht?» Kirsten sah sie verständnislos an.

«Na, als Nächstes fange ich wahrscheinlich an zu watscheln wie eine Ente, ständig glücklich zu grinsen und dem Ungeborenen Mozart vorzuspielen.»

«Quatsch!», sagte Sanne. «Stell dich nicht so an, Mona, das gehört dazu. Du bist eine ganz normale Schwangere, und glücklich grinsen tust du eh schon.»

«Ja? Äh, also, was wollte ich sagen? Ach ja. Also, zu Punkt eins. Lasst uns bitte einfach eine Hypothek auf das Haus aufnehmen und die Steuern daraus zahlen. Wir sollten dann bald herausfinden, wie wir das offiziell genau machen können. Wenn du partout keine Schulden machen willst, Kirsten, dann muss dein Name da auch nirgends auftauchen, und ich kann deinen Anteil der Hypothek mit übernehmen. Für mich ist das alles nicht so wild, ich hab in den letzten Jahren ziemlich gut verdient und einiges zur Seite gelegt.»

«Ja? Wirklich?»

«Wirklich. Wahrscheinlich wäre es aber klug, das alles schriftlich festzuhalten, wir können uns ja noch mal rechtlich beraten lassen.»

Kirsten nickte. «Klar. Danke für das Angebot!»

«Das andere ist allerdings nicht so leicht aus der Welt zu schaffen ...»

«*Das andere* ...» Sanne schnaubte.

«Ich wollte dich das schon die ganze Woche fragen», sagte Kirsten an Sanne gewandt, «... kannst du dir vielleicht vorstellen, dass ich mal mit Fritzi rede und versuche, ein bisschen zwischen euch zu vermitteln?»

Sanne funkelte sie an.

«Ihr müsst euch ja nicht gleich versöhnen», sagte Kirsten beschwichtigend. «Nur dass ihr überhaupt mal wieder miteinander redet und –»

«Nein, danke.» Sanne schüttelte energisch den Kopf. «Kein Bedarf.»

Sanne

«Also, es geht um den vierzigsten Geburtstag eines Piloten, eines Lufthansa-Piloten», sagte Frau Willems und rückte ihre doppelreihige Perlenkette auf ihrem zitronengelben Twinset zurecht. «Er wünscht sich ein unkonventionelles Buffet für etwa fünfzig Leute, plus Mitternachtstorte. Meine oberste Prämisse ist: alles so exquisit wie möglich.»

Sanne hatte sich am Tag nach der Rückkehr von Gut Panker ein Herz gefasst und Robert nach der Nummer des Kollegen gefragt, dessen Frau sich gerade mit einem Catering-Unternehmen selbständig machte, und bevor sie den Mut verlieren konnte, hatte sie gleich dort angerufen.

«Es ist der erste große Auftrag für meine Firma, es ist also sehr wichtig, dass alles perfekt ist. Es soll beeindrucken. Unter den Gästen sind einige potenzielle Kunden. Für das Buffet habe ich mit meiner Mitarbeiterin schon einige individuelle Ideen entwickelt, was uns jedoch noch fehlt, sind die Desserts und eine exquisite Torte, die für alle Gäste reicht. Wenn Sie mir da Vorschläge machen, würde ich vielleicht eine Probe bei Ihnen in Auftrag geben. Gewissermaßen als Bewerbung. Hätten Sie denn schon eine Idee?»

«Na ja, also ...» Sanne ließ den Blick über die schicke, nagelneue Großküche wandern – offenbar finanziert von ihrem Mann, dem Bauunternehmer. Wie Frau Willems ihr gleich zu Beginn erzählt hatte, überlegte sie, hier auch Kochkurse «geben zu lassen». Irgendwie hatte Sanne erwartet, dass das Treffen netter würde, dass sie dieselbe Leidenschaft teilten und sich auf Augenhöhe begegnen würden. Stattdessen behandelte die Frau sie von oben herab. Aber Sanne konnte es sich im Moment nicht erlauben, wählerisch zu sein. Sie wollte nicht auf Roberts Unterstützung angewiesen sein und musste Geld verdienen, und dafür musste sie anfangen zu arbeiten, und zwar möglichst schnell. Im Notfall an der Kasse im Supermarkt, aber lieber würde sie kochen und backen. Das mit der Ausbildung zur Erzieherin hatte sich bei genauerem Hinsehen erledigt. Das Ausbildungsgehalt in den ersten drei Jahren – und die nächsten drei Jahre waren schließlich entscheidend, wenn sie von Robert möglichst unabhängig werden wollte – war einfach zu gering. Und Schreiben eignete sich wohl auch kaum als Brotverdienst.

«Ja?», fragte Frau Willems nach.

«Ähm ... Sie sagten, er ist Pilot?»

Die Frau nickte ungeduldig.

«Dann könnte man natürlich ... also, denkbar wäre eine Flugzeugtorte.»

«Sie meinen, mit einem Flugzeugbild obendrauf?» Frau Willems sah sie angeekelt an. «Also, ich weiß nicht, es ist ja kein Kindergeburtstag ...»

«Nein, nein, ich dachte an eine dreistöckige Torte mit himmelblauem Fondant-Überzug, am Rand ein paar weiße Wölkchen, und obendrauf ein dreidimensionales Flugzeug. Das Flugzeug könnte auch gebacken sein, also ein Rührteig in einer halbrunden, länglichen Form, oder es besteht aus Trüffelmasse und Schokoladen-Ganache.» Es war zwar eine Weile her, dass Sanne derart aufwendige Torten gemacht hatte – zuletzt zu Söfchens Konfirmation, wenn sie sich richtig erinnerte –, aber sie konnte das. «Hat der, ähm ... Kunde denn einen Wunsch geäußert, woraus die Torte bestehen soll?»

«Schokolade. Bitterschokolade.»

«Das ist gut. Und eine dreistöckige Torte wird für fünfzig Personen in jedem Fall reichen.»

«Ah. Ja, das klingt doch ...»

... *exquisit?*, dachte Sanne. Immerhin war der Gesichtsausdruck über der Perlenkette etwas freundlicher geworden.

«Was die Desserts betrifft ...», fuhr Sanne fort. Sie musste sich jetzt ins Zeug legen und versuchen, wenigstens halbwegs professionell zu wirken. «Die sollten nicht zu schwer im Magen liegen, damit die Gäste die Torte um Mitternacht auch noch essen mögen. Im Juli bietet sich natürlich etwas mit Beeren an. Wenn Sie möchten, überlege ich mir bis nächste Woche was und melde mich dann mit Vorschlägen.»

«Machen Sie das. Aber nicht zu brav, bitte. Bringen Sie mir Proben, möglichst bis Ende der Woche.»

«Sie meinen, Proben von den Desserts und der Torte? Zum Kosten?»

«Genau.» Frau Willems stand auf. «Also dann.» Sie streckte Sanne die glatte, beringte Hand entgegen. «Hat mich gefreut. Ich bin gespannt, was Sie sich Schönes einfallen lassen.»

Ja, ich auch, dachte Sanne, schüttelte die Hand, rang sich ein Lächeln ab und ging auf den Ausgang zu.

«Ach, Frau Brodersen?»

«Hm?» Sanne drehte sich um.

«Das mit den Wölkchen würde ich lieber lassen.»

Eine halbe Stunde später stand Sanne in Birksee auf dem Parkplatz, packte ihre Kuchenformen, Muffinbleche, Teigschaber und sonstigen Backutensilien in den Kofferraum und verstaute die große weiße Tortenplatte mit dem geschwungenen Fuß und der Glashaube vorsichtig hinter dem Fahrersitz. Sie war auf dem Rückweg nach Kiel schnell zu Hause – ihrem ehemaligen Zuhause – vorbeigefahren, um das Nötigste zu holen. Robert würden die Utensilien kaum fehlen, denn gebacken hatte er im Leben noch nicht, auch wenn er ab und zu kochte. Es sei denn, er hatte mit Fritzi zusammen mal was gebacken, wer wusste das schon. Sanne hatte schließlich auch gedacht, er würde nicht gerne Wellness machen. Und Frauen nicht mögen, die keine Sommersprossen hatten.

«Hey, Sanne.»

Sie sah auf. Auch das noch. An der Auffahrt stand Micha.

«Hey. Hallo.»

Sie gingen ein paar Schritte aufeinander zu und blieben dann etwas zu weit voneinander entfernt stehen, als gälte es, einen Sicherheitsabstand einzuhalten.

«Lange nicht gesehen», sagte sie, wortgewandt und originell, wie es so ihre Art war, wenn sie Micha gegenüberstand.

Micha nickte und betrachtete sie aufmerksam. «Gut siehst du aus.»

«Danke.» Sie wollte das Kompliment schon zurückgeben, aber leider stimmte es überhaupt nicht. Micha wirkte ziemlich fertig, und er hatte Ränder unter den Augen.

«Geht es dir auch gut?», fragte Micha.

«Ja. Also ... na ja. Du hast ja wahrscheinlich gehört ...» Sie deutete ungelenk auf das Haus.

«Ja ... Das tut mir leid. Wirklich.»

Sie nickte. «Und du? Du bist jetzt wieder ...?» Sie wartete darauf, dass Micha antwortete, ohne dass sie überlegen musste, wie sie den Satz genau zu Ende brachte, aber diesmal funktionierte es leider nicht. «Ähm ...» Er kam ihr immer noch nicht zu Hilfe. «Also ... mit Luzies Mutter zusammen?»

«Ja ... tja, wir wollen es noch mal miteinander versuchen, das heißt ... na ja, es ist kompliziert. Alles nicht so ohne im Moment.»

«Das tut mir leid.» Sanne wusste nicht so recht, was sie noch sagen sollte, und er schien auch nicht mehr dazu sagen zu wollen.

«Reitest du jetzt in Kiel?», fragte Micha und sah sie auf eine Weise an, so traurig und liebevoll, dass etwas in Sanne schmolz wie ein Stück Schokolade im Wasserbad. Sie schüttelte den Kopf.

«Dann reitest du gar nicht im Moment?»

«Nein. Bei mir ist ja auch gerade einiges los ...»

«Klar. Aber ... vermisst du es nicht?»

«Doch, schon.» Meinte er jetzt das Reiten selbst oder ihre gemeinsamen Ausritte? Jetzt, wo Micha vor ihr stand und sie ihm in seine blauen Augen sah, fragte sie sich, warum sie ihn nicht die ganze letzte Zeit über viel mehr vermisst hatte.

«Komm doch mal wieder vorbei», sagte er mit seiner ruhigen Stimme. «Dann reiten wir mal wieder aus, hm?»

Warum sah er nur so traurig aus? So kannte sie ihn gar nicht. Wenn sie ausgeritten waren, hatte er immer so gute Laune gehabt. Müsste er nicht bester Stimmung sein, nachdem er mit Luzies Mutter wieder glücklich vereint war? Aber vielleicht lief es nicht so rund, wie sie sich das vorgestellt hatten. Wann tat es das schließlich schon mal ...

«Oder?», fragte er.

«Hm?»

«Sag, dass du mal wieder zum Reiten vorbeikommst.»

Sanne lächelte. «Ich komme mal wieder zum Reiten vorbei.»

Er zwinkerte ihr zu. «Schön.»

Fritzi

Fritzi deckte ein Kärtchen mit einem wuscheligen Hundewelpen auf und dann eins mit einem kleinen Elefanten.

«Mann, Mama!», rief Anna. «Den anderen Hundi hattest du doch eben! Hier!» Sie deckte die richtigen zwei Karten auf und legte das Pärchen auf ihren Stapel. Fritzi hatte ihre fünfjährige Tochter schon länger nicht mehr im Memory geschlagen.

Anna sah Fritzi kopfschüttelnd an. «Du bist so *um*konzentriert!»

Fritzi lächelte. Was für eine hübsche Wortschöpfung. Und es stimmte sogar, denn sie war nicht zerstreut, sondern mit den Gedanken hochkonzentriert woanders. Nämlich bei Robert und der Frage, was sein widersprüchliches Verhalten der letzten Zeit ihr genau sagen sollte.

«Du hast recht», sagte sie und strich Anna über die Wange. «Ab jetzt konzentriere ich mich auf das Spiel. Versprochen.»

Anna zog Fritzis Stapel zu sich heran und verglich ihn mit ihrem eigenen, ungefähr viermal so hohen, als das Telefon klingelte. Fritzi stand auf und ging in den Flur.

Es war Kirsten. «Hast du es schon gehört?», fragte Kirsten, nachdem sie sich begrüßt hatten.

«Was denn? Mit mir redet ja keiner mehr.»

«Wieso? Ich rede doch mit dir. Wir haben das Haus bekommen! Dirk hat keine Ansprüche darauf.»

«Echt? Na ja ... mir kann es ja egal sein, mich wollt ihr da ja wohl kaum sehen.»

«Wer behauptet denn das? Außerdem: Ganz so einfach ist das nicht», sagte Kirsten. «Wir sind schließlich eine Erbengemeinschaft. Dir gehört ein Viertel des Hauses, so sieht das aus.»

«Hm. Und du machst jetzt doch mit?»

«Ja, ich hab noch mal darüber nachgedacht.»

«Aha. Tja, wie gesagt, ich glaube nicht, dass die anderen beiden mich dabeihaben wollen, und *ich* kann mir das auch schlecht vorstellen. Dann müsst ihr mich eben auszahlen.»

«Das können wir nicht. Und das ist auch nicht die Lösung.»

«Weißt du eine bessere?»

«Nein. Aber ich weiß, dass wir eine finden werden. Wie ... wie geht es dir denn?»

«Ging mir schon besser.» Fritzi überlegte, ob sie etwas zu der Situation mit Robert sagen sollte, ließ es dann aber bleiben und fügte stattdessen hinzu: «Ging mir aber auch schon schlechter. Und dir?»

«Ganz gut. Ich hab den Vertretungsposten abgegeben, seitdem hab ich ein bisschen mehr Luft. War eine gute Entscheidung.»

«Schön. Das freut mich. Ehrlich.»

«Fritzi?»

«Hm?»

«Lass uns doch in Verbindung bleiben, ja? Ich weiß, wir

hatten vor dieser ganzen Sache praktisch keinen Kontakt mehr, aber … ich würde es schön finden.»

Als sie an diesem Abend durch den Eimsbütteler Park fuhr – es war kurz nach neun, und am Himmel war zwischen Tintenblau und Nachtblau noch ein letzter Lichtstreif zu sehen –, lehnte Fritzi ihr Fahrrad an einen Baum und setzte sich für einen Moment ans Wasser. Auf Anna passte Patrick auf, und der würde noch einen Moment länger Zeit haben. Sie war bei der Probe des Gospelchors gewesen, zum ersten Mal, denn ansehen wollte sie sich die Sache doch wenigstens mal. Und sie war froh, die Gelegenheit, wieder zu singen, wahrgenommen zu haben. Es war ganz anders gewesen als das Duett mit Pöni, aber ein genauso tolles Erlebnis. Überhaupt nicht so, wie sie befürchtet hatte. Auch heute war ihr beim Singen irgendwie das Herz aufgegangen. Es war, als nähme die Musik sie an einen Ort mit, an den man nur durchs Singen kam, an einen Ort der Lebensfreude, der ganz frei war von negativen Gedanken. Nach dem letzten Lied war sie ganz erfüllt gewesen, und als sie in den Augen ihrer Chornachbarin, die ihr völlig unbekannt war, dasselbe zu sehen glaubte, hätte sie sie am liebsten kurz umarmt. Jetzt, wo sie hier allein am Weiher saß, kam es ihr vor wie ein Traum, wie ein kleiner Trip. Aber es war keiner gewesen. Sie konnte das wieder haben. Jede Woche, wenn sie wollte.

Fritzi suchte in ihrer Tasche nach den Zigaretten und zündete sich eine an. Der Rauch schwebte über den Weiher und verflüchtigte sich. Es war ein guter Tag gewesen, aus mehreren Gründen. Heute Vormittag hatte sie zwei Nachzüglerpakete mit Bestellungen zur Post gebracht, ohne sie auch nur zu öffnen. Und sie hatte ihr Etappenziel erreicht, eine Woche lang nichts Neues zu bestellen. Sie hatte sich von Robert etwas Geld geliehen, um den schlimmsten Engpass auf ihrem Konto erst mal zu überwinden – allerdings ohne ihm ehrlich zu sagen, warum. Probleme hatte sie nun mal schon immer lieber mit sich allein ausgemacht.

Kirstens Wunsch, in Kontakt zu bleiben, freute sie, auch wenn sie nicht wusste, was aus ihrer Freundschaft zu den Dreien und aus der Sache mit dem gemeinsamen Haus werden sollte. Sie hatte nicht nur die Freundschaft zu Sanne zerstört, sondern auch die zu Mona, der sie so lange etwas vorgemacht hatte. Kein Wunder, dass es Kirsten am leichtesten fiel, wieder auf sie zuzugehen. Wobei ... leicht fiel es ihr sicher auch nicht, schließlich hatte sie die stärksten moralischen Prinzipien von allen.

Mal angenommen, sie und Robert würden heiraten. War es dann überhaupt noch möglich, weiter mit Mona befreundet zu sein? Von Sanne ganz zu schweigen ... Wohl kaum. Ehrlicherweise sah es im Moment aber auch gar nicht danach aus, als würden sie demnächst heiraten. Na ja, so etwas brauchte Zeit. Und sie hatte jetzt so lange auf Robert gewartet, da kam es auf ein Jahr mehr oder weniger auch nicht mehr an. Nur eins musste sich ändern. Sie konnte nicht weiter immer nur abwarten, was er machen würde, um dann darauf zu reagieren. Sie hatte ihr Leben – und vor allem auch Annas – zu lange nach ihm ausgerichtet. Dass ihre Tochter unter dieser Geschichte litt, durfte nicht sein, sie durfte nicht mehr so *um*konzentriert sein. Fritzi lächelte. In Zukunft würde Anna wieder an erster Stelle stehen.

Am gegenüberliegenden Ufer fuhr eine Frau auf Inlinern vorbei. Vielleicht sollte sie Anna Rollschuhe kaufen. Fünf Jahre war doch eigentlich ein gutes Alter, um das zu lernen, und schließlich wurde langsam Sommer. Ja, das würde sie machen. Sie würde Inliner kaufen, und zwar für Anna und sich.

Sanne

Sanne füllte die Creme aus Buttermilch, Limettensahne und Mascarpone abwechselnd mit den Himbeeren und Brombeeren in vier kleine Weckgläser und stellte sie zu den beiden Torten auf den Küchentisch. Das Dessert im Glas sah hübsch aus, so frisch und weiß und von rosaroten und lilablauen Beeren getupft. Die Flugzeugtorte, die schon gestern fertig geworden war, hatte plötzlich auch in Sannes eigenen Augen nach Kindergeburtstag ausgesehen, weshalb sie dann noch eine andere Torte gebacken hatte, die jetzt in der Mitte des Tisches auf dem schönen weißen Kuchenteller mit Fuß thronte. Es war eine Tout-au-chocolat-Torte, bestehend aus zwei dunklen Rührteigböden, die mit zwei verschiedenen Schokoladencremes bedeckt waren. Überzogen war alles mit einem knackdünnen Guss aus Schokolade mit siebzig Prozent Kakaoanteil. Die Zutaten waren alle vom Feinsten, und damit es auch ordentlich etwas hermachte, hatte sie auf dem Guss in einem dichten Gitter geschmolzene weiße Kuvertüre verteilt – mit der Dripping-Technik, frei nach Jackson Pollock. Sanne grinste. Sie persönlich fand das Ganze ziemlich gelungen. Es war eine sehr maskuline Torte, dunkel, ohne Kinkerlitzchen – und exquisit, natürlich, das verstand sich von selbst. Heute Nachmittag hatte sie einen Termin mit Frau Willems, um ihr alles zu zeigen und sie probieren zu lassen.

Hoffentlich schmeckte alles so gut, wie es aussah. Sanne brauchte diesen Job. Vor allem *wollte* sie ihn.

Aber vorher hatte sie noch eine Verabredung mit Robert. Sie hatte in den letzten Wochen und Monaten viel nachgedacht, und ihr war klargeworden, wie lange sie sich schon etwas vorgemacht hatte. Ihre Ehe war nur noch eine leere Hülle gewesen, und das nicht erst seit Robert eine Affäre mit Fritzi angefangen hatte. Und danach war diese Ehe endgültig in sich zusammengefallen wie ein Soufflé. Der Abend mit dem Schwarzweiß-Menü erschien ihr rückblickend wie das letzte Aufbäumen eines Sterbenden, dem es am Vortag seines Todes noch einmal besserging, sodass alle dachten, er könnte es doch noch schaffen. Und dann war es plötzlich vorbei.

Aber es war ihre Ehe, die gestorben war, nicht Sanne. Ihr war nur etwas amputiert worden, was schlimm genug war. Die Wunde schmerzte nach wie vor und würde das sicher noch lange tun. Aber sie würde sich langsam schließen. Und, um im Bild zu bleiben, vielleicht war es sogar eine lebenserhaltende Operation gewesen.

Sanne drehte sich um. Die Spüle und der Herd standen voll mit dreckigen Töpfen und Schüsseln, Brettern und Tellern, dazwischen Schokoladenpapier, leere Sahnebecher, tropfende Teigschaber und Rührlöffel. In der kleinen Küche herrschte Chaos, nachdem sie seit dem frühen Morgen abgewogen und gerührt, gekostet und verziert hatte, und sie würde es auch nicht mehr schaffen, das aufzuräumen, bevor Robert kam. Egal, dann machte sie es eben später. Sie wollte mit ihm sowieso nicht hier bleiben. Sanne hoffte nur, dass er ihre Andeutung am Telefon verstanden hatte und innerlich gefasst war auf das, was sie ihm sagen würde.

«Das heißt, du arbeitest möglicherweise für Frau Willems?», fragte Robert, als sie eine halbe Stunde später am Wasser entlanggingen. Er hatte eine Kleinigkeit essen gehen wollen, aber sie hatte ihn zum Glück überzeugen können, stattdessen einen Spaziergang zu machen. Sie wollte ihm nicht still gegenübersitzen – lieber in Bewegung bleiben.

«Wenn's gut läuft, ja.»

Sie gingen langsam nebeneinanderher, beide mit den Händen in den Taschen. Möwen kreischten, und das Wasser der Förde glitzerte in der Sonne. Von rechts glitt langsam ein Kreuzfahrtschiff vorbei, auf seinem Weg vom Hafen aufs offene Meer. Es war ein viel zu schöner Tag für das, was er brachte.

«Das ist ja toll. Was genau hat sie denn mit ihrer Firma vor?»

Sanne sah zu Boden und rieb sich die Stirn. Es war ja nett von Robert, dass er sich danach erkundigte, aber sie konnte und wollte mit ihm jetzt keinen Smalltalk machen.

«Robert, ich ... ich wollte eigentlich etwas anderes mit dir besprechen, du kannst es dir ja vielleicht denken.» Sie sah ihn an, aber er nickte nicht. «Ich bin jetzt schon fast vier Monate hier in Kiel, und ich hab sehr viel nachgedacht, über dich und mich, und ...» Sie gab sich einen Ruck. «Lass uns einen Schlussstrich ziehen, Robert. Ich komme nicht zurück.»

Robert war stehen geblieben, also tat sie dasselbe und drehte sich zu ihm um. Er hatte ziemlich abgenommen. Sein ohnehin schon schmales Gesicht wirkte fast ein bisschen eingefallen.

«Was soll das heißen?» Seine Stimme war kalt. «Willst du die Scheidung?»

«Na ja ... das wäre wohl konsequent.»

«Das wäre wohl konsequent? Wie redest du denn? So beendet man doch keine Ehe!»

Wie beendet man denn eine Ehe?, dachte Sanne. Sie machte das schließlich auch zum ersten Mal.

«Ja. Ja, ich will die Scheidung», sagte sie, so fest und so ruhig es ihr möglich war.

«Sanne ...» Robert klang jetzt, als versuchte er, ein trotziges Kind zur Vernunft zu bringen. «Es gibt doch keinen Grund, etwas zu überstürzen. Wir haben uns mal geschworen, in guten und in schlechten Zeiten füreinander da zu sein, weißt du noch?»

Sanne lachte auf. «Ja, das weiß ich noch. Wir haben uns auch mal *Treue* geschworen, weißt *du* noch?»

Robert presste die Lippen zusammen. Schließlich sagte er: «Ich weiß, dass ich Mist gebaut habe. Wenn ich es rückgängig machen könnte, würde ich das tun, glaub mir. Aber wenn du damit sagen willst, dass ich allein die Schuld an allem trage –»

«Ich rede doch gar nicht von Schuld», unterbrach Sanne ihn. «Darum geht es ja nicht.»

«Dann ist ja gut, denn du hast auch deinen Anteil daran, dass alles so gekommen ist.»

Das war Sanne durchaus klar, darüber hatte sie nun wirklich mehr als einmal nachgedacht. Sie hatte sich nur noch um die Kinder gekümmert, hatte ihn wie eine Art drittes Kind betrachtet, dessen Bedürfnisse sie befriedigen musste, und irgendwie war ihr dabei abhandengekommen, sich überhaupt noch als Frau zu fühlen und ihn als Mann zu sehen. Sie waren keine Liebenden mehr gewesen, waren unmerklich eine reine Zweckgemeinschaft geworden. Trotzdem wollte sie aus Roberts Mund hören, was er damit meinte.

«Und das soll heißen?», fragte sie.

«Du hast dich von mir abgewandt! Du hast dich überhaupt nicht mehr für mich interessiert, für meine Arbeit und mein Leben.» Er ließ seine Worte wirken und fügte dann hinzu: «Und du bist langweilig geworden. Du hattest nichts mehr zu erzählen, weil du nichts gemacht hast.»

Sanne wandte den Blick ab. Robert war verletzt, und dann wurde er verletzend, das kannte sie. Sie drehte sich um und ging langsam weiter, hörte aber, dass er ihr folgte.

«Ich hätte schon was zu erzählen gehabt, du hast mir nur nicht mehr zugehört», sagte sie. «Ich weiß, das ist ein Klischee, aber es ist genau das Klischee, das wir gelebt haben.»

«Ja, warum hab ich dir wohl nicht mehr zugehört!», rief Robert. «Weil du mir nichts mehr zu sagen hattest!»

«Das ist gemein.»

«Nein ... Wir haben uns einfach nicht mehr für dasselbe interessiert.»

«Wie kannst du so was sagen? Interessieren unsere Kinder dich nicht, oder was?»

«Doch, natürlich, aber –»

«Das hat doch keinen Sinn», sagte Sanne ärgerlich. Sie war wieder stehen geblieben und sah Robert an. «Es ist vorbei, Robert. Wenn wir noch einen Beweis dafür brauchten, warum, dann haben wir das ja jetzt geklärt. Alles andere können wir besprechen, wenn wir uns beruhigt haben. Du bist jetzt frei für Fritzi, und ich gehe jetzt. Bis dann.» Robert sah sie verwundert an. So kannte er sie wohl nicht, so entschieden und selbständig. Sie ging in die Richtung, aus der sie gekommen waren, aber Robert griff nach ihrem Arm.

«Ich will Fritzi doch gar nicht. Ich will einen Neuanfang mit dir, Sanne.»

Sanne seufzte unwillkürlich. Sie entzog ihm ihre Hand, blieb aber stehen. Warum sagte er das jetzt zum ersten Mal? Und meinte er es so? Sie hatten nie so offen und ehrlich über alles geredet, wie sie das notwendig gefunden hätte. Aber das ging mit Robert auch gar nicht. Er machte sein Ding und nahm sie nicht für voll, schon lange nicht mehr.

«Man kann doch nicht einfach neu anfangen», sagte sie ruhiger. «Sollen wir vergessen, was war? Und wer wir sind? Oder wie soll man sonst neu anfangen? Ich will das auch gar nicht. Ich würde dich immer mit angezogener Handbremse lieben, immer mit dem Schlimmsten rechnen.»

Er wandte den Kopf ab und sah aufs Wasser hinaus.

«Es ist aus, Robert. Du kannst nichts dagegen machen und ich auch nicht.»

Robert sah ihr lange in die Augen, dann nickte er langsam. Er schien verstanden zu haben. «Ich war so sicher, dass uns das nicht passieren würde.»

Sanne wurde von einer Welle von Bedauern und Trauer überflutet. «Ja», sagte sie. «Ich auch.»

Sie war allein zurückgegangen, und als sie wieder zu Hause angekommen war, setzte sie sich in die unaufgeräumte Küche an den Tisch. Sie war erleichtert, es endlich gesagt zu haben, und froh, dass Robert es akzeptiert zu haben schien. Vorsichtig drehte sie an ihrem Ehering und versuchte, ihn über den Knöchel ihres Ringfingers zu bekommen. Sie hatte es morgens schon mal versucht, aber er war nicht abgegangen, und dann hatte sie es auch richtig gefunden, ihn erst abzunehmen, wenn sie mit Robert gesprochen hatte. Sie stand auf und ging zur Spüle, um mit Seife etwas nachzuhelfen, und diesmal gelang es ihr. Sanne betrachtete ihre nackte Hand.

Der schmale Weißgoldring hatte eine kleine Rille hinterlassen, aber die würde bald verschwinden.

Was sollte sie jetzt mit dem Ring machen? Beerdigen? Zu morbide. Ins Meer werfen? Das wäre passend gewesen, wenn sie wütend wäre, aber das war sie ja gar nicht. Nicht mehr. Vielleicht legte sie ihn in die Kiste mit den Erinnerungen an die Kleinkindzeit von Alex und Söfchen. Oder einfach ganz unten ins Schmuckkästchen.

… und wieder SEPTEMBER

Fritzi

Es war noch viel zu früh, um aufzustehen, aber Fritzi lag hellwach im Bett. Dieser Tag stand ihr derartig bevor, am liebsten würde sie doch noch in letzter Minute absagen. Denn heute würde Monas Baby getauft werden, in Kiel, und die anschließende Feier richtete Sanne aus. Und das hieß, Fritzi würde sie zum ersten Mal seit Dezember wiedersehen. Sie fürchtete das Zusammentreffen mit ihr. Es konnte nur schrecklich werden, egal, ob Sanne sie offen angriff, ihr mit Blicken stumme Vorwürfe machte oder sie ignorierte. Eins wäre so schlimm wie das andere. Und natürlich würden die anderen auf Sannes Seite sein, auch wenn Mona Fritzi angeboten hatte, Taufpatin zu werden, zusammen mit den anderen. Weshalb sie da auch hinmusste.

Nur bei Kirsten machte sie sich keine Sorgen, denn sie hatte Fritzi in den letzten Monaten immer mal wieder angerufen, und vor zwei Wochen hatten sie sich in Hamburg zum Mittagessen getroffen. Sie hatte sich wirklich Mühe gegeben, Fritzi einzubeziehen, in die Taufe wie in die Sache mit der Erbschaft. Obwohl man Kirsten die Mühe anfangs etwas angemerkt hatte, rechnete Fritzi ihr das hoch an, und inzwischen waren ihre Gespräche wieder flüssiger und freundschaftlicher. Und Kirsten schien sie auch nicht zu verdammen.

Als sie dann im Juni den Anruf von Mona bekam, hatte sie sich sehr gefreut. Auch mit ihr hatte sie immerhin ein halbes Jahr keinen Kontakt gehabt, und Fritzi hatte sie vermisst. Und dann war sie plötzlich am Telefon gewesen, und Mona erzählte ihr, ohne mit einem Wort auf das einzugehen, was vorgefallen war, dass sie einen gesunden Sohn zur Welt gebracht hatte. Als Mona dann auch noch fragte, ob sie Patin werden wollte, war Fritzi ganz überwältigt gewesen. Auch wenn sie fast einen Rückzieher gemacht hätte, als sie hörte, dass Sanne die Taufe ausrichten und ebenfalls Patin werden würde. Und genau das hätte sie jetzt auch am liebsten gemacht: einen Rückzieher.

Sie wandte den Kopf nach rechts und betrachtete Robert, der neben ihr schlief. Er hatte es tatsächlich getan, er hatte sich von Sanne getrennt, wie sie immer gehofft hatte. Und jetzt lag er hier neben ihr im Bett. Anna, die inzwischen wusste, dass ihre Mutter einen neuen Freund hatte, schlief nebenan. Die beiden verstanden sich prima, Robert konnte eben gut mit Kindern umgehen. Eigentlich war alles bestens. Die Situation war endlich geklärt, Robert konnte viel häufiger und vor allem viel länger bei ihr sein, Anna wusste Bescheid, sie mussten sich nicht mehr verstecken und nicht mehr lügen. Das war alles wunderbar. Aber irgendwie war es auch schwierig, schwieriger als zuvor. Robert war ständig in Gedanken versunken und häufig schlecht gelaunt, es gab manchmal Missstimmungen zwischen ihnen. So was war vorher nie vorgekommen. Aber vermutlich war das in seiner Situation nur zu natürlich und würde vorübergehen, sobald er sich erholt hatte von diesem Umbruch in seinem Leben. Er sagte immer, dass die Veränderungen für ihn schließlich größer waren als für sie.

Ja, seine Familie war kaputtgegangen, genauso wie ihre. Aber hatten sie das nicht beide so gewollt, weil sie sich liebten und ohne einander nicht mehr sein wollten und konnten, jetzt, da sie sich gefunden hatten? Und trotzdem konnte Fritzi das schlechte Gewissen nicht abschütteln, besonders abends vorm Einschlafen. Es war wirklich absurd, dass es sie gerade jetzt so quälte, wo die Situation endlich halbwegs geklärt war.

Vielleicht würde es helfen, sich Sanne und den anderen zu stellen. Außerdem hatte Robert recht: Es war eine großzügige Geste von Mona, die sie nicht zurückweisen sollte. Und auch wenn sie nicht zu vereinsamen drohte, schließlich saß sie jeden Nachmittag mit anderen Müttern auf dem Spielplatz oder in irgendeinem Garten herum: Diese alten Freundschaften waren etwas vollkommen anderes und nicht zu ersetzen. Das war Fritzi in den vielen schlaflosen Nächten klargeworden.

Sanne

Noch halb im Traum schlug Sanne die Augen auf. Hatte es gerade an der Tür geklingelt? Sie stützte sich auf die Ellenbogen und sah auf den Wecker. Schon halb zehn – sie hatte verschlafen. Eigentlich hatte sie um sieben aufstehen wollen, um das Essen vorzubereiten. Wieder klingelte es. Das konnte nur Micha sein. Als sie ihm Anfang der Woche erzählt hatte, dass sie die Tauffeier ausrichtete und ein großes Buffet plante, hatte er sofort angeboten, sie mit allem zu versorgen, was sein Hof so hergab. Sanne sprang aus dem Bett und sah sich nach etwas um, das sie über ihr Nachthemd ziehen könnte. Ihr Bademantel war zu oll, die Strickjacke zu schmuddelig. Sie zog die Vorhänge auf und sah nach unten. Auf der Straße stand Michas hellblauer VW-Pritschenwagen. Sie öffnete das Fenster und rief seinen Namen, und Micha trat ein paar Schritte zurück und sah zu ihr nach oben.

«Guten Morgen. Hast du schon öfter geklingelt?»

«Allerdings! Ich dachte schon, ich müsste mich durch diese Dornenhecke hier kämpfen und dich wach küssen.» Er deutete auf die üppig blühenden Rosen, die an der Hauswand emporkletterten.

«Und was hat dich davon abgehalten?»

«Na, du bist ja schon wach», rief Micha, den Kopf in den Nacken gelegt.

Sanne lachte. «Bin gleich unten.» Sie zog ihr Nachthemd aus und griff nach der Jeans und dem blusigen schwarzen T-Shirt vom Abend zuvor. Micha und sie waren während des Sommers wieder häufiger zusammen ausgeritten, in immer kürzer werdenden Abständen. Aber passiert war zwischen ihnen nichts mehr. Ganz am Anfang war Micha noch mehr oder weniger mit Luzies Mutter, Lara, zusammen gewesen, aber Ende Juni hatte er sich eingestanden, dass es ein Fehler gewesen war, die Beziehung aufwärmen zu wollen. Es hatte einfach nicht funktioniert, Lara war zurück nach Berlin gegangen. Sanne und Micha hatten beim Reiten viel über ihre gescheiterten Beziehungen gesprochen. Micha und Lara, die ihr Baby ebenfalls sehr jung und ungeplant bekommen hatten, waren nie verheiratet gewesen, und nach allem, was er von ihr erzählte, hatte Sanne den Eindruck, dass es sich um eine etwas launische Frau handelte, die in verschiedener Hinsicht ziemlich kindlich geblieben war.

Aber in den letzten paar Wochen war die Vergangenheit kein großes Thema mehr gewesen. Wenn sie jenseits ihrer Galoppstrecke um einen der Seen ritten, hatten sie über sich gesprochen, über ihre Kinder und über Sannes Versuche, beruflich ein Bein auf den Boden zu bekommen. Es hatte Momente gegeben, in denen Sanne sich so zu Micha hingezogen gefühlt hatte – einmal hätte sie beinahe selbst die Initiative ergriffen. Sie war wild entschlossen gewesen, Michas Hand einfach nicht wieder loszulassen, nachdem er ihr über einen Zaunübertritt geholfen hatte, aber dann hatte ihr das letzte Quäntchen Mut gefehlt, jedenfalls war daraus nichts geworden. Eigentlich wollte sie ja auch gar nicht den ersten Schritt machen. Nur hatte Micha bereits so viele Schritte gemacht. Aber seit sie ihm beim Hoffest eine Absage erteilt hatte, hielt er sich zurück und hatte nicht mehr versucht, sie zu küssen. Und dann war er ja auch erst einmal mit Lara beschäftigt gewesen. Vielleicht wollte er jetzt auch gar nicht mehr. Oder er hielt sich zurück, weil er sie nicht bedrängen wollte.

Sanne lief die Treppe hinunter und überprüfte dabei mit den Händen, ob ihre Haare heute drahtig in alle Richtungen standen oder ob es einer der Tage war, an denen sich die Locken mit den Fingern halbwegs in Form bringen ließen. Es fühlte sich eher nach Ersterem an. Trotzdem musste sie Micha jetzt die Tür öffnen.

«Na, Dornröschen?» Er lächelte und bückte sich, um die Gemüsekiste hochzuheben, die zu seinen Füßen stand. Sanne folgte ihm in die Küche, leider noch nicht wach genug, um irgendwas Witzig-Charmantes zu entgegnen, das ihre verschlafene Erscheinung wettgemacht hätte. Nachdem Micha mit den Worten «Ich hol noch was» wieder nach draußen gegangen war, warf Sanne einen Blick in die Kiste. Sie nahm ein paar kleine, dunkelgelbe Tomaten heraus und stieß darunter auf rote Fleischtomaten und leuchtend orangefarbene mittlerer Größe. Das würde einen schönen Salat geben, der außer gutem Olivenöl, Meersalz und frischem Pfeffer gar nichts weiter brauchte.

Micha kam wieder rein, den Arm voller Sonnenblumen, in der Hand eine Tüte. «So, hier drin sind die Hähnchen», sagte er und stellte die Tüte neben die Gemüsekiste.

«Danke. Aber ich weiß gar nicht, ob ich die Spieße jetzt überhaupt noch schaffe, ich bin viel zu spät dran.»

«Und die hier hab ich dir mitgebracht.» Er hielt ihr die Sonnenblumen hin.

«Oh. Danke!»

«So», sagte Micha, nachdem er die Hände wieder frei hatte. «Was ist denn alles zu tun?»

«Na ja, ich muss noch die ganzen Salate machen und die Hähnchenspieße. Der Lachs ist gebeizt, und gebacken hab ich auch schon, aber den Kuchen und Torten fehlt noch der letzte Schliff. Dann müssten eigentlich demnächst drei bezogene Bierbänke und -tische angeliefert werden, für draußen, und die Küche muss natürlich ordentlich sein, denn wenn wir von der Taufe zurückkommen, haben wir die Gäste schon im Schlepptau. Aber spätestens um eins muss ich fertig sein, denn dann müssen wir los, und zwar ordentlich angezogen, und ich bin noch nicht mal geduscht. Am besten, ich wecke jetzt erst mal Sofie, damit –» Sie war schon halb aus der Küche, als Micha sie von hinten an den Schultern festhielt und zu sich umdrehte.

«Lass Sofie mal schlafen. Ich helf dir. Sag mir, was ich für die Hähnchenspieße vorbereiten soll, dann fang ich damit an. Wenn du willst, kannst du gern erst mal duschen, und wenn du wieder runterkommst, mach ich dir einen Kaffee.»

Sanne musste ihn einige Sekunden lang angestarrt haben, denn er fragte: «Was ist? Keine gute Idee?»

«Äh, doch! Doch, das ist eine sehr gute Idee. Danke! Ich beeil mich.»

Als Sanne zwanzig Minuten später wieder nach unten kam, hatte Micha bereits das Fleisch geschnitten und es angebraten. Jetzt saß er am Küchentisch und halbierte die kleinen, dunkelgelben Tomaten.

«Hmm, die haben den ganzen Sommer über Sonne getankt.» Er steckte sich noch eine Tomatenhälfte in den Mund. «Besser geht's nicht.» Er wollte sich noch eine nehmen, aber Sanne schlug ihm von hinten auf die Finger.

«Nicht alle aufessen, lass noch welche für den Salat übrig!»

Micha zog die Hand weg. «Au! Das hat weh getan!», rief er lachend. «Pass bloß auf ...»

Sanne drehte sich um und lächelte in sich hinein. Sie fühlte sich in Michas Gegenwart so wohl. Sie mochte ihn einfach wahnsinnig gern. Seine Wuschelhaare und seine hellblauen Augen, dieses Zwinkern und überhaupt sein ganzes Wesen. Sogar seine O-Beine, denn ohne seinen etwas cowboyartigen Gang wäre Micha nicht Micha, außerdem waren sie dafür verantwortlich, dass er genau die richtige Größe hatte, um sie zu kü–

Sanne räusperte sich. Wie war sie jetzt schon wieder darauf gekommen? Sie überlegte, was sie gerade hatte machen wollen. Ach ja, den Radicchio-Salat mit Ziegenkäse und Granatapfelkernen. Das gab zwar jedes Mal eine Riesensauerei, aber es lohnte sich. Sie nahm die feste rote Frucht von der Fensterbank, legte sie auf ein sauberes Holzbrett und band sich eine Schürze um. Als sie nach einem großen Messer griff, fragte Micha, der sie aus dem Augenwinkel beobachtet haben musste: «Was hast du vor?»

«Ich schneide den Granatapfel durch.»

«Tu es nicht. Soll ich dir einen Trick zeigen?»

Sanne nickte, und Micha stand auf, trat neben sie und fragte: «Darf ich?» Er deutete auf den Apfel, und Sanne gab ihn ihm.

Micha grinste.

«Was?», fragte Sanne.

«Och, nichts.» Er schüttelte grinsend den Kopf. «Also, der Trick ist: Man ritzt den Granatapfel einmal rundum ein. So ... und dann dreht man die beiden Hälften gegeneinander», sagte Micha mit ruhiger Stimme, ganz auf die Frucht konzentriert. Sein braungebrannter Hals war nur wenige Zentimeter von Sannes Gesicht entfernt. «Auf diese Weise bleiben die Kerne in einer der Hälften stecken und werden nicht durchgeschnitten, es gibt also keine Schweinerei.»

«Ah», sagte Sanne. Das war sicher ein guter Trick, aber sie hatte etwas Mühe, bei der Sache zu bleiben.

«Kennst du dieses Bild von Rubens», fragte Micha beiläufig, «diese Szene, in der Paris entscheiden soll, welche der drei Göttinnen die schönste ist?»

Sanne schüttelte den Kopf.

«Ich erinnere mich nicht mehr an die Namen der Göttinnen, ich weiß nur noch, dass es Aphrodite ist, der er als Zeichen dafür, dass sie die schönste ist, einen Granatapfel überreicht.» Er legte die beiden Hälften des Granatapfels wieder aufeinander und hielt ihn Sanne auf seiner flachen Hand hin. «Für dich», sagte er lächelnd.

Sanne bekam weiche Knie. Sagte er ihr wirklich gerade, was sie glaubte, was er sagte? All diese Anspielungen ... Dornröschen, Aphrodite ... das brachte sie etwas durcheinander.

Micha sah auf den Granatapfel, als überlege er, wohin damit, da sie ihn nicht nahm.

Sie musste reagieren. Jetzt. Sonst war die Situation vorüber, und wenn sie diesmal nichts tat, wenn Micha sich schon wieder von ihr abgewiesen fühlen würde, dann –

«Also, ähm, ich zeig dir mal, wie du an die Kerne kommst», sagte er. «Dann kannst du den Salat fertig machen.»

Sie hatte schon zu lange gezögert. Aber noch stand er dicht neben ihr. Sanne beschloss, zu handeln. Jetzt sofort. Sie ging auf die Zehenspitzen und näherte sich mit den Lippen seinem Gesicht, aber im selben Moment beugte sich Micha zur anderen Seite und griff nach einem der großen Löffel, die an der Wand hingen. Mitten in der Bewegung hielt er jedoch inne und sah sie an. Er musste gemerkt haben, dass Sannes Lippen ganz leicht seine Wange gestreift hatten.

«Hab ich gerade was verpasst?»

«Ähm, nö.» Sie war zu verlegen, um ihren gewagten Plan weiterzuverfolgen.

«Hast du nicht gerade ... Also, mein Kopf war gerade hier, und du, ähm ... ich hab doch genau gespürt, wie ...» Micha wandte sich ihr ganz zu und sah ihr in die Augen. «Meintest du vielleicht so?» Er legte ihr die Hand in den Nacken, hob mit der anderen ihr Kinn ein bisschen an und wartete ihre Antwort ab.

Sanne nickte schwach, seine Lippen näherten sich langsam, berührten ihre und ... ja, genau so hatte sie das gemeint.

Micha löste sich etwas von ihr und sah sie aus nur wenigen Zentimetern Entfernung prüfend an. Er schien gerade etwas sagen zu wollen, als Sofie in die Küche kam. Schnell trat Sanne einen Schritt zurück. Sofie schlurfte direkt zu ihrem Stuhl, sagte, ohne aufzusehen, «Morgen» und setzte sich.

«Morgen», antworteten beide gleichzeitig.

Sofie sah auf. «Ach, hallo, Micha.»

Sie schien nichts zu bemerken. Sanne machte ihr ein Nutellabrot und einen Tee, und als sie damit fertig war, sagte Micha: «Also, was ich dir noch zeigen wollte ...» Er nahm einen großen Holzlöffel, hielt eine Hälfte des Granatapfels umgedreht über eine große Schüssel und begann, darauf zu klopfen, sodass die Kerne in die Schüssel fielen. «Ich finde, so geht es am besten.»

«Ja, das ist besser», sagte Sanne und versuchte es mit der anderen Hälfte selbst.

Nachdem der Salat fertig war und Sofie die Küche wieder verlassen hatte, nahm Micha Sannes Hände.

«Also, heute hast du ja die Taufe, aber ... morgen Abend, hast du da schon was vor?»

Sanne schüttelte lächelnd den Kopf. Sie ging auf die Zehenspitzen, um ihn noch einmal zu küssen, und musste dabei so strahlen, dass es ihr kaum gelang, die Lippen zu spitzen.

Mona

Mona saß neben Peter in der vordersten Bank der hellen, kleinen Kirche. Peter hatte Ben auf dem Arm, der zum Glück gerade geschlafen hatte, aber bestimmt würde er bald Hunger bekommen. Er hatte das Taufkleid an, das schon Peter und seine Schwester getragen hatten. Ein paar Wochen später, und Ben hätte nicht mehr hineingepasst, denn er ähnelte mit seinen drei Monaten einem kleinen Buddha. Nicht nur optisch, auch vom Gemüt her. Er ließ sich nur aus der Ruhe bringen, wenn er Hunger hatte, ansonsten schlief er ständig. Peter nannte ihn statt Benchen schon nur noch Pennchen. Sie sah Peter an, der den Worten des Pastors lauschte. Ihm war diese Taufe sehr wichtig. Der Gedanke, das Baby in der Welt zu begrüßen, es beschützt zu wissen, gefiel ihm. Außerdem hatte er sich schon immer gewünscht, seinen besten Freund Holger zum Taufpaten seines Kindes zu machen, bei dessen beiden Söhnen wiederum er Pate war. Alles Gründe, die Mona nachvollziehen konnte, und so hatte sie nicht lange widersprochen. Und heute war sie froh darum. Es war schön, alle zu versammeln, um Ben zu feiern. Ihre Eltern waren da und Peters Eltern, ihre Schwester Mira mit ihrem Mann, Peters Schwester mit Familie und Holger mit seiner Frau und den beiden Jungs. Kirsten und Bernd waren gekommen, Fritzi mit Anna und natürlich Sofie und Sanne, bei denen sie nachher feiern würden.

Als Peter Mona gefragt hatte, wer von ihrer Seite Pate werden sollte, hatte sie sofort an Kirsten gedacht. Im Nachhinein tat es ihr leid, wie sie sich Kirsten gegenüber verhalten hatte, an dem Tag, an dem sie entdeckt hatten, dass Mona schwanger war. Sie hatte gehofft, dass Kirsten es als Friedensangebot verstehen und gern Patin werden würde. Wie Kirsten dann reagiert hatte, beeindruckte sie immer noch. Sie hatte sich sichtlich gefreut und begeistert zugesagt und zwei Minuten später gefragt, wie es denn wäre, wenn sie alle drei Patinnen würden – Sanne, Fritzi und sie?

Nachdem Kirsten zuvor mehrmals vergebens versucht hatte, zwischen Sanne und Fritzi zu vermitteln, fand Mona das eine ziemlich raffinierte Strategie, um doch noch alle miteinander zu versöhnen. Blieb nur noch abzuwarten, ob der Plan aufging. Zwar hatte Sanne nach ein bisschen Bedenkzeit zugestimmt, dass Fritzi auch gefragt wurde, aber bisher hatten die beiden sich kaum angesehen, geschweige denn miteinander gesprochen. Mona hoffte nur, dass es nicht ausgerechnet heute wieder einen Eklat gab.

Inzwischen hatte die Orgel angefangen zu spielen. Mona sah Peter und Ben an, der neugierig über die Schulter seines Vaters guckte. «Wir danken dir für dieses Kind und alles Glück, das nun beginnt», sang Peter mit seiner vollen, ausgebildeten Schauspielerstimme, und Mona sah, wie er sich eine Träne aus dem Augenwinkel wischte. Sie nahm seine Hand.

Heute Morgen zum Frühstück hatte Peter wieder Cole Porter aufgelegt. Er war auf sie zu getanzt, hatte im Vorbeigehen die Pfeffermühle vom Tisch genommen, um sie als Mikro zu benutzen, und sie dann angesungen:

I've got you under my skin.
I've got you deep in the heart of me.
So deep in my heart that you're really a part of me.
I've got you under my skin.

Dann war er vor ihr stehengeblieben und hatte ihr die Pfeffermühle vor den Mund gehalten, damit sie weitersang, und das hatte sie getan:

I'd tried so not to give in.
I said to myself this affair never will go so well.
But why should I try to resist when, baby, I know so well.
I've got you under my skin.

Es war lustig gewesen, aber doch auch sehr romantisch – eigentlich hätten sich ihr die Fußnägel aufrollen müssen. Aber komischerweise hatte sie stattdessen einen Kloß im Hals gehabt. Denn es stimmte: Sie war so sicher gewesen, dass ihre Affäre nicht gutgehen würde, dass es besser wäre, ihre Gefühle im Zaum zu halten, wie immer. Aber es *war* gutgegangen. Und jetzt saßen sie hier und waren eine Familie. Sie fand nach wie vor nicht, dass man deshalb auch noch heiraten musste, es waren wirklich so schon genug Veränderungen – aber gute. Sie lächelte. Peter drückte ihre Hand, und sie sah ihn an. Offenbar war der Moment gekommen, in dem Eltern und Paten nach vorne kommen sollten.

Zusammen mit Holger, Sanne, Kirsten und Fritzi versammelten sie sich um das Taufbecken. Mona sah, dass Fritzi und Sanne vermieden, nebeneinander zu stehen, und überlegte gerade, was sie tun könnte, als Kirsten schnell zwischen die beiden schlüpfte. Ben war immer noch ruhig, er schien bei all der Aufregung ganz zu vergessen, dass eigentlich Fütterungszeit war. Hoffentlich hielt das noch ein bisschen an. Der Pastor sprach ein paar Worte über die Bedeutung der Taufe und nahm ihnen dann das Taufversprechen ab. Schließlich trat Peter vor und hielt Benchen über das Taufbecken. Mit dem Gesicht nach unten. Mona musste lächeln. Peter schien wirklich etwas neben sich zu stehen – dass man das Kind mit dem Gesicht nach oben hielt, wusste ja sogar sie. «Andersrum», flüsterte sie so deutlich hörbar, dass alle lachen mussten.

Peter drehte Ben um, und der Pastor begann mit der Taufhandlung. Beim ersten vorsichtigen Wasserschwall ging noch alles gut, Ben guckte nur etwas überrascht, aber beim zweiten reichte es ihm, und er fing an zu schreien. Peter nahm ihn wieder hoch, und Mona streckte die Arme aus, um ihn zu übernehmen, und versuchte ihn zu beruhigen, was jedoch nicht gelang.

Wie verabredet las nun Sanne vor: «Als Taufspruch haben deine Eltern für dich einen Vers aus Psalm 91 ausgesucht: *Er hat seinen Engeln befohlen, dass sie dich behüten auf all deinen Wegen.*»

Der Pastor sprach den Segen, und dann trat Fritzi vor und entzündete an der Altarkerze die Taufkerze, die Anna und sie mit Hilfe von farbigem Wachs mit dem heutigen Datum und Bens Namen versehen und aufwendig verziert hatten. Fritzi ging neben Anna in die Hocke und hielt die Kerze, während Anna ein kurzes Gedicht sprach:

Diese Kerze ist nur ein bescheidenes Licht,
doch sie ruft laut: FÜRCHTE DICH NICHT!

Anna hatte die letzten Worte geschrien, um Ben zu übertönen, der brüllte und brüllte, und wieder lachten alle, während Fritzi Peter die Kerze überreichte. Mona hoffte nur, dass sie mit Ben bald irgendwohin verschwinden konnte, um ihn zu stillen.

Kirsten und Holger waren inzwischen zu den Stühlen gegangen, die auf der anderen Seite des Chorraums hinter vier Notenständern standen, und Mona sah jetzt, dass auf dreien davon Geigen lagen. Von diesem Programmpunkt wusste sie gar nichts. Aus dem hinteren Teil der Kirche kamen ein Mann und eine Frau, die sie nicht kannte. Die Frau holte ein Cello aus einer Nische, und die vier setzten sich. Alle warteten ab, zu hören war nur Benchens Quaken. Dann setzte Kirsten den Bogen an, und es erklangen die ersten Takte von Johann Pachelbels Kanon.

Es war eine wunderschöne Überraschung, Mona war schon wieder ganz gerührt.

«Danke», sagte Peter aus vollem Herzen in die Runde, als die letzten Töne verhallt waren. «Das war wunderbar. So wunderbar, dass Ben wieder eingeschlafen ist.»

Fritzi

Fritzi schloss leise die Tür, denn Anna war gerade eingeschlafen, im Bett von Sofie, die sich in Isas ehemaligem Nähzimmer eingerichtet hatte. Die Tauffeier war vorbei und die letzten Gäste gerade gegangen. Fritzi hatte eigentlich auch fahren wollen, sobald es die Höflichkeit gestattete, aber Mona hatte sie sehr freundlich gebeten, noch ein bisschen zu bleiben. Und da sie sich versöhnlich zeigen wollte, hatte sie eingewilligt, deshalb war sie schließlich hier. Außerdem waren Bernd, Peter und Sofie auch noch da, es war ja nicht so, dass sie mit Sanne, Mona und Kirsten allein wäre. Smalltalk machen war kein Problem, mit Halbfremden über Oberflächliches reden ging. Aber mit Sanne, Mona und Kirsten immer die Klippe namens Robert umschiffen zu müssen, fürchtete sie. Und noch mehr fürchtete sie, dass sie sie nicht umschifften, sondern direkt darauf zusteuerten.

Bisher hatte sie Sanne, die zu allem Überfluss die ganze Zeit strahlte, als wäre sie auf Gold gestoßen, möglichst gemieden. Da fast zwanzig Gäste hier gewesen waren – alle außer ihr offenbar in schönster Champagnerlaune –, ging das ganz gut, zumal die Kinder ständig rein und raus gelaufen waren und Anna sie auf Trab gehalten hatte.

Als sie die Treppe hinunterging, zu den anderen, hatte Fritzi das sichere Gefühl, einen Fehler zu machen. Sie hätte doch gleich mit den ersten Gästen gehen sollen. Aber Anna jetzt wieder zu wecken und ins Auto zu verfrachten – das konnte sie nicht machen, außerdem würde es genau nach dem aussehen, was es war: Flucht. Nein, sie würde das Ganze mit Anstand hinter sich bringen. Die letzte Stunde schaffte sie jetzt auch noch.

Im Flur stand Bernd und zog seine Jacke an. «Ich mach mich dann mal auf den Weg», sagte er, als er Fritzi die Treppe runterkommen sah. «Kirsten und ich haben uns in einem Hotel am Hafen einquartiert, weil wir Ben morgen noch mal in Ruhe sehen wollen. Aber sie bleibt noch ein bisschen.»

Fritzi nickte. Hauptsache, Peter und Sofie gingen nicht auch, denn dann wären sie wirklich zu viert.

Sofie steckte den Kopf aus der Küchentür. «Fährst du mit dem Auto, Bernd?» Er nickte. «Nimmst du mich mit in die Stadt? Ich bin noch verabredet.»

«Klar, mach ich.»

Fritzi seufzte. Dann war Peter ihre letzte Hoffnung. Solange er dabei war, würden sie schon nicht auf Sanne-Robert-Fritzi zu sprechen kommen.

«Hältst du bitte mal?», fragte Kirsten, drückte Fritzi eine fast leere Kuchenplatte in die Hand und küsste Bernd zum Abschied.

Während Mona und Sanne die Küche aufräumten und Peter oben versuchte, Ben in den Schlaf zu wiegen, half Fritzi Kirsten beim Abräumen der Tische.

«So. Jetzt sieht man nur noch an all den Blumen und Geschenken, dass hier heute ein Fest stattgefunden hat», sagte Kirsten eine halbe Stunde später zufrieden und ließ sich aufs Sofa plumpsen.

Fritzi nahm einen der Blumensträuße vom Schallplattenregal, auf dem die Geschenke lagen, und stellte ihn auf den Couchtisch. «Das war eine schöne Feier.»

«Ja, sehr schön. Ich bin so froh, dass wir heute alle hier sind.» Kirsten klopfte neben sich auf das Sofa. «Komm doch her.»

Fritzi setzte sich neben sie. Sie vermutete, dass dieser Tag, an dem sich alles um Monas Baby drehte, auch für Kirsten nicht ganz leicht gewesen war. Bei ihrem Mittagessen vor zwei Wochen hatte sie erzählt, dass Bernd und sie sich schweren Herzens entschlossen hatten, die Hormonbehandlung abzubrechen. Bernd hatte sich, anfangs ohne Kirstens Wissen, über das Thema Adoption informiert, und inzwischen dachte auch Kirsten darüber nach. Aber Fritzi wusste, dass es für sie ein großer Schritt war, der ihr nicht leichtfiel.

«Wie geht es dir?», fragte sie.

«Gut.» Kirsten nickte froh. «Ich hab mich gut erholt seit ... Weihnachten. Und es ist ein gutes Gefühl, nicht mehr mit Hormonen vollgepumpt zu werden. Ich werde zwar nie wissen, was gewesen wäre, wenn wir es noch ein oder zwei Mal versucht hätten, aber ... wer weiß, vielleicht klappt es ja doch noch so.» Sie lächelte.

«Ich wünsche es euch. Aber vor allem bin ich froh, dass es dir wieder bessergeht. Und vielleicht kommt es bei dir ja auch wie bei Charlotte.»

«Bei welcher Charlotte?»

«Aus *Sex and the City*?»

«Das habe ich nie gesehen.»

«Die hat auch alles Mögliche versucht, dann hat sie es

irgendwann aufgegeben und sich für eine Adoption entschieden, und dann ist sie plötzlich auf natürlichem Wege schwanger geworden. Und am Ende hatte sie eine leibliche Tochter und eine adoptierte, eine Lily und eine Rose.»

Kirsten lächelte. «Das wäre schön.»

Mona kam herein, in der Hand eine Flasche Rotwein, in der anderen ihr Handy. Über ihrer Schulter hing eine Mullwindel. «Na, ihr beiden? Stoßt ihr mit mir an? Viel darf ich zwar nicht trinken, aber einen kleinen Schluck ... Peter ist neben Benchen eingeschlafen, und ich muss erst in ein paar Stunden wieder stillen. Guckt mal.» Sie stellte die Flasche auf den Tisch und hielt ihnen ihr Handy hin, auf dem ein Foto von Peter und Ben in Sannes Bett zu sehen war.

«Oh, wie süß», sagte Kirsten.

Na toll, dachte Fritzi. Dass Peter eingeschlafen war, konnte nur bedeuten, dass sie hier doch gleich zu viert sitzen würden.

Sanne

«Auf Sanne!», sagte Mona, und die anderen drei hoben ebenfalls ihre Gläser. «Tausend Dank für diese wunderschöne Feier.»

«War mir ein Vergnügen.» Sanne war zwar ziemlich erledigt, aber dem Jubelgefühl, das sie seit dem Vormittag erfüllte, konnte das nichts anhaben. Sie musste immer wieder an Micha denken, daran, wie sie sich geküsst hatten. Morgen Abend würden sie sich sehen, allein, bei ihr zu Hause. Sie war so aufgeregt und so voller Vorfreude, dass sie den ganzen Tag über kaum etwas hatte essen können – ein Phänomen, das ihr bisher vollkommen unbekannt war.

Sie stießen an, und die bauchigen Rotweingläser gaben einen leisen Gongton von sich.

«Es haben übrigens wirklich alle von deinem Essen geschwärmt, jeder Einzelne», sagte Mona.

«Ja, es war alles köstlich», sagte Fritzi.

«Danke.» Sanne lächelte ihr kurz zu. Das dürfte das erste Mal gewesen sein, dass Fritzi nach der flüchtigen Begrüßung am Nachmittag mit ihr gesprochen hatte. Sie hatte den Eindruck gehabt, dass Fritzi ihr aus dem Weg ging, aber das würde sie an ihrer Stelle wahrscheinlich auch tun. Und sie selbst fühlte auch diese Beklommenheit in ihrer Gegenwart. Aber Sanne war heute viel zu gut gelaunt, um sich zu streiten.

«Wie läuft es eigentlich mit dieser Catering-Frau?», fragte Kirsten. «Wie hieß die noch mal?»

«Willems», sagte Sanne. «Na ja. Ich hab jetzt regelmäßig was für sie gemacht, meistens Torten und Nachtische, mit denen sie ganz zufrieden ist. Ein bisschen was zu meckern hat sie allerdings meistens, aber ich glaub, so ist sie einfach. Es ist nur ... sie will immer alles so wahnsinnig exquisit und elegant, das ist nicht gerade meine Art von Küche.» Die anderen nickten. «Ich hab manchmal den Eindruck, es geht ihr vor allem darum, mit den Reichen und Schönen in Kontakt zu kommen, denn sie selbst kocht ja gar nicht. Sie macht nur die Organisation und gibt vor, wie sie alles haben will. Neulich hat sie einen Kindergeburtstag abgelehnt, weil das fürs Prestige nichts bringt, wie sie sich ausgedrückt hat.»

«Wenn es das Kind des Oberbürgermeisters gewesen wäre, hätte sie den Auftrag wahrscheinlich mit Kusshand genommen», sagte Mona.

«Ich fand das schade», sagte Sanne. «Einen Kindergeburtstag hätte ich total gerne gemacht. Ich hab sogar überlegt, ob ich da anrufe und anbiete, das zu übernehmen. Also, ich allein.»

«Hättest du das mal gemacht!», sagte Mona.

«Jetzt ist es zu spät.»

«Vielleicht kommt ja mal wieder etwas in der Art», sagte Fritzi.

«Du könntest doch mit dieser Frau Willems reden, ob du als so eine Art Subunternehmerin Kindergeburtstage und Taufen und solche Sachen anbietest.»

Sanne nickte nachdenklich. Das wäre toll. Nur glaubte sie, dass Frau Willems ganz andere Vorstellungen hatte.

«Ich denke ... wenn, dann muss ich das allein machen.»

Mona sah sie mit großen Augen an. «Sanne? Bist du da drin?» Sie klopfte ihr an die Stirn. «Haaallooo.»

Sanne griff lachend nach Monas Hand.

«Ich erkenn dich ja gar nicht wieder», sagte Mona. «Woher kommt denn auf einmal dieser Wagemut? Vor ein paar Monaten hättest du dir so was niemals zugetraut.»

«War ja auch nur ein Gedanke», sagte Sanne wegwerfend. Aber eigentlich konnte sie sich das tatsächlich vorstellen. Sie hatte sich bei Frau Willems einiges abgeguckt, und solange es um so etwas Überschaubares wie Familienfeiern ging, musste sie das doch theoretisch schaffen können – vielleicht mit ein bisschen Hilfe. Mona hatte recht: Vor ein paar Monaten hätte sie sich das noch nicht zugetraut. Aber sie hatte inzwischen ja auch einen kleinen Schritt nach dem andern gemacht und auf diese Weise offenbar eine ganz schöne Strecke zurückgelegt. Sie war zwar immer noch weit davon entfernt, genug Geld zu verdienen, geschweige denn im Beruf Fuß gefasst zu haben, aber sie hatte einen Weg eingeschlagen, und der würde sie sicher irgendwo hinführen.

«Und was ist mit dem Schreiben?», fragte Kirsten.

«Das mach ich weiter», sagte Sanne. «Ich hab über den Sommer wieder ein bisschen an der Geschichte gearbeitet. Aber das ist ein Hobby, mehr nicht. Vorerst jedenfalls. Die Tipps deines Kollegen waren auf jeden Fall sehr hilfreich, ich bin nur noch nicht so weit, mich an eine Agentur zu wenden. Erst muss ich mit dem Roman weiterkommen.»

Kirsten wiegte den Kopf, als wäre sie da anderer Ansicht.

«Ach, ihr Lieben!», sagte Sanne. «Jetzt sitzen wir hier zusammen, und oben schläft Benchen. Überlegt mal, was im letzten Jahr alles passiert ist.» Sanne sah, wie Fritzi den Blick senkte.

«Sag mal, hast du heute irgendwas genommen, Sanne?», fragte Mona. «Optimistisch, positiv, und die ganze Zeit am Strahlen – von dem Zeug will ich auch was!»

«Ja, sie hat die ganze Zeit ein Lächeln auf den Lippen», sagte Kirsten zu Mona, «das ist mir auch aufgefallen. Warum eigentlich?» Sie sah Sanne an, und die spürte, wie sie rot wurde.

«Aha!», sagte Mona.

«Was, *aha*?», fragte Kirsten.

«Ist es das, was ich denke?», fragte Mona.

Sanne nickte.

Kirsten schnappte nach Luft. «Micha!»

«Genau.»

«Ja, erzähl schon!», rief Mona.

«Na ja, wir haben uns ja in letzter Zeit wieder öfter gesehen und –»

«Ja, das weiß ich», sagte Mona, «aber du hattest doch das Gefühl, er will gar nichts mehr von dir.»

«Da hab ich mich wohl getäuscht.» Sanne konnte es immer noch nicht richtig glauben. «Wir haben geknutscht.» Sie grinste. «Erst kurz und später noch mal lang. Und wir treffen uns morgen Abend.»

«Oh, Sannchen.» Mona stellte ihr Glas ab und drückte sie an sich. «Ich freu mich so für dich. Endlich!»

Kirsten lächelte. «Ich freu mich auch, Sanne, das ist toll.»

Sanne sah glücklich in die Runde, und ihr Blick blieb bei Fritzi hängen, die noch immer – oder schon wieder? – zu Boden sah. Es wirkte nicht gerade, als würde sie sich ebenfalls freuen. Oder war das jetzt zu viel verlangt? Sie fand eigentlich nicht, schließlich hatte Fritzi ihr den Mann abspenstig gemacht und eigentlich allen Grund, zumindest erleichtert zu sein, dass Sanne nicht mehr traurig und allein war.

Es war ein Schniefen zu hören.

«Fritzi?», fragte Mona. «Alles klar?»

Fritzi hob den Kopf. Ihre Augen waren gerötet, und ihr Gesicht vor Tränen ganz nass. «Entschuldigung», sagte sie aufschluchzend. «Ich ... Entschuldigung!»

Sanne fragte sich, ob Fritzi sich ganz allgemein dafür entschuldigte, die Contenance zu verlieren, oder ob sie sich damit bei ihr entschuldigen wollte. Es war ihr fast so vorgekommen.

Kirsten sah kurz Sanne an, als überlegte sie, ob es in ihrer Gegenwart angebracht war, Fritzi zu trösten, dann rückte sie näher an Fritzi heran und legte einen Arm um sie. «Was ist denn los, hm?»

Fritzi weinte, als wären alle Dämme gebrochen. «Ihr seid alle so glücklich», brachte sie schließlich mit Mühe hervor, «und ich freu mich für euch, besonders für dich, Sanne, wirklich, m–» Wieder schluchzte sie. «Mir tut das alles so leid!»

«Ist schon gut», sagte Sanne.

Mona sah sie verwundert an, und auch sie selbst wunderte sich. Hatte sie das gerade gesagt? Es war ihr so rausgerutscht, eine Art Reflex, wenn sich jemand bei ihr entschuldigte. Aber sie hatte es trotzdem so gemeint. Auch wenn sie jetzt danach suchte – sie hatte keine Hassgefühle für Fritzi. Sanne konnte nur ahnen, wie es all die Jahre für sie gewesen sein musste, Robert zu lieben und zu versuchen, ohne ihn zu leben. Ohne dass sie und die anderen auch nur den blassesten Schimmer davon gehabt hatten. Wie bei Isa, bei der sie auch nicht mitbekommen hatte, wie es ihr ging. Zwar wusste sie nicht und würde nie wissen, wie es wirklich gewesen war, ob es ein Unfall war oder nicht, aber den Fehler, nicht richtig hinzusehen, nicht auf die Zwischentöne zu hören, den wollte sie nicht noch einmal machen. Den anderen hatte sie noch immer nicht gesagt, was sie oben im Badezimmer gefunden hatte, und sie wusste auch nicht, ob sie es je tun würde. Heute jedenfalls nicht. Was sie aber wusste, war, dass sie nicht so enden wollte wie Isa, allein und traurig. Und auch Fritzi sollte nicht so enden. Aber das würden sie auch nicht. Nicht, solange sie Freundinnen blieben. Denn das waren sie, trotz allem.

Fritzi hatte den Kopf gehoben und sah Sanne überrascht an.

«Wirklich», sagte Sanne. «Es ist alles gut so, wie es ist.»

Fritzi wischte sich die Tränen vom Kinn. «Danke.»

Sanne nickte. Sie fand eigentlich, sie könnten sich jetzt wieder den schönen Dingen des Lebens zuwenden. Schokolade und Rotwein, Kindern und Männern und was es sonst noch alles so an Schönem gab – obwohl: Männer waren jetzt vielleicht das falsche Thema. Aber es war noch nicht vorbei, Fritzi weinte noch immer.

«Mensch, Fritzi», sagte Mona leise, «hör doch auf zu heulen. Ich glaub, Sanne kommt jetzt wirklich klar mit der Situation.»

«Es ist nur ...» Fritzis Kehle entrang sich ein sehr undamenhaftes Krächzen. «Robert ist doch jetzt frei, aber ... ich glaub, er will mich gar nicht richtig.» Wieder weinte sie so, dass es Sanne ans Herz ging. Wäre es nicht ihr Ehemann, über den sie hier sprachen ... Aber wenn sie ehrlich war, dann war es am Ende ihre Entscheidung gewesen, Robert zu verlassen. Er hatte zu ihr gesagt, er wolle Fritzi doch gar nicht. Und vielleicht war das tatsächlich die Wahrheit gewesen. Oder er wusste selbst nicht, was oder wen er wollte. Aber wie auch immer es war, das änderte für sie jetzt nichts mehr. Sie hatte die richtige Entscheidung getroffen, das wusste sie.

Sanne stand auf und setzte sich auf die Sofalehne neben Fritzi, und die sah zu ihr auf, als überlege sie, ob sie aussprechen konnte, was ihr durch den Kopf ging. Dann sagte sie: «Er ist irgendwie so anders als früher. Wir sehen uns häufig, aber es ist, als wäre er dann gar nicht richtig bei mir. Als wäre plötzlich die Luft raus. Was will er denn? Ich versteh das nicht ...»

Sanne strich ihr über den Rücken. «Das kann ich dir leider auch nicht sagen. Gib dem Ganzen ein bisschen Zeit.»

«Mädels», sagte Mona, «ich kann nicht mehr! Das sind echt zu viele Emotionen für einen einzigen Tag. Ich glaub, ich bin doch nicht mehr so sicher, ob ich es mit euch in einer Alten-WG aushalte.» Sie grinste.

«Zu spät», sagte Kirsten. «Das haben wir jetzt so abgemacht. Außerdem ist bis dahin ja auch noch ein bisschen Zeit. Erst mal bleiben jetzt Sanne und Sofie hier wohnen, und wir anderen kommen dann dazu, wenn wir alle alt und grau sind. Und dann lassen wir uns jeden Tag von Sanne bekochen.»

Endlich breitete sich auch auf Fritzis Gesicht ein verhaltenes Lächeln aus. «Klingt gut», sagte sie und schniefte in das Taschentuch, das Mona ihr gegeben hatte.

«Ah, ich hab was vergessen!» Sanne sprang auf und nahm die CD aus der Hülle, die Sofie auf ihre Bitte hin gebrannt hatte, legte sie ein und drehte die Lautstärke voll auf.

Inzwischen hatte Mona ihre Gläser aufgefüllt, und während aus den Lautsprechern *Our House* von Madness ertönte, trafen sich ihre vier Gläser über dem Tisch in der Luft.

«Auf unser Haus!»

DANKSAGUNG

Ich danke

Meiner Lektorin Friederike Ney und Marcus Gärtner vom Rowohlt Verlag für ihre konstruktive Kritik, und Friederike ganz besonders für ihr offenes Ohr und ihr Engagement für dieses Buch. Es hat sehr großen Spaß gemacht, mit dir zusammenzuarbeiten!

Meinem Agenten Lars Schultze-Kossack für lustige Ideen und dafür, dass er mich von manch lästigen Dingen, die mit dem Schreiben verbunden sind, befreit.

Alexandra Heneka, Torsten Schulz, Iris Leister und André Hille für dramaturgische Schützenhilfe.

Gundula König, Katja Scholtz, Ilka Heinemann und Regina Steinicke fürs Vorablesen und ihre unbezahlbaren Rückmeldungen.

Chrickel für unvergessliche WG-Jahre und das Telefon-Notizbuch. In diesem Roman ist eine Botschaft für dich versteckt.

Stephan für seine Geduld, fürs Lesen und unzählige Gespräche über Mona, Fritzi, Sanne, Kirsten und Isa. Jetzt können wir uns ja auch mal wieder über was anderes unterhalten.

Carla, die vielleicht auch deshalb so großes Verständnis für meine Arbeit hat, weil sie selbst überhaupt die allertollsten Geschichten schreibt.

Meinen Freundinnen, meiner Schwester und meinen Eltern. Um es noch einmal mit Carrie Bradshaw zu sagen: «... dann wird man erwachsen und lernt, vorsichtig zu sein, man kann sich die Knochen brechen oder auch das Herz, man guckt, bevor man springt, und manchmal springt man gar nicht, weil nicht immer jemand da ist, der einen auffängt.» – Ihr wart immer da. Auf euch!

QUELLENVERZEICHNIS

Ohne dich – Selig, S. 126
Komposition & Text: Stephen Eggert/ Christian Neander/ Jan Malte Neumann/Jan Plewka/Lenard Schmidthals
EMI Music Publishing Germany GmbH/SMPG Publishing (Germany) GmbH

Under the Bridge – Red Hot Chili Peppers, S. 179
Komposition & Text: Michael Peter Balzary/John Anthony Frusciante/Anthony Kiedis/Chad Gaylord Smith
Moebetoblame Music/ Neue Welt Musikverlag GmbH Co KG

Sympathy for the Devil – Rolling Stones, S. 180
Komposition & Text: Mick Jagger/Keith Richard
Abkco Music INC/Westminster Music LTD/Abkco Music Publishing GmbH/Essex Musikbetrieb GmbH

Hey Hey, My My (Into the Black) – Neil Young & Crazy Horse, S. 181
Komposition & Text: Neil Young
Silver Fiddle Music/Melodie der Welt GmbH & Co KG